母なる自然のおっぱい

池澤夏樹

実業之日本社

母なる自然のおっぱい

再刊に寄せて

小説や詩などを書くのが本業なのだが、時おりふらふらと抜け出して科学に関わる話題をずっと追いかけてきた。

思い返せば幼い頃、自分の中には文学少年と理科少年がいた。大学に行く時に文系と理系のどちらかを選ばなければならないと言われて、文学ならば自分で本を読めばいいのだからと理科を選んだ。こちらは専門的なトレーニングが要る。研究者にはなれなかったが関心はその後もずっと続いた。

科学と自然に関わる話題をいろいろ書いて、そういう文をまとめて出来たのが本書である。一九九二年に新潮社から刊行され、三年後に文庫にもなったのだが、それも品切れ状態になってからずいぶんな歳月が流れた。

このたび、実業之日本社が改めて本に仕立てて出版してくださると言う。実にありがたいお話で、喜んでお受けした上で新たに「ハイイロチョッキリの仕業」を書いて添えることにした。もとからの本文には手を加えていない。

読み返してみて、この分野について自分の姿勢は変わっていないと思った。若い時と比べて変わったところはいろいろある。例えば共産主義に対する信奉は今はもうない。あれはあまりに理想主義的で普通の人間にはついて行けない。そこにつけ込んでエリートが一般大衆を指導するという形の独裁体制が生まれる。思想管理のシステムとして宗教のシステムに近い。利他以上に利己というのが人間の本然で、だから利で釣らなければ人は働かない。その故にソ連という国は崩壊し、中華人民共和国は一党独裁と資本主義というとても悪い組合せに落ち込んだ。

しかしぼくの場合、社会主義への信頼は変わっていない。資本主義はいよいよ悪辣になって跳梁跋扈、世界の貧者を搾取して肥え太っている。それを是正するために社会主義は必須であり、その立場からずいぶん発言をしてきた。それは国家の横暴を抑えるために憲法というものがあるのに似ている。その機能がまったく不充分であるところも似ている。それと比べると科学への信頼をぼくはまずまず保持してきたと言うことができる。

まず、自然は人間界のすぐ外にあってすべての存在のフレームとなっている。富士山の標高は人為では変えられない、という不動の指標。ヒトが絶滅した後でも自然界の相当部分はそのまま残って次の世界像を作ってゆくだろうという安心感。思えばこれはどこか自虐的な考えなのだが、今の人間のふるまいはぼくをそこへ誘う。

その自然を相手にする科学への信頼は科学者への信頼ということだ。彼らは仮説を立て、実験し、確証を得て発表し、互いに検証して、普遍の真理とする。そこに勝手な欲望（常温核融合やＳＴＡＰ細胞など）や資本主義の強欲が影を落とすことはあっても、彼らの大半はまだなんとかまっすぐ立っている。ぼくは自分がなれなかった科学者という人々を尊敬している。

昨今の話題――

昨日、散歩の途中で目立つ小鳥を見かけた。

今は北アルプスの東側の林の中に住んでいて、「ハイイロチョッキリの仕業」に書いたとおり周囲はコナラやアカマツの疎林である。そこでその鳥が「私を見て」と言わんばかりに目の前の枝にとまっている。姿をよく覚えて家に帰って調べたらジョウビタキだった。小さいながらシベリアからの渡り鳥であると知って尊敬の念を覚えた。

あるいは、『ぜんぶ絵でわかる⑨すごい骨の動物図鑑』という本をページごとに熟読玩味している。六十種ほどの脊椎動物を骨格で紹介して、それぞれの生きかたがどう骨に反映されているかを明かす。絵がうまいし話がおもしろい。著者の盛口満さんはずっと沖縄の学校やフリースクールで教えてきて、今は沖縄大学の教授。お目にかかったことはないが著書はずいぶん読んできた。
まずはこういう日々である。

一つお断りしておく。
『母なる自然のおっぱい』というタイトルだが、ぼくの真意はmother nature's breast-feeding つまり「母なる自然による授乳」というところにある。どうか誤解のないように。

二〇二五年二月　安曇野

本書は、一九九二年（平成四年）に
新潮社から刊行された
『母なる自然のおっぱい』を底本にしている。

母なる自然のおっぱい＊目次

母なる自然のおっぱい

I

ぼくらの中の動物たち

ある友人の話。

しばらく前、仙台の町にいる時にたまたま暇ができたので、動物園に行った。小雨のぱらつく日で、園内にはほとんど誰もいない。檻から檻へとぶらぶら見ながら、オランウータンの前まで来た。中を見ると、まだ幼さの残るオランウータンが一匹、リンゴを手に持っておいしそうに食べている。友人はなんといっても暇だったし、それにオランウータンは好きな動物だから、檻の前に立ってずっとそれを見ていた。やがて、相手は彼に気がついて、ちらっとこちらを見たが、そのままリンゴを食べつづけた。その様子がかわいいので、彼はなおも見ていた。

しばらくして、オランウータンはまた彼の方を見てちょっと困ったような顔をした。手の中のリンゴを見、もう一度、檻の外の彼の顔を見た。そしておずおずとそばにやってくると、「きみも食べたいの?」と言わんばかりの顔でそのリンゴを彼の方に差し出した。

一人だけで食べているのはよくないと思ったらしい。彼はもちろんリンゴが欲しくてオランウータンを見ていたわけではないから、この申し出を丁寧に謝絶し、相手はまた安心して一人でリンゴを食べつづけた。

この話はなかなか感動的である。食べるものを分かちあうというのは倫理的に高度な行動だし、人間でもそれができない者は少なくない。学者たちはゴリラやオランウータンの知力とチンパンジーのそれの間には差がないと言っている。知力だけでなく性格まで考えあわせれば、人間に一番近いのはオランウータンかもしれない。おまけに学説の上ではこのところ類人猿と人間の生物学的な距離は次第に近づきつつある。ゴリラによる子殺しや、チンパンジーが時として見せる攻撃性を否定する必要はない。それまで含めていよいよ彼らは人間に近いという皮肉な結論に至るだけである。

類人猿がかつて考えられていたよりも人に近いことを示す研究は少なくない。最も大きな差と考えられていた言語の能力にしても、発語のための解剖学的な機構が整っていないだけで、脳の方に簡単な言葉を操る力があることはほぼ確認され、実際アメリカではずいぶん前からチンパンジーに手話を教える実験が行われて、なかなかの成功を収めている。日本ではパソコンにピクトグラム（パソコン用語で言えばアイコン、日本人に最もわかりやすい言いかたをすれば創作漢字だ）を表示してキーを押させるという方法で、チンパンジージーに複数の単語を組み合わせた文を作らせる試みが進行中。チンパンジーやオランウータンがワープロで作文をする姿がいずれは見られるかもしれない。

ぼくはリンゴを二つ食べる
ぼくはバナナを三つ食べる
ぼくは満足
雨が降る

というような詩をオランウータンが書いたとしても、また後になって自作の詩を読んでそれを書いた時の満足感を思い出したとしても、何の不思議もないではないか。冗談ではなく、本当にその日が来るかもしれないとぼくは思うのだ。

しかしながら、この論法そのものがもう人間の側の勝手な偏見の上に立ったものである。人間に近いと言われて相手が喜ぶとはかぎらない。おだてられて喜ぶにはその評価の基準を両者が共有しなければならないが、サルたちは本当に人間などに伍したがるだろうか。人間の知力の尺度を類人猿に当てはめた上でどこまでサルは人間かという設問の出しかたは、たとえばオランウータンの遺伝子の九八パーセントまでが人間と同じであるというような科学的に凝った言い回しで擬装したにせよ、人間の定義という砦の中に閉じこもった上で外の類人猿に余ったピーナッツを投げてやる以上の意味を持たないだろう。その手の論議に今われわれが熱をあげる背景には、種としてのホモ・サピエンスの淋しさとでも呼ぶべき感情があるのではないだろうか。人間ほど他の動物から遠く離れて孤立してしまった種はないのだ。もう一歩踏み込んで、このような姿勢の背後には、自分たちだけが異常な速度で進化してしまったことへの不安があるのだと認めるべきかもしれない。

生物はみな自分の肉体的な条件の許す範囲で生きている。一つの種の肉体は進化の法則に従ってごくゆっくりとしか変わらないから、ある動物の生きかたが変わるには百万年単位の長い時間がかかる。だが、十万年ほど前、われわれホモ・サピエンスは、肉体的な条件を無視して知性で表面だけを変えるという便法に走った。その結果、足の筋力も心肺機能も改善することなく時速百五十キロで走るようになったし、翼を生やすことなく、つまり数百万年分の進化をごまかして、空を飛ぶようにもなった。今のわれわれのありようを支えているのは生物学にのっとった本来の進化の結果ではなく、知力という強力な加速装置を使った、いわばバイパス経由の進化、遺伝子の裏付けのないインフレーション的な進化なのである。われわれは自分の中に動物としての部分が残っていることを知りつつ、それとは異なる基準によって自分たちを認識し、行動している。知力ゆえに自分たちは類人猿以下の動物たちとは違う生き物、まったくかけはなれた存在だと信じている。そして、おそらくそのことを無意識のうちに不安に思っている。数千年にわたってサルを似非人間としてさんざ馬鹿にしてきたあげく、不安を解消するには事態を客観視するほかないとようやく気づいて、チンパンジーの知力を測定しようとしている。

振り返ってみれば、ことがここまで進んだのはそう遠い昔ではない。一万年ではなくこの百年、この三十年、われわれの世代が問題なのだ。ついしばらく前までは人はまだ自分を動物界の一員とみなし、さまざまな形で動物たちとコミュニケーションをはかりながら生きてきた。それが遠い昔に思えるのは、たぶん知力による進化が最近になっていよいよ加速されたからだろう。今、われわれが知力の熱気球で上昇しながら緑の平原を見下ろすと、そこでは動物たちが昔と同じように調和を保って生きている。ああいう生きかたもあったなと懐しくは思うが、今となっては平原へ降りる手段はどこにもない。気球はどんどん昇ってゆく。われわれの中には隠しても隠しきれない高所恐怖症があって、それが熱気球に乗ったホモ・サピエンスの孤独感をつのらせている。今ほど人が安楽に暮らす一方で脅えてもいる時代はかつてなかったようにぼくには思われる。この矛盾はなかなか興味深いものだ。

かつて人間は今のように自分たちを動物界から遊離した特殊な生き物だとは思っていなかった。狩猟採集経済によって生計を維持する人々は知力を楯にとって驕《おご》りの砦にこもるようなことはしなかった。そんな態度では獲物は一匹も捕れない。狩ると狩られるの関係においては人と動物は同等である。動物たちと人間の間には決定的な違いはなかった。両者は互いを敬意の目で見て評価しあっていた。こういうことについては例を挙げるのが話が早い。

西表島《いりおもてじま》でカマン（イノシシ）捕りの名人として知られたカミジューこと古波蔵当清の罠のかけかたについて、安間繁樹はこう語る——

「しっかりしたワナを作るのはワナかけの基本だ。だが一番大切なのはそれではない。山を読むことだ。地形を見極めイノシシの道を見つけ出し、足の置かれる位置を正しく読み取ることだ。イノシシの通る道、しかも頻繁に使う所。古い道や気まぐれ道はだめ。一度限りの遊び道もだめだ。初めてワナをやった頃はイノシシもめったやたらにいた。だが、今は違う。イノシシもりこうになっている。俺も学問しなくちゃいけない」

（『西表島自然誌』）

こういうことを考えながら罠を仕掛けている時、狩人は明らかに知力においてイノシシと対等であり、イノシシと同じすじみちを辿ってものを考えようと試みている。この場合の知力とは相手のものの考えをそのまま読もうという想像力のことであって、動物もまたそういう想像力を備えている。怪しいものを見つけてそれを回避しようとしている動物は、その怪しいものが自分の身に及ぼすかもしれない危険を、それが現実になる前に想像しているのだ。それは論理的ではなく、また言葉にもならない知恵だが、しかしそれでもその動物の身を助ける役には立つのだし、それで充分なのである。

言葉にならないという点が大事なのかもしれない。それは個体と共にあって、個体の死と共に消えてゆく種類の知恵である。人間は言葉を覚え、言葉で伝達できる知恵によって知識を相互に交換し、蓄積し、流布することで、種としての今の繁栄を築いた。知力によるバイパス経由のインフレーション進化とは具体的にはこの言葉の力である。それとは別種の知恵として芸術を考えてみよう。役者の芸の秘密は言葉で説明しがたく、それゆえに一代かぎりでただ伝説のみを後に残して消える。だから芝居は変わることはあっても進歩はしない。シェイクスピアの舞台を見るのに今の東京とエリザベス朝のロンドンのどちらがふさわしいか、どちらの観客の方が幸福か、それははかりがたいのだ。それに対して科学と技術の知識は完全に伝達可能であり、蓄積可能であり、先人の成果を前提にして後生はもう一歩前へ出ることができる。自動車の設計をする者はテコの原理や熱力学の第一法則を自分で見つけるところからはじめなくてもいいのだ。そして、この伝達と蓄積こそが現代文明を造った。だが、それに対して伝達できない知恵もまた知恵なのであり、その不足のゆえにわれわれ人間はある面で貧しくなっているのに人はそれに気付いてもいない、という主張も成立するのである。

話をもとに戻そう。動物として互いを認識する関係は狩るものと狩られるものの間だけに成立するわけではない。狩る者同士の間でも共感の関係はありうる。冬、エスキモーはアザラシを狩る時、氷原を遠く遠く歩いていって、氷に開けられたアザラシの呼吸用の穴を見つける。あとはただ忍耐。穴の前にしゃがみこんで、右手に槍、左手に鉤を持ち、その姿勢でひたすら待つ。何時間でも待つ。風が強くなろうが小雪が降りはじめようがただ待つ。狩りのチャンスは一回しかない。アザラシがたまたまその穴から顔を出した瞬間にすばやく槍を突き出して殺し、相手の身体が水中に沈む前に鉤で氷の上に引き上げる。一度逃げられたら同じアザラシが同じ穴から顔を出すことは二度とない。何時間も待ってその決定的な瞬間に手がかじかんでいたり筋肉がこわばっていたら、注意力が散漫だったら、一瞬うたた寝をしていたら、それだけで長い待ち時間は無駄になる。

ではホッキョクグマはどうやってアザラシを捕るか——

「呼吸穴のそばでアザラシを捕えるために、ホッキョクグマが用いる手段はいろいろある。わずか四インチほどの厚さの氷なら、クマは前足で穴を開けて、アザラシが呼吸しにやってくるのを待つ。北極の狩人の話では、ホッキョクグマの中には、ある地域で見つけだせるかぎりの穴をふさいで、たった一つ残しておき、そこでアザラシ狩りをするクマさえあるという。どこで、どうやって呼吸穴が見つかったにせよ、アザラシが顔を出すまで、クマは一つ穴のそばで長い間待機していなければならない」

（トマス・J・コッホ、『北極グマの四季』）

このような方法でクマがうまくアザラシを捕るのを目撃したエスキモーは、次の時からはほとんど自分をその賢いクマと同一視して、つまりクマの知恵と忍耐力が自分にもあることを願いつつ、穴のそばで待機するだろう。どんな意味でも彼は自分の方がクマよりも、そしてアザラシよりも利口だとは思わないだろう。

文化人類学者原ひろ子の『ヘヤー・インディアンとその世界』は狩猟を基本にいわゆる文明人とまったく違う生きかたをしている人々を描いてわれわれの人間観の変更を求める力強い書物であるが、この本の中でもっともぼくを動かしたのは、彼らが狩りを動物と自分との知恵比べと見なしている点だった。森の中で出会った動物を捕らえることができるのは、その時にこちらの方が相手よりも賢かったからであって、逆に逃げられた時は相手の方が賢いということになる。いつもいつも獲物に逃げられている男は要するに馬鹿なのだ。

動物たちは種類によって賢さのランクがある。それによれば、ビーヴァーやムースは「非常に賢い」。ハシグロアビとアメリカグマは「賢い」。カナダカワウソ、アカギツネなどは「まあまあ賢い」。アメリカミンク、ウサギ、オオヤマネコは「あまり賢くない」。リス、マスクラット、カラフトライチョウは「賢くない」で、クズリとカモメ類とカナダヤマアラシは「馬鹿だ」ということになる。この評価は多くの狩人たちに共通のものであるという。

だが、ランクはランクとして、動物はそれぞれに賢い。追跡されれば時には川を渡って足跡を隠し、時には数十歩も後もどりして横へジャンプするという方法で追手を撒く。広いところへ出て射たれることがわかっていれば小さな森の中から決して出ない。追われつつ同じところを何度もぐるぐる回ってどれが最新の足跡かわからなくしてしまった上でひっそりと隠れる。飛び道具を手にしたくらいでは動物を相手に絶対の優位は確立できないのだ。

こういう人々に言わせれば、オランウータンが人にリンゴを分けあたえようとしたり、人と手話やピクトグラムで会話する能力を身につけたりするのはしごく当然だということになるはずだ。毎日知恵比べをして勝ったり負けたりしていれば、相手の知力を過小評価する気にはとてもなれない。自分も含めて自然というものを一つのトータルなシステムとして認識し、その中で自分を生かしてゆくべく歩きながら走りながら知恵をしぼる人たちにとって、動物たちは対等な競争相手であり、交感の相手でもある。

アイヌの人々は、神がヒグマの肉体をまとって人間のところへ来てくれるのだと信じていた。ヒグマの肉はそういう形をとった神からの贈り物であり、人はクマを正しく殺して祀ることで神の魂を再びその故郷に帰らせてやる。クマを狩ることも、またクマ祭も、決して一方的なヒグマの殺戮ではなく、自然そのものに組み込まれた一つの回路の成就なのである。同じ理由からカナダ・インディアンはトナカイを棒で殴って殺すことを自らに禁じる。それはトナカイ自身が嫌がるやりかたであって、そういうことをするとそれ以降その地方にはトナカイの群れが来なくなるという。トナカイたちは全員で一つの精神を持ち、仲間の一頭がどこで誰にどういう殺されかたをしたかを瞬時にして知る。正しい殺されかたで死んだ場合にはトナカイが人を恨むことはない。それは大いなる循環の一つの段階にすぎない。だからこそ、「トナカイは人が飢えている時、その肉を与えに自分からやってくるものだ」という言葉が彼らの口から漏れる（煎本孝、『カナダ・インディアンの世界から』、これも原ひろ子の本とほぼ同じ地域の人々を扱う優れた書物であることを付記しておこう）。

人は二足歩行で手を解放し、その手に道具を扱う役割を持たせ、それを発達した大脳で制御するという方法によって、急速に強い優勢な動物になった。それが言葉とならぶ異常な加速進化のもう一つの理由であったのだが、それはともかく、強くなったために狩る立場に立つことはあっても狩られる側にまわることはほとんどなくなった。そして最近では事故や病気で死ぬことさえ最小限に抑えられ、現にわが国などは平均寿命において世界一の数字を誇っている。医学という蓄積可能な知識の体系によって死亡率をさげることが比較的容易であることはあきらかで、それに対して伸びた寿命の中身を充実させて幸福な老後を送ることは大変に困難らしいが、ここではそういう面には触れないでおこう。いずれにしても、われわれは狩られる感覚をすっかり忘れてしまった。だから自分より強くて速い相手に狩られることはそのまま極端な不幸であるという単純な認識にこりかたまってしまっている。

食われることは不幸である。それは生命というものが個体にのみ宿り、あらゆる努力を払って個体の存続をはかることが生命の第一原理である以上は当然のことだ（ただしこの原理はどうやら高等な動物についてのみ言えることで、例えばミツバチの場合、個体と巣のどちらが優先されるか決めがたい。圧倒的に強いスズメバチに襲われたミツバチの巣で、集団でかかってゆけば撃退も可能なのにミツバチたちが必ず一匹ずつ突進して一方的に殺戮されるのを見ていると、個体よりも巣を尊重するという大戦末期の大日本帝国の方針がそのまま再現されているようで、奇妙な居心地の悪さを覚える）。しかし、追われる立場で動物としての知恵をしぼって相手を撒くこと、いやもっと危なくぎりぎりまで追いすがられて自分の脚力だけをたよりにからくも逃げきること、相手の存在に一瞬早く気づいて巧みに回避することにさえ、大いなる喜びが込められているのかもしれない。そういう時にこそ弱い動物は自分が生きているという実感を改めて感じて幸福感を味わうのかもしれない。

動物の場合、われわれとは死の概念自体がずいぶん違うのではないかと思うのだ。この場合の動物という言葉には現代文明の中で生きるわれわれのような人間以外のすべての哺乳類を含める。つまり、先ほど書いたような、動物たちとの交感関係にある狩人たち、動物と同種の知恵によって生を維持している人々もわれわれの側ではなくそちら側に入れたいのだ。彼らにとって死とは、衰弱した精神が描く単純で強烈な恐怖の源ではない。われわれの精神は死という言葉を聞いただけで毛を逆立てる。想像力は自分たちのみじめな姿を求めて暴走をはじめる。だが死とは、本来、一つの成就、一つの完成、一つの回帰である。自然から遠く離れて個の概念を立てすぎたために、個体の意識を離れてはすべてが無であるという考えがすべてを圧倒し、ひたすら個体にしがみつくことが至上命令となった。その結果、死はエゴの駆動装置になりさがってしまった。果たして、生きることではなくただ死なないことに、それほどの意義があるだろうか。

暴走する想像力と書いたが、それではこれは先に記したような狩人の想像力とはどう違うのか。イノシシの歩みを想像し、追われつつあるオオジカの考えを想像し、ウサギの好奇心を想像する際に狩人が用いるのと、ひたすら自分の死を思っておびえる現代人の想像力はまるで違う。前者が広い動物界に向かって開き、人をそちらへ押しやるものであるのに対して、後者は人を自分の中へ収斂《しゅうれん》させるだけ、人はどこへも到達できない。周囲の世界から孤立した、寂しい想像力。それに追いまくられてつのる死の恐怖の行き着くところには、やはり不幸な死しかないだろう。

肉食獣に追われて逃げきるか食われるかは一つのゲームである。何度勝った者も最後には敗れる。自然界には自然死という言葉はない。老衰もない。動物はみな捕食者であると同時に獲物であり、絶対の優位にたって食うだけという動物はいない。そして、彼らにあるのは事故死と病死だけだ。それがそのまま不幸でないのは、そのことが生そのものの基本条件だから、生というものが最初から死をその中に含んでいるから、生きるものはそれを承知しているからである。死は常に目前にあり、誰もそれを忘れたふりをしたりはしない。動物はみなこの危険なゲームに参加し、興奮と高揚を味わい、常に危機を予想し警戒しながら、さしあたり目前の若い青い草の味を楽しむ。発情した雌の放つ匂いに惹かれる。仔を無事に生んだことを喜び、その仔が出産後三十分でもう立ち上がるのを見て安心する。冬ごもりの用意をする。そういう濃密な時間の内にこそ死は正しい形で用意されている。それを承知の生命ではないのか。生きること自体がある種の罠なのかもしれない。賢い動物は餌だけとって罠を逃れる。愚かなものは餌に釣られて死に捕らえられる。それが何度もくりかえされる。誰もがこの危険なゲームを楽しんでいる。ただ人間だけが知力でこの罠の仕掛けを回避して確実に餌をただ取りする方法を考案し、甘美なはずの餌の味をすっかり退屈なものにしてしまった。

食われることとは、あるいは死ぬこととは、個体の中に宿る個としての意識、連続的な生の意識の喪失である。食う側はその個体だから食うのではなく、たまたま手に入った肉だから食うだけだ。唯一無二でかけがえのない自分意識によって成立しているはずのエゴはそこでは単なる肉に還元される。だが、もともと無から生じた個体の意識がまた無に返るのに不思議はない。自分がそれまでに食ってきたもののすべてが、他ならぬ自分もまた食われるものであることを保証する。こういう言いかたをするとまるで悟りすました宗教者の発言のように響くかもしれないが、野生の動物はこの境地を最初から心の内に具備しているのだ。動物は愚かだから悩みがないと言うのは間違いだ。動物たちはお互いに大きな知恵を共有することで個体のエゴを制限し、そこにちゃんと安心立命を見出している。その場その場で力を尽くすだけで、それを超える不安があることに気づきもしない。本当はそんな不安などないのではないか、と考えることができたら人間もまた彼らの境地にもう一歩なのだが、それは容易なことではないらしい。近代の宗教がまことしやかに語るやすらかな最期や大往生の準備とは、実は失われた野生動物と狩猟民族の精神の回復ということではないのか。

人間はずいぶん無理をして自分たちの中の動物を抑え込んでいる。それだけを誇りのように思って、その基準にしがみついている。そして、しばしばそれは破綻する。互いに食いあわないことを約束して、カニバリズムを禁止し、近代社会を築いたはずなのに、人道の名のもとに臓器移植は認めようとする。ある程度以上に進んだ社会におけるカニバリズムとは、他人の身体を単純な蛋白源として利用しようということではない。シカやイノシシと同じカテゴリーで食うのではない。人が人を食う場合には、必ず優れた個体である相手の勇気や活力や精神力をこちらに移そうという意図がある。それはマジカルな儀式なのだ。ある臓器が受け持っている活力をその臓器ごと別の個体に移そうとするのとどこが違うのだろうか。戦争に伴うカニバリズムの場合、食われるのは最も勇敢に戦って死んだ強い敵である。心臓など、その精力が宿ると信じられる臓器である。臓器移植に際しては、脳死という形で仮に死んだと宣言されたものがその対象となる。さまざまな形で隠蔽されているけれども、実体は紙一重というところではないだろうか。脳だけが本当に意識の宿るところなのか、意識だけが生の本質なのか。人間を肉体として、パーツを集めて作った機械としてしか見ない医者たちはこういう問いには答えてくれない。ぼくは臓器移植そのものへの反対意見を表明するためにこんなことを書いているわけではない。人間がおのれを動物と峻別しようとしていかに無理なロジックを操っているか、自分の中の動物を捨てたためにいかに辛い思いをしているか、それをちょっとだけ言っておきたかったのだ。

道具や言語によって加速進化をしたといっても、種としての人間には何の変化もない。ここ一万年の間にわれわれの生活はずいぶん変わったが、それを実行している主体としての人間は元のままだ。具体的に言えば、狩猟採集生活を構成していた要素が一つ一つ別のものに置換されただけで、生活の基本構造はそのままなのではないだろうか。つまり、巣は家となり、狩場が家の外の世界、具体的には会社や路上や証券取引所や待合や競馬場に置き換えられた。しかし、外で得たものを巣に持ちかえって安楽に暮らすという形はそのまま。

幸福という言葉の内容は多岐にわたるし、人によっても定義が異なるだろうが、安楽はその中でも最も大きな要素である。われわれは高揚よりも安定を求め、そのために生活を評価する基準として家を選ぶ。家とは生きるのに必要なものが安定して供給される場のことであり、この条件を欠いて家はない。完成された家にはまず天候や外敵からの安全があり、充分な食料があり、性の充足があり、育児の場がある。動物が育児のためにしかたなく営むものであった巣が、人間ではたまたま育児が十数年にもわたるという特殊事情のために恒常的に維持されることになって、それと同時に養育されている状態の安楽を大人たちも分かちあうようになり、全体が幼児化して、言ってみれば精神的なネオテニー（幼形成熟）現象がおこった。われわれが家庭と呼んでいるのはそういう場である。

多くの動物にとって、巣は仮のものである。ハイエナも、オオミズナギドリも、ヒグマも、育児や越冬という具体的な理由がある時にだけ巣を作る。ゴリラは昼は移動しながら餌をあさり、夜だけ巣を作る。それは庵を結ぶのに似て、朝が来れば一夜の巣はそのまま放棄され、また一日の移動がはじまる。巣が常に仮のものである理由は簡単、いつも巣にこもっていては食料の安定供給は望めないのだ。育児そのものが条件が最もよい時にようやく行いうる大事業である(今の人間にとっても大事業だという意見が出そうだが、それではなぜ人口はかくも急速に増えつつあるのか。動物たちから見るならば、人間の育児は実に容易な仕事であるということになるだろう)。ある種の小型哺乳動物では、雌が受胎可能である時間が一年間に数時間しかない。年にたった一回、その日のその時だけ彼女は雄を受け入れることができる。その機会を逃したら、次は来年まで待たなければならない。それまでの間、彼らの間には性の分化はほとんどない。ひたすら生き延びる努力があるだけだ。この動物の場合、生活そのものが非常に厳しくて育児の余裕はなかなかない。条件が悪いままに仔を生めば、結局は親子共倒れになってしまう。身体の方に産児制限のシステムが備わっていないと種そのものが絶えることになる。彼らにとって性とはかくも限定されたものであり、稀なる喜びなのである。われわれはそれを日常茶飯のことにしてしまった。

人間は動物であった頃の生活の要素の多くを別のもので置き換えたが、実体は変わっていない。生きたウサギを苦労して捕まえて食べるかわりに、フランス料理店に行って野ウサギのシチューを食べるようになり、ヒグマに殺されるかわりに車に轢かれるようになった。しかし、どれだけ置換を重ねても生活の基本パターンは変わらないのだ。生きて、食べて、住んで、まぐわって、育てて、死ぬ。となると、論が分かれるのはどちらに力点を置くかということだけではないか。変わった面か、変わらない部分か。食料の安定供給を絶大な成果と見て自分たちを高く評価するか、ものを食べて生きているという意味ではわれわれもゾウリムシも同じだと認めるか。

一般には変化の方を高く評価して誇る声の方がずっと強いのだが、その一方でそれに由来する不安もまた無視できない。われわれはあまりに自然から遠く離れてしまった。個人としての人間は、人生の途中で、動物たちみんなと植物と気候と地象とからなるこの世界の原理を参照することができなくて当惑することも少なくない。自分たちが本当はまだちゃんと動物であるということを忘れ、何かまったく違う知的生命体であるかのようにふるまって、袋小路に迷い込む。種全体がノイローゼの状態にあって、それゆえに例えば死というものを異常に恐れる。死なないことが生きていることだという短絡的な誤解に陥る。延命をもって文明の成果とみなす。

今から戻ることはできない。われわれにできるのはただ昔を思い出して、自分が今いる位置を確認すること。岸からそんなに遠く離れて沖へ出てしまったわけではないことを確かめて、せめて岸が見える範囲を漂うように舵をとること。ほんの数世代前は狩猟で暮らしていた事実を忘れないこと。そして、たぶん、死を恐れないこと、だろう。自分の中の動物の部分を捨ててしまうのは有利な取引ではない。捨てることなど決してできないくせに捨てた気になるのはもっと悪い。われわれはまだ充分に動物であり、この事実によって数億光年の虚空にたった一人で放り出される無限の不安をかろうじて免れているのだ。それゆえに今までいじめてきたオランウータンやクジラと友だちになりたいとすりよっているのだ。

先に挙げた煎本孝の著書にいい話がある。人と動物の交感がまだ可能なころの神話的なエピソード、しかし間もなくそれも終焉を迎えるだろうという予感に満ちた短い物語、回復されかけた楽園がまた崩壊して無の中に消えてゆく淋しさ——

「昔、一人の女が、薪にするため大きな松の木を引っぱって歩いていた。その木は、時々なにかに引っかかり、動かなくなった。女は振り向いたが、なにも見当たらなかった。それで、女はふたたび歩いた。しかし、またすぐに木は引っかかったように動かなくなった。女はもう一度振り向いた。すると、一頭の熊が片足を木に乗せて立っていた。熊は笑って、女に、たくさんの魚のいる浅瀬の音を聞いてごらん、と言った。それから、熊は女といっしょに歩いた。熊は、女に浅瀬の音を聞くように言いながら遠くまで歩いた。

こうして、彼らは一週間も歩き続けて、遠いところまでやってきた。ここで、夏の間じゅう、熊は女に魚を与え、養った。冬が来た時、彼らは寝るために穴へ入った。一ヵ月後、熊は大きな魚を口から取り出すと、女に与えた。さらに、熊は水が欲しいかと女に尋ねた。女が、水が欲しいと答えると、熊は足を開き、その内側にまるで小さな川が流れているかのように水を取り出した。澄んだよい水であった。魚を食べ、水を飲んだ後、女はふたたび寝入った。そして、さらに一ヵ月経って、女はふたたび一匹の魚を食べ、澄んだ水を飲んだ。三ヵ月経った時、熊は穴の外に手を出した。熊は、そこに柔らかい雪を感じた。すでに、春になっていたのである。

一人の男が外を歩いていた。彼は雪の上に熊の手の跡があるのを見つけた。男は熊を殺し、女をふたたび穴の外に連れだした。女は一人の子どもを孕んでいた。また、女は三ヵ月もの間、熊といっしょに寝ていたのに、まるで一晩しか経っていないようだ、と語ったということである」。

ホモ・サピエンスの当惑

1

アメリカのコロラド州にアスペンという有名なスキー・リゾートがある。その町の市長が、毛皮の販売を禁止する条例を提案しているという話を聞いた。禁止の対象となるのはもちろん野生動物のものだけだが、賛成派反対派共に声高で、地元では大きな騒ぎになっているらしい。アメリカにはTSUをはじめ野生動物保護運動の団体がいくつもあって、街頭で毛皮のコートを着た人にお説教をするとか、集会やデモをやるとか、毛皮店に押しかけるとか、なかなか活発なのだ。もともとイギリスにはじまった動物愛護運動（正確に訳せば、動物虐待防止運動）はいろいろな形で、時にはずいぶん過激に、世界中で展開されている。アスペンの条例は今のところ賛否は半々と見え、最後は住民投票で可否が決まるというのだが、どうなるのだろうか。

もう一つ別の話題。北の海に、エトピリカというかわいい名前の鳥がいる。生息しているのはアリューシャンのあたりだが、北海道をはじめ日本周辺でも見ることができる。見た目は実にかわいい。大きなオレンジ色の嘴が目立ち、全体としては少し太目、体格の割に翼が小さいので飛びかたは不器用だが、水に入ると下手な魚より速い。餌はもちろん魚。数年前、この鳥のことが日米間で問題になった。日本の母船式サケ・マス流し刺し網漁が網にオットセイを巻き込んで殺すというのでアメリカで反対運動が起こり、その際にエトピリカも巻き添えになって死んでいることが反対派の論拠の一つになった。日本側の調査によれば八二年から八四年までの三シーズンで網にからまって死んだエトピリカの数は四万五千、この鳥の総量は推定八百万。一年に総量の五百三十分の一という比率が多いか少ないかは言わば主観の問題だから意見は人ごとに分かれるのだが、この時のアメリカ側の裁判ではオットセイ＝エトピリカ派が勝った。アメリカ水域では日本はこの方式の漁をできなくなった。

この鳥はいかにも人に好かれそうな姿をしている。エトピリカはアイヌ語できれいな嘴という意味だ。動作もかわいいから、東京の江戸川区の葛西臨海水族園では開園してすぐに人気者になったという。それがサケ・マス網に絡まれて死んでいるようすを想像すれば、反対運動が盛り上がったことも理解できないではない。しかし、ぼくの中では話はそれだけでは終わらなかった。新聞に載ったエトピリカの写真を見て、ぼくは別の写真を思い出した。もう若くはない一人の男がこれによく似た鳥を網で山ほど捕らえ、それを紐でからげて肩からかついでいる姿だ。

記憶をたどって探してみたら、それは《ナショナル・ジオグラフィック》誌の一九八七年二月号、アイスランドについての記事の中だった。この鳥は英語ではパフィンという。エトピリカと種は違うが、いずれもウミスズメの仲間で、近縁と言っていい。イギリス最大のペーパーバック出版社であるペンギン・ブックスの子供用のシリーズがパフィンと名付けられていることからもわかるとおり、かわいい鳥というイメージは東西でもかわらないらしい(余談だけれども、ペンギン・ブックスはPの字ではじまる鳥の名をすべてのシリーズ名に用いている)。

アイスランドのその人がパフィンを捕るのは食用だというから、当地のグルメたちはこれをおおいに賞味するのだろう。彼は日に平均六百羽を捕ると説明にはあり、猟期は七月八月。単純計算をすれば六十日間で彼一人が三万六千羽を捕ることになる。場所はアイスランドの離島の断崖、なかなか険しいところだ。同じ猟をしている人が他に何人いるかはその記事には書いてなかった。要するにアリューシャンで問題になったのと同じ規模、数万羽単位のパフィンが食べられるために捕られているということだ(人口二十五万のアイスランドだけで全部が消費されるとは思えない。つまりこれは広い範囲で認められた食用の鳥なのだ）。ヨーロッパ人は今でもよく野鳥やウサギの料理を食べる。ウサギも野生だと味が濃厚で、うまいと言えばこんなにうまいものはない。

さて、この議論はここからがむずかしい。エトピリカの例を見て、やっぱり「彼ら」の保護運動なんて実に恣意的、身勝手でわがままだと言うこともできるだろう。この論法はいくらでもふくれあがる。ここに彼らというのは、要するにグリーンピースをはじめとする欧米の保護運動家たち。大半が白人。奇妙な論理と感傷をとんでもなく過激な手段で通そうとしている連中。毛皮を身につけている人に向かって赤ペンキを掛けるという戦闘的な姿勢。

しかし、この論法では、ことの真相は見えてこない。第一、過激な自然保護運動家とパフィンを食べる食通を、同じ白人だからぐらいの理由で、同一視するわけにはいかない。そういう単純化でものを考えては、クジラを食う日本人は野蛮だというようなあちら側の狭量な人々と同列の偏見に陥ってしまう。大事なのは、野生動物というものを巡って、われわれが（というのはここでは日本人だけではなく人類全体という意味）ある種の混乱に陥り、どう考えていいかわからなくなっているということだ。つまり、われわれは当惑している。

もともと野生動物とは捕って食べるなり毛皮を利用するなりすることが許されているもの、つまり猟の当然の対象として公認されたものであった。日本人にとってクジラはそうであったし、アイスランド人にとってパフィンは今もなおそうである。しかし、全体の傾向としてはそれがそうでなくなってきている。一連のその動きの途中でさまざまな論争が生じている。狩猟や漁に反対する人々は気持ちが先走りしながらも、それを裏付けるための説得力のある論理を生み出しえていない。全体として野生動物が減っているから保全をはかろうという趣旨は総論としては理解されても、個々の動物についての論議は錯綜している。捕鯨問題についても、「彼ら」がほとんど理屈にならない非科学的な理屈と露骨な政治的手法でわれわれの伝統食を奪ったことは否定できない。そういう混乱の例としてアスペンの強引な条例やエトピリカの場合があるわけだ。

話を先へ進める前にここでクジラの場合を一通り整理しておこう。自然保護の運動家は、かつてはクジラが捕りたいばかりに砲艦外交で開国を迫った国民の子孫でありながら、こちらが少し本気で捕鯨をはじめると、自分たちがさんざん荒し回った後だということは忘れて、実にセンチメンタルな反対論を展開する。しかもそれをあまりにポリティカルな方法で通そうとする、というのが、こちら側の正直な気持ちだろうか。これも最初のうちは数をめぐる論議だった。乱獲のせいで絶滅の危険まで出てきたから、捕る数を制限しようというまっとうな主張だった。その段階でヨーロッパの捕鯨業者たちは手を引いたけれども、それは資源保護の論議に賛成したからではなく、植物油に比べて鯨油の値段が高くなりすぎ、採算が取れなくなったからだ。日本とソ連が最後まで残ったのは鯨肉まで利用することで採算点が低かったために他ならない。しかし、その後のある段階で、反捕鯨論はなぜか非常に感情的なものにすりかわり、クジラのような知性のある動物を殺すのは罪だという倫理の問題にまでなってしまった。倫理はもちろん議論の対象にはなるが、しかし自分たちの倫理を他人に押しつけるのはずいぶん反倫理的なことだ。

日本の捕鯨にもたしかに問題点がなかったとは言えない。企業間の競争から乱獲に走った時期もあったかもしれない。だが、最後の段階では科学的な生態系の管理に協力していたし、捕鯨を続けつつもクジラの絶滅を防ぐ方法は確立されようとしていた。日本の敗退の理由を求めるならば、それは先進国の一部の人々が、時に感傷的な方法にまで訴えて野生動物一般の保護を訴え、それが相当な効果を上げはじめた時期に、まだ捕鯨を続けようとしたことにあったということだろう。正しい理由があったから捕鯨を続けるつもりだったのだが、気がついた時にはことは理由云々の問題ではなくなってしまった。先手を打って早めに他国以上に大規模な制限捕鯨をスタンド・プレイとしてでも提唱していれば、この流れは逆になっていったかもしれない。たまたま、経済的な理由からあちら側がやめた時期に続行を試みた日本とソ連だけがイジメにあったと言ってもいいが、世論の動向を読めなかったことは否定できない（日本が経済的に台頭してきてイジメられやすい時期だったということもある。ソ連をいじめるのが戦後西側諸国の基本姿勢だったことはいうまでもない）。

われわれ日本人の間にまだ不満が残っていることは事実である。環境問題と捕鯨を結びつける論法はロジックとして見るかぎりおよそ荒唐無稽なものだ（その起源は、一九七二年のストックホルム国連環境会議におけるニクソンの陰謀）。また、ライアル・ワトソンをはじめとする反捕鯨派が、捕鯨に無縁な国をいくつも国際捕鯨委員会に加入させて多数派工作をしたのも強引な方法であった。自分たちが捕るのをやめたのだから、他の国にも捕ることを許さないという彼らの姿勢が、われわれの目にいかにも白人らしい専横なものと映ったのは当然と言ってよい。

結論を言えば、クジラが絶滅に向かっていた時期は終わっていた。管理しながらの捕鯨は可能であった。つまり、われわれは各論では相当に筋の通った論拠を持ちながら、総論で破れた。政治に負けたと言って気が済むのならそう言えばいい。政治的なシンボルは人を感情的に駆り立てるから、それらと戦うのは容易ではない。しかし、今となってそれを嘆いたり、彼ら（最も狭量にして戦闘的なる自然保護主義者たち）と再びの対決を試みることはほとんど意味を持たないだろう。彼らがそういうことも敢えてするような人々であることを忘れないでおけばそれでいい。ライアル・ワトソンのあまりに政治的な身のこなし、元イラン国王パーレビとの親密な交友のこと、いかにもブックメーカーという印象の彼の著作のしかたなど、一応は記憶にとどめておけばいいだけのことだ。それよりも、正しかったはずの各論がなぜ総論に負けたのか、それを人と野生動物との関係の変化という全体の流れの中で見なおすことが必要ではないのだろうか。

2

われわれの祖先はみな狩猟と採集で暮らしを立てていた。農耕や牧畜が始まる前にはそれ以外の食料調達の方法はなかったのだから、これは否定のしようのない話だ。そして、その時期こそが、人間と自然の間が最もうまくいっていた時期でもあった。人間は自然からまだ独立することなく、その一部としてすべてと調和して生きていた。それはもちろん大変に大きなリスクを背負った生活であり、人々が飢餓や病気、怪我、場合によっては他の動物に喰われることまでを含めて、さまざまな恐怖と不安の中に暮らしていたことは容易に想像できる。それに対して農耕と牧畜の発明、さらに工業の発達や産業革命が人に安泰な日々を保証するに到った経緯については、今さらおさらいをする必要もないだろう。

では、農耕その他によって食料の調達が容易かつ確実になった後、狩猟と漁労はどうなったか？　進化というのは決して過去の姿を全面的に捨てることではない。今すっかりモダンな滑らかな顔をして都会に住んでいるわれわれの中には、ネアンデルタール人にはじまって、山野を走り回った狩猟民、律令制下の農奴、米を作りながら米を食べられなかった貧農、紡績工場の劣悪な労働条件に苦しめられた女工、大戦の兵士、等々、実にたくさんの人格がきちんと残っている。人間の精神はまるでタマネギのようなもので、奥に行くほど古い層がそれだけ大事に温存されている。

いかに農耕と牧畜が発達しても狩猟は残った。危険が多くて収穫の少ない狩猟や採集はそれでも経済生活の基層あるいは記憶の層として残り、人々はウサギ狩りやキノコ採りや渓流の釣りを単なる経済活動ではなく特別の楽しみとして続けてきた。漁業の方は、これは狩猟を牧畜にし、採集を農耕にするような具合に簡単に工業化できなかったから（農耕というのは工業化された採集であり、畑とは人が最初に作った工場である）、もともとの形のまま現代まで続いた。そして人は二十世紀を迎えることになった。

狩猟を本能と呼ぶことはできない。本能というのは生態学的にもずいぶん定義がむずかしい言葉であって、そういう一語に頼ってことを説明しては話をあまりに単純化することになる。ただ、狩猟がわれわれの中の古い資質に訴える快楽であることは認めておこう。生きることは一定のリスクを負うことであり、それを超えて未知の明日へ到達する時に人は生きている実感を味わう。そういう精神の姿勢はわれわれがまだ洞窟に住んでいたころから今に到るまで、まったく変わっていない。絶対の安全はただ退屈でしかないから、人はさまざまな方法でこのリスク感を求めてきた。たぶんその基本形は狩猟や採集の不確実さ、それが含む危険、そういうものを克服したという満足感などにあるのだろう。登山から博打まで、現代でもリスク感を目的とする行動の様式は少なくない。

今、狩猟に対する批判はさまざまである。一つはもう残り少ない野生動物を一部の、特権的な、個人の楽しみのために殺していいかということ。特に絶滅が近い種についてはこの論議は強い説得力を持っているし、実際に効果的な規制も行われている。

しかし、もっとも批判されるべきは、狩猟があまりに安全になってしまったということではないだろうか。かつて人は本物のリスクを負って狩猟に向かった。農耕によって安全になったはずの生活を捨てて開拓の手が及んでいない土地に入るのだから、入った先も安全では何にもならない。しかし今ではそれも擬似リスクに過ぎないのであって、そんなもののために野生動物を殺すのは許しがたいのだ。本来は個人としてのハンターと、やはり一つの個体としての動物やそれを取り巻く自然との対決として意味をもっていたはずの狩猟が、一方に対してあまりにアンフェアになってしまった。銃の性能は発達し、望遠照準ははるか遠くから危険に気がついてさえいない動物を狙うことを可能にした。資材は車で運び、場合によってはヘリを呼ぶこともできる。そして、捕られる側にはまったく反撃のチャンスがない。口先ばかり大袈裟でも、アフリカに行こうがアラスカだろうが、またモンゴルだろうが、要するに射的場と同じではないか。これを擬似リスクというのは、要するにジェット・コースターの原理と同じで、一見とても危険に見えることが実際には絶対の安全を保証されているからだ。

英語にはフェア・ゲームという言葉がある。ここに言うゲームは試合ではなくて狩猟の対象となる動物および鳥。今の意味では禁猟期以外の捕ってもいい動物がフェア・ゲームだが、これはもともと狩猟というものがフェアであるか否かを問われるたぐいの楽しみであったことを語っている。つまり、狩猟が単なる獣肉の入手手段でなく、もっと精神的な意味の深いものであるとすれば、人間は相当なハンディキャップを負わなくては狩猟はできない。狩猟自体が意味を失ってしまったのだ。それに気付かずに、高い金で買った偽のリスク感に満足を得ている人々の姿は滑稽かつ愚劣としかいいようがない。

もう一つ、狩猟が工業化されるという事態は特定の種の絶滅にきわめてつながりやすいということがある。工業化可能というのは、人間の側に何のハンディキャップもなく、一方的に対象となる動物を殺すことができて、しかも捕られる対象に経済的な価値がある場合。スポーツとしての狩猟では狩るという行動自体の価値で人は動く。獲物の肉や羽毛や毛皮は二次的な意義しか持たない。しかし、動物の身体そのものが求められる場合には、狩猟はスポーツの場合をはるかに超える規模になりかねない。そしてこのような例は、残念なことに、人と自然の交渉の歴史にいくらでもあるのだ。ヨーロッパのオーロックスとバイソン、アメリカのバファローやリョコウバト、先ほど挙げたパフィンの仲間ではアイスランドやグリーンランドのオオウミガラス、日本で言えばもちろん鳥島のアホウドリ(絶滅ではないけれども、ほとんどそれに近い状態)。離島の鳥が多いのは、それまで彼らが敵というものを持たず、人がそばに行っても逃げようともしないという、彼ら本来の性質によるものだ。こうなるととても狩猟とは呼べない。ほとんど採集である(先ほどのパフィンの一日に六百羽という数字もこれに近い事態だろう)。

そして、いかに遅ればせとは言いながら、欧米の人々の間にこのような失敗を何度となく繰り返したことの重大さに気付いて、同じことがまたも起こるのを避けようという機運が生まれたのは、それ自体もちろん高く評価されるべきことである。絶滅という事態はどう悔やんでも取り返しがつかない。それに気付けば、ある種が絶滅に瀕しているという話に過剰に反応するのも無理はない。

人間は地球上であまりにも強い力を持つ動物になってしまった。そして、自分たちの力にむしろ不安をいだいている。瀬戸物屋に入り込んだ象のように身動きがとれなくなっている。もちろんそういう意識を持つ人の数はまだ少ないし、もっともそれを感じるべき官僚や資本家たちは何も知らない顔をしているが、力の不安はたしかにあるのだ。そして、それが環境保護運動の心理的な基礎である。

考えてみれば、自分たちの力の過剰を意識するというのは、人類の歴史でかつてない事態であった。人はいつでもおのれの力不足、食料調達力や、腕力や、飛翔能力や、繁殖力などの不足と欠如を嘆きながら生きてきた。それが部分的にせよ逆転し、自分で自分たちの力を抑えなくてはならないという状況はホモ・サピエンスがはじめて迎えるものだ。だからこそ、早くそれに気付いた人々は未だに力の神話を信じている人々を説得するのに苦労し、時に苛立ち、過激な手段に訴え、同じ力の神話を逆方向に用い、精一杯のパブリシティーを展開しようとする。

3

クジラに話を戻そう。

かつてクジラを捕ることは相当に勇壮活発な仕事だった。場所が海の上で、相手があれほど大きいのだから、ウサギを射ったりキノコを採ったりするのとは危険のレベルが違う。クジラ捕りが生業であると同時に冒険でもあったことは、それがアメリカ文学でも最もすぐれた小説のテーマとなったことでもわかる。もちろんぼくはメルヴィルの『白鯨』のことを言っているのであって、あのいかにもアメリカ流にひとひねりされたロマンティシズムは、彼の時代に捕鯨がまだ単なる産業ではなかったこと、少なくともメルヴィルはこれを「名誉と光輝」の職業とみなしていたことの証しである。物語はエイハブとモビー・ディックの間に一つの精神的な絆があったことを前提に組み立てられている。この絆は一見したところ憎悪のように見えるが、あるいはもっと深い緊密な感情であり、一種の愛でさえあったかもしれない。敵対もまた、協力と同じように、本当はそれ以上に、強い関係を一つの精神と別の精神の間に結ぶ。危険の源はお互いなのに、その危険を共に越えつつ進むような錯覚が両者に生じる。これと似た狩る者と狩られる者の間の絆は、シートンやバイコフをはじめ、他の動物との間にもいくつも書かれている（日本文学からは、同じクジラを巡る話として、宇能鴻一郎の『鯨神』を、タイ釣りの話としては高橋治の『秘伝』を挙げておこう）。狩る者と狩られる者が時として逆転する可能性を孕んでいるからこそ、狩りは冒険になり、最終的には獲物に対する正当な所有権が生ずる（ここに言う正当なとは、人と人の関係を規程する法に照らしての理屈ではなく、人と自然の間に成立する倫理にもとづいての話である)。

しかし、捕鯨は安全になってしまった。もちろん危険だからいいというのではない。人の生命の価値をロマンティシズムで引き下げることは許されない。その一方、安全であることはその狩りがフェアなものであるという錯覚に水を差し、どこか後ろめたい印象を残すものだ。このあたりはほとんど感情論だから、それが捕鯨の動向にいかなる影響を与えたか、それを計測することはむずかしいのだが、しかし、今われわれが自然に対して持っている力の不安の中には、自分の身の安全を確保した上で獲物を大量にかり集めることへの淡い罪悪感のようなものがある。いくつもの種を絶滅させた後だと、淡いものでもこれを無視することはできない。

普通のクジラは捕鯨船に向かって反撃はしないが、それでも捕鯨はなかなか危険な仕事だった。一九三〇年代に南氷洋捕鯨に参加した日本は、最初のころ遠い寒い海での操業にずいぶん苦労している。一九三九年の三月には第二日新丸所属のキャッチャーボート三隻が氷に囲まれて動きがとれなくなり、乗組員五十七人は遂に船体を放棄して、風力六の吹雪の中を氷原を歩いて脱出、十二時間後にようやく母船にたどりつくという事件があった。戦後の一九五三年になってからも、運搬船摂津丸がやはり南氷洋で浸水事故のために沈没している。幸い母船の図南丸が近くにいたので乗組員は救われたが、メルヴィルの時代ほどではなくとも危険はあったのだ（北洋漁業は今でも同じような状況にあるだろう）。

荒れることの多い南緯四〇度圏を越えて、氷の浮く海に長期に亘って滞在し、クジラを探し、追いかけて射ち、獲物を母船まで運び、そこで解体して貯蔵する。気温は低く、風は強く、波は高く、相手は人力で扱うにはあまりに大きい。それでも、捕鯨をはじめとする漁業全般について、人間の側はハンディキャップを下げすぎたという印象は否定できない。自然の猛威は今も変わらないが、海の生物資源全体に対して、われわれの側の武器は強くなりすぎた。海中の魚の種類から数までわかってしまう魚探や、冷凍保存のシステム、天気図を直接受けるファックスをはじめ整った通信設備、馬力のある故障知らずのエンジン、クジラよりはるかに大きい丈夫な船体、等々、安全で収穫の多い漁業を目指す努力はどこかで勝負のバランスを大きく崩している。

その一方、食卓に上る魚類はいよいよ海から遠く、先日まで生きていたものとは思えない姿になっている。海から口に至る過程が延々と機械化され、人が努力して食べる権利を勝ちとった獲物とは思えないものになってしまった。その日その日の食べ物が目の前にあることへの感謝など誰の心にも宿らない。食べるという行為は精神性を欠いたメカニックなものになりはてた。

4

資源保護のための運動は一般には、捕りすぎては絶滅を招くという産業の効率を理由に展開されている。明日の分まで食べてしまったら明日はいったい何を食べるのだという大喰いの戒めとして、量の制限が説かれる。だが、その一方で、自分たちには本当にそれを食べる資格なり権利なりがあるのかという心理の根本にねざした抑制もないわけではない。特に相手が大きくなり、知的にも人間に近くなると、どこかに食べることをためらう気持ちが生じる。類人猿を食用の獲物として狩る種族はいないし、知的レベルはともかく、犬やネコのようにペットと決めた動物は普通食べない。それらはわれわれの気持ちの中で食用とは違う範疇に入るのだ。このカテゴリーを混乱させることは人になかなか大きなショックを与える。食べていいものといけないものはきちんと区別されなくてはならない（その混乱の好例ともいうべき話――昔、中国で鳩を飼って芸を仕込むことがはやったことがあった。ある小役人がこれに夢中になり、ずいぶん腕を上げた。ある時、彼は出世のために上役にちょっとした贈り物をする必要に迫られ、自分が飼っていた中で一番賢くて芸もうまい鳩を献上した。次に会った時、彼はその上役に向かって、「鳩はどうですか?」とたずねた。すると相手は「ああ、ありがとう。なかなか美味しかった」と答えた。それを聞いた小役人は愕然とし、次に悄然として、結局は役職を退いて田舎に帰ってしまったという)。

捕鯨に反対する人々が危機感に駆られて取っている戦略は、クジラを人類みんなのペットにしてしまうという方法である。それが可能になったのは、一つにはイルカをはじめ海の哺乳類の生態がずいぶん詳しく研究され、もはや彼らが海の中でよくわからない暮らしをしている大きいだけの遠い存在ではなく、その生活や、歌う声や、ひょっとすると知性まで覗きみることのできる身近なものになってきたことだろう。それを受けて、保護派の人々は一方的に、クジラは以後ペットであり食料ではないと宣言した。そして、それを具体的なイメージとして世に浸透させようとして多くの巧みなパブリシティーを展開した。日常的にクジラを食べない欧米の普通の人々の感情と感傷に訴えるのに、これほど有効な手段はなかった。氷海に閉じ込められた一頭のクジラを救うために大量の油を消費する船が何隻も派遣され、その一進一退をテレビは大々的に報道する。そういうことを繰り返して、クジラ=ペット論は次第に定着し、遂には捕鯨国であったはずの日本にさえ、あのサントリーのビールのCMに空飛ぶクジラが登場するに到ったのだ(あそこでクジラに向かって乾杯していた女性が白人だったあたり、サントリーも芸が細かい)。

ぼく自身について言えば、各論はともかく総論としてはペットは好きでない。人と動物が納得ずくで馴れ合っている光景は、動物と動物が接する際に必ずあるべき緊張感を欠いていて、なぜか目をそむけたいような気恥ずかしい思いがする。ペットと人は偽の友情で結ばれている。機械力を借りて一方的に殺戮を進め、遂には種の絶滅に到るのももちろん反対だが、それに対して種の違いを越えて互いが理解しあえるという錯覚をいだくのもずいぶん見当違いなことだと思う。種の違いと言えば、冒頭に挙げたアメリカのTSUという団体の正式名称はTRANS SPECIES UNLIMITEDだった。種を越えての理解などというのは人間の側の勝手な思い入れにすぎない。すりよられたクジラの方も迷惑な話だ。力を持ちすぎてグロテスクなまでに肥大したホモ・サピエンスという種には、もう動物と正しくつきあう資格はないのだろうか。殺しまくるのとネコっ可愛がりの両方を避けて、本来の緊張と冒険の仲にもどる道はないのだろうか。

宮澤賢治に『なめとこ山の熊』という話がある。クマを捕って熊胆《ゆうたん》と毛皮を売ることで生計を得ている淵沢小十郎という猟師の名人の話。「すがめの赭黒《あかぐろ》いごりごりしたおやぢ」である彼が名人と呼ばれるのは、単にクマを見つけて射つことがうまいからではなく、狩猟という関係を通じてクマたちとの間に一つの精神的な絆を維持しているからだ。少なくとも彼が持ち込むクマの毛皮を安く買いたたく町の旦那とよりクマとの方がよほど気持ちが通じるのが小十郎という男なのである。そのために、彼はほとんどクマの言葉がわかるまでになっている。彼が山の中でたまたま母熊とその子供の会話を漏れ聞く場面は宮澤賢治の散文の中でも特にすぐれた美しい部分である。

あるいはこういうエピソードもある。山の中で一頭のクマを見つけて射とうとすると、そのクマは彼に、どうか今は射たないで二年だけ待ってくれと嘆願する。そのまま別れて山を降りると、二年の後、そのクマはみずから彼の小屋の前まで来て死ぬ。これはこれで一種の感動を呼ぶけれども、しかし結局のところ小十郎は一方的な殺生という罪業を重ねているわけで、その決算をするための方法は一つしかない。狩猟はその危険をどこかに、なんらかの形で含むから、人間の営みとして認められるのであって、絶対安全な場に身を置いて動物を射つ猟師とは、そのまま言葉の矛盾存在ではないか。

かくて、最後に小十郎は、前から目をつけておいた大きなクマ、つまりは運命によって選ばれた宿敵としてのクマに殴られて死ぬ。それ以外にはこの物語を終わらせる方策はなかっただろう。その時、クマは「おゝ小十郎おまへを殺すつもりはなかった。」と言うのだ。そしてそれから三日目の晩、「その栗の木と白い雪の峯々にかこまれた山の上の平らに黒い大きなものがたくさん環《わ》になって集って各々黒い影を置き回々《フイフイ》教徒の祈るときのやうにじっと雪にひれふしたまゝいつまでもいつまでも動かなかった。そしてその雪と月のあかりで見るといちばん高いところに小十郎の死骸《しがい》が半分座ったやうになって置かれてゐた。

思ひなしかその死んで凍えてしまった小十郎の顔はまるで生きてるときのやうに冴え冴《さざ》えして何か笑ってゐるやうにさへ見えたのだ。ほんたうにそれらの大きな黒いものは参の星が天のまん中に来てももっと西へ傾いてもじっと化石したやうにうごかなかった。」

これは一つの物語、なかばファンタジーにすぎない。宮澤賢治の話の中でも特にすぐれたものではないかもしれない。しかし、この話が語っているような動物と人間の仲、単に殺すでもなく馴れ合うでもなく双方が力を尽くして戦ったあげく理解しあうという仲に、揺れに揺れている人と自然の関係の本来の形を見ることができると思うのだ。だが、こういう時代からわれわれははるかに遠くへ来てしまった。トキはもう最後の一羽になり、繁殖の可能性もなくなったし、シマフクロウは消滅しかけている。天然記念物の指定は標本のヤミ価格を釣り上げるばかりだ。アスペンの条例も、エトピリカの保護も、クジラを巡る論議も、世にも不器用な、硬直した理屈とその時々の感傷ばかりの方法に思われる。思えばわれわれとてかつては野生動物の一員であった。日々の生命の危険と引き換えに自然との間に完璧な調和の関係を維持していた。今、われわれは自然からすっかり疎外されている。荒野に立って当惑している。正しいクジラとの交際の方法をわれわれが取りもどすのはいつのことなのだろうか。

付記――この文章を書いた後で、クジラと人間の関係はどう変わっただろう。科学的な調査によって、少なくともある種のクジラについては相当な数の生息が確認された。従って一定量までの捕鯨は可能なはずだが、反捕鯨国は感情的な反対論を引っ込めない。捕鯨国日本の立場から言えばそういうことになる。具体的に言うと、一九九一年、ミンククジラの現資源量は七十六万頭以上であり、年間四千八百頭の捕獲は可能と国際捕鯨委員会は認めたが、だからといって実際に捕鯨が再開される見込みはまったくない。

このような事態に反発して一九九一年の十一月、アイスランドは遂に国際捕鯨委員会を脱退してしまった（他の主要捕鯨国であるノルウェーと日本はかろうじて踏み止まっている）。これはさまざまな資源問題をめぐる今後の国際社会の動きを先取りするような事件だ。人と自然の関係、それをめぐる人と人との対立は、今後このような形で深刻化するのだろう。

狩猟民の心

今年の冬はどこでも雪が少なかった。

去年の夏から秋にかけて何度か行った加賀の村で、冬の雪の話を聞いた。一番すごい年には七メートル、普段でも三メートルから五メートルは積もるという。聞いているうちに興味が湧いて、一度その豪雪を体験してみようという気になり、冬のさなかにもう一度行ってみた。ところが今年にかぎって雪は一メートルしかない。カンジキを履いて雪原を歩いてみたけれども、やはり実感がない。屋根まで埋まった家々や、新雪を吹き飛ばして轟々と進む明け方の国道の除雪車など、期待していたものは見られなかった。話が違うと言いたいところだが、自然相手の仕事ではこういうことはいさぎよくあきらめなくてはならない。取材のために降ってくれる雪ではないのだ。

冬の里に雪が少なかった分だけ、春になってから山に雪がたくさん降ったらしい。富士山が雪の中で山開きを迎えたとか、夏山でもピッケルとアイゼンがないと危なくて登れないとか、雪渓をスニーカーで登ってしまったアメリカの青年たちが降りる段になって動きがとれなくなったとか（雪は登るのは楽でも降りるのが恐いものだ）、いろいろおもしろい話が聞こえてきた。

先日その加賀の村から登った白山も至るところに雪渓が残っていた。ぼくはこの山ははじめてだったから普段の夏を知らないが、一緒に登ってくれた地元のイチオ氏は毎年数回は登るという白山仙人の弟子のような男である。その彼が少し登って風景が開けるたびに「こんなところにまだこんなに雪がある」と感心したりあきれたりしていた。

遅い雪解けの効果は花にこそ現れる。雪のせいで季節のめぐりが遅れて、夏は押せ押せで二週間ほどに圧縮され、すべての花が一度に咲いたのだ。これはすごかった。花についてのイチオ氏の発言を要約すれば、「ああ、これがまだ咲いていますね」と「へぇ、これがもう咲いていますよ」を交互に言うという感じ。ぼくの方はもう声もなくその豪華な花の野原を見るばかりだった。

こういう夏は語りぐさになるだろう。これから何度登っても、何度ハクサンコザクラやシシウドやクロユリやチングルマを見ても、「きれいだけど、あの年にはかなわないね」と言うことだろう。自然は時おりそういう年を用意して人を誘う。その一方で、（雪がなかった今年の里の冬のように）まるで花のない夏でぼくたちをがっかりさせることだってあるだろう。

山を歩いている時には、人は周囲を見るのに忙しくてあまりものを考えない。頭の中が風景で一杯になってそれ以外の余計な考えが何もない状態になる。みんなそれが好きで山に登るのかもしれない。

山が晴れていれば遠方の景色に見とれる。尾根に立った時には深い谷を見下ろすし、ガスが出てきて遠景を閉ざしても、足もとの地面や花を見ることはできる。登るにつれて植生が変わってゆくのがわかる。木がないほど高く登れば、今度は岩の種類に目がゆく。白山は火山なのにずっと高いところまで水成岩でできているという変わった山だ（二千メートルまで隆起した地層の上に火山がちょんと乗っている）。登るにつれて気圧が変わり、温度が変わる。雲の形もさまざまあるし、それが風に運ばれてめまぐるしく変わってゆく。谷を埋めた霧が吹き上げられて、青空に届くとふっと消えてしまう。いつまで見ていても飽きない。

変わるのは周囲ばかりではない。なによりも自分の身体の感じが変わってゆく。周囲を見る以上に自分の身体の中をのぞきこんでいる気がして、それがおもしろい。登りで少し調子を上げれば息が切れ、心臓の鼓動が速くなる。汗の出かたと喉の渇きかたの間にはたしかに関係がある。登りの時は三分休めばそれだけの効果があって、心拍も呼吸も普通に戻るけれども、下りの辛さ、筋肉が疲れて膝が笑うという感じの方は休んでも変わらない。

そういうこと全部を含めて、山に行くと、自分で何かするというよりも、周囲の状況によって動かされているという感じが強い。行動の主体は自分ではなく、環境の方である。自分の大きさを、むしろ小ささを、嫌でも思い知らされる。

ここ何十年かでぼくたちは軟弱になりすぎた。生活の場を便利にしすぎた。都会ならば百メートル歩いて飲物の自動販売機のない道はないし、一キロ歩いておにぎりを売っているコンビニエンス・ストアのない町はない。それを背後から支えているシステムの信頼性を疑う者はいない。しかし、山には持参しないかぎり水もないのだ。

人はそういうことを時々思い出した方がいい。もともと世界というものはそんなにぼくたちに都合のよいようにはできてはいなかったということを、年に二、三回は確認した方がいい。水筒が空のまま尾根に登ってしまったら、沢までの標高差何百メートルかの往復をもう一度やる以外に水を手に入れる方法はないのだ。どんな場合でも山は一メートルのおまけもしてくれない。力を尽くして登ったところをもったいないと思いながらまた降りるのだ。こういう厳しさはどこか小気味がいい。おまえが馬鹿だからこんなことになったのだ、と自分に向かっていいながら、すごすごと沢まで降りる。相手が人間だと、どこかに情状酌量を願う甘えた気持ちが混じって精神がだらけるけれども、山が相手ではそんなことは言えない。

七月に尾瀬に行った時はものすごい雨だった。最初から最後までずっとしぶきに濡れながら、ぬかるんだブナ林の中を歩いた。三条の滝などどこまでが雨でどこからが滝かわからないほどだった。まるで一日中ずっとゴアテックスの雨具のテストをしていたようなものだ。それでも、山が今日は雨と決めた以上しかたがないと思うのだ。そういう目にあうことまで含めての山なのだから。

(まったく同じことは、海についても言えるだろう。万一にも外洋に出たヨットのハリヤードが切れたら、恐い思いをしてマストに登るほかに苦境を脱する道はない。潜っていれば、タンクの空気は決まった時間以上はもたない。しかし、今回は山の話をしているのだ。人里を離れたらすべて同じということだけ覚えておいてほしい。)

以前、ぼくは冒険というのは、一種の攻撃性だと思っていた。山にしても海にしても、また極地や密林にしても、もともと人が暮らすのにふさわしくない場所だから、敢えてそこへ行くことで自分を試す。そういう気負いが人を冒険にかりたてるのだと単純に信じていた。心理学に言うところの若者の通過儀礼としての試練。

しかし、最近ではどうもそれは違うのではないか、少なくともそれだけでは説明しきれないのではないかという気がしている。山に向かう気持ちには、山を征服するなどという強気のこわばったものではなく、何かもっとずっと優しいものがあるような気がする。人は自分の力を信じている時にはどうしても姿勢が高くなる。最近の日本など、見た目の技術ばかり発達しているから、うっかりすると人間にできないことはないような錯覚に陥る。小さなリングでたまたま弱い相手をいじめているだけなのに、自分がチャンピオンであると思いたがる。

そういう傾向に対して、山はなかなか強い解毒剤であるのだ。周囲の自然にすっかり依存する生活を一日でもしてみると、自分の力でできることなど何ほどでもないということがわかる。日々食べるものの配分があるのはなかなかありがたいことだと考えるようになる。生きているではなくて、生かされている。全体の調和の中の一点としてようやく自分があるということがわかる。それが、都会を離れる本当の理由ではないだろうか。

そんなことを考えたきっかけは、二、三年前、アイヌの人々の民話を丁寧に読んだことだった。それは、ぼくたちの普段のものの考えとはまるで違った、不思議にやさしい世界だった。理屈をならべる前に、まず例をあげようか。

あるところに足の速い娘がいた。山に行くと、大きなクマがごろんと寝ていて、その上に人間の子供が一人いる。どうもクマがどこかからさらって来たらしい。娘は人間の子を助けようと思って、忍びよって抱きかかえ、走って逃げた。大グマは後ろから追ってくる。ようやくの思いで谷を跳びこえ、追いすがるクマの前足を腰の山刀《タシロ》で切って、逃げのびた。そうして、山の中の誰もいない川原に小屋を作り、そこで子供を育てて暮らした。

さて、話は変わって、ある村にクマを飼っている家があった。ある日、そのクマが急にあばれだし、檻をやぶって逃げ出した。その家の兄弟が後を追うと、クマはどんどん走って山へ行った。山の奥の川原の小屋の中に血に染まった若い女が倒れており、そのそばに子供が一人泣いていた。更に先には三本足の大グマと、兄弟の家で飼っていたクマが戦って死んでいた。大グマが若い娘を襲うところを若者の家のクマが助けようとして同士討ちになったらしい。兄弟は瀕死の娘から山の中で一人で子供を育てていた事情を聞く。話しおえて、娘は死んでしまった。弔うために自分の家のクマの頭を持ち、男の子を連れて家に帰った。大グマの死骸には「夢でも見せなければ、そのまま大地に朽ちさせる」と言いおいた。

するとと大グマは夢枕に立って、いたずら心で人の子供を盗んだことを白状した。そして、自分も悪いけれども、子供を殺すつもりではなかったと言って、粗末なものでもいいからイナウ（御幣）を捧げて、神の仲間として来世に行けるようにしてくれと頼んだ。兄弟はまず死んだ娘を手厚く葬り、自分の家のクマを葬り、それから大グマの方も弔ってやった。子供はその家で育てられて、長じて後、自分を救って育ててくれた足の速い娘と大グマの物語を聞いた。

クマよりも速く走る娘を主人公とするこの英雄譚には本当に悪い登場人物は出てこない。大グマは悪いには違いないが、子供を取った動機はほんの出来心と言うべきだ。子供を大グマから救った娘はえらいし、その危機を知って加勢しようと人里から駆けつけた飼いグマの方もえらい。彼らが祀られるのは当然だが、その一方で大グマもまたちゃんとイナウを捧げて神として祀られる。超人的な力を持った娘は一篇の伝説を残して来世に行ってしまう。彼女への思いが残る分だけ美しい物語だと思う。

自然に近いところで暮らしている人々には、傲慢な態度を取るだけのゆとりがない。食べるものが日々手に入るのは、それ自体ありがたいことのように思われる。おいしい山菜が勝手に生えてくるなんて夢のような話だから、たまたま生えない年があってもがっかりこそすれ、何かを恨むという気にはなれない。生命はようやくつながっている。今日、一匹のウサギの生命を奪って生き延びた自分は、明日はあるいはクマに喰われるかもしれない。自分が喰ったウサギは神となって来世に渡るし、クマに喰われた自分も同じように次の世に渡ることができる。

アイヌの話にも恐いものが出てこないわけではない。人喰いの話もある。ところがこの人喰いは飢饉で死にかけた女に頼まれてその赤ん坊を育てるのである。そして、その子が大きくなって、おいしそうになると、うっかり誘惑に負けないようにとそっぽを向いて寝てばかりいる。そして、結局は自分が人喰いであることをその育ての子に告白して、家ごと焼き殺される。そして、育ての親を殺した子は焼け跡に坐りこんで大声で泣くのだ。それでも聞き手に誰をも非難させないために、人喰いは一度死んだために神の国に生きかわって、それ以上は人を喰わないですむようになったと、この話は結ばれている。子の方はよい婿を得て幸せになる。

神々の一人が若い人間の娘や若者に恋をすることがある。神と人の間では恋は実らないから、恋した者は何か陰謀をもって相手を一度死なせ、魂にした上で添い遂げようとする。たいていの場合その陰謀はやぶれて、見初められた者は人の世界に帰ってくるのだが、横恋慕をした神も他の神々に叱られはするものの、反省してまた神の列に戻る。決定的に相手を糾弾しないという余裕と優しさがいつもついて回る。

争いごとを大きくしないための知恵というものがある。諺にそういう機能があることを柳田国男は指摘しているが、アイヌの人々はそれをもっと発展させて、組織化した。村と村の間で何か問題がおこると、彼らは武力に訴えることはせず、まず談判を試みる。両方の村から一番知恵があって口が達者な者が出て、双方相手を言いまかすまで議論をする。この議論をチャランケと呼ぶ。英語で言えば正にディベイトだ。

「キツネのチャランケ」という話がある。

支笏湖に近いウサクマイというところに一人のアイヌの若者がいた。ある夜、寝ようと床に入ったところ、遠くで誰かの声がする。出ていってみると、一匹のキツネが川の対岸で人間たちに向かってチャランケを挑んでいる。「アイヌども、よく聞け。シャケというものは人間が作ったものではなく、もちろんキツネが作ったものでもない。石狩川の河口を司るピピリノエクルとピピリノエマッという二人の神さまが、川に住む動物みんなが食べられるようにと、きちんと数をかぞえて送ってくださるものだ。それなのに、今日、ぼくがアイヌが取ったシャケを一匹だけ食べたら、そのアイヌはぼくにむかってありったけの悪口を言って、アイヌの住んでいる土地にキツネが住めないようにと、神さまたちにつげ口したのだ。キツネが、木も草も生えていない遠い裸の山へ追われないよう、どうか神もアイヌもぼくの言い分を聞いてくれ」

これを聞いたアイヌの若者はもっともなことだと思って、昼間そのキツネに悪口を言った男を叱り、つぐないを出させ、イナウを作ってキツネに詫びさせた。

話はこれだけである。ここにあるのは冒険の話や成功譚ではなく、食べるものに対する一つの考えかた、ほとんどエコロジーの哲学と呼んでいい思想である。人もまた自然の調和の内にあるのだから、自然の富を独占してはいけないと子供に教えるために、アイヌの人々はキツネがチャランケをするという話を作った。神さまは人の分も、キツネの分も、その他クマやシマフクロウの分も、ちゃんとシャケを送ってくれる。たくさんあればみんなが満腹するし、足りなければみんなが飢える。

狩猟採集経済は効率が悪いから、場合によっては人は飢えるし、実際このアイヌの話の中には飢えや極端な貧困にまつわるものが少なくない。では、逆の例を考えてみよう。農耕によって富を得て、アイヌよりもずっとずっと豊かな暮らしをしてきた日本民族の典型的な話というのは何だろうか。みなし子を育てた人喰いの話や「キツネのチャランケ」がアイヌの心を語っているように、日本人の（アイヌ語で言えばシャモの）心性を最もよく表現している物語は何か。ぼくはそれは「桃太郎」だと思う。あれは一方的な征伐の話だ。鬼は最初から鬼と規定されているのであって、桃太郎一族に害をなしたわけではない。しかも桃太郎と一緒に行くのは友人でも同志でもなくて、黍団子というあやしげな給料で雇われた傭兵なのだ。更に言えば、彼らはすべて士官である桃太郎よりも劣る人間以下の兵卒として（チャランケを試みることでキツネが人間と同等の資格を付与されたことと対照的に）、動物という限定的な身分を与えられている。彼らは鬼ヶ島を攻撃し、征服し、略奪して戻る。この話には侵略戦争の思想以外のものは何もない。

狩猟民族は動物を殺して食べるから野蛮で残虐、農耕民族は畑のものを食べるから温和という常識があるとすれば、これほど見当違いな誤解はない。それはライオンがカモシカやシマウマを食べるから残虐だと非難するに近い。本当を言えば、人は畑を作ることでひたすら攻撃的になり、貪欲になり、残虐にもなったのである。

畑や水田によって人の生活はすっかり安定した。なんと言っても狩猟採集経済に比べれば、農耕の土地利用効率は二桁か三桁は高い。毎年確実に食料が手に入るというのは素晴らしいことではないか。この高い効率は食料の余剰を生む。時には食べきれないほどの収穫があり、それを蓄積して富というものが生じた。そして、富は当然収奪の対象になり、そこから大きな権力と戦争が生まれた。文明というものの歴史を最も簡単に要約すればそういうことになる。そういう長い争いの歳月の果てに、今のぼくたちの生活がある。

食料をはじめとする必需品がそろっているから、比較的少しの人たちが食料供給に従事するだけで社会全体に食べるものが行きわたる。だから人におもしろい話をする（あるいはそれを書く）ことだけを専門とするぼくのような人間も生きてゆける。文明はありがたいものであり、すばらしいものだ。しかし、その一方で、われわれはあまりに強くなり、欲張りになり、わがままになった。つまり、人の富を奪っていい気になっている桃太郎だ。そういう自分たちの実像は忘れない方がいい。アイヌの人たちに対してシャモが何をしたか、今何をしているか、それも知っておいた方がいい。そういうことを忘れたふりをするのは卑怯であると思う。

この文章のタイトルの「狩猟民の心」というのはぼくの言葉ではない。南アフリカのカラハリ沙漠で、それこそ究極の狩猟民であるブッシュマンの人々を探し求めたローレンス・ヴァン・デル・ポストという作家がいる。日本向けには大島渚監督の『戦場のメリークリスマス』の原作者と紹介するのがいいかもしれない。ブッシュマンについて何冊もの本を書いている彼の著書の一つが、“THE HEART OF THE HUNTER”すなわち『狩猟民の心』である。ここでぼくが書きたいと思っていた内容にあまりにふさわしい題なので、つい出来心で借りたのだ。ブッシュマンもまたアイヌの人たちと同じように、おそろしく心が優しい。気が弱くて、遠慮がちで、礼儀正しい。そして、彼らも狩猟以外に生きる方法を知らなかった。農耕によって力を蓄えたバントゥーの人々に押され、その後から来た白人（南ア連邦を支配している、アフリカーンスと呼ばれるオランダ系の人たち）にいじめられ、豊穣な土地から次第に追われて、カラハリの沙漠で危うく生命をつないでいる。

せっかく題を借りたのだから、その『狩猟民の心』の一節なりともここに掲げようか。状況はなかなか複雑で、理解には手間がかかるかもしれない。ヴァン・デル・ポストたちは沙漠の真ん中で飢えて水もなくてほとんど死に瀕しているブッシュマンの一族を救う。彼らは水と食料と弾薬をたっぷり積んだランドロヴァーのキャラバンで旅をしていたのだから、水をブッシュマンにやることも、旅程を一日延ばして狩りをし、ドゥイカーやスプリングボックを何頭か撃ってその肉を持ちかえるのも、そんなにむずかしいことではなかった。

それでは、ブッシュマンたちにすれば、彼ら白人は生命の恩人だろうか。足にすがりついて感謝すべき相手だろうか。それについて、グループの一人が著者にこう言う——

「まさかあなたは、われわれがやったあれくらいのことに彼らが感謝すると思っているわけではないでしょうね？　あなただって、ただ行儀よくふるまっただけで感謝が得られるなどとは思わないでしょう？　御婦人に向かって帽子を上げて会釈するたびに、相手が『ありがとう』と言うと思いますか？　そう、ここでわれわれがブッシュマンたちにどれほどのことをしたように見えても、彼らにすればそれはちゃんと育てられた人ならばするに決まっている正しい礼儀のようなものなんですよ。もしも立場が逆だったら、彼らは何のためらいもなくわれわれがしたと同じことをしてくれるでしょうが、それに対して礼を言われるとは思ってもみない。そうなんだ！　その場で『ありがとう』ということは、あなたがそんなことをしてくれるとは思っていなかったとほのめかすこと、つまり遠回しにあなたを侮辱することなんですから」。

この論理がわかるだろうか？　助け合うことがあえて賞賛するにもあたらない日常の行為となっている社会には、たぶん「助け合う」という言葉もないだろう。それは「人間」という言葉の中に含まれているのだろう。農耕や、富の蓄積や、ハイテクや、安定した日々と引換えにぼくたちが失ったのは、こういう精神である。

だから山へ行くというのは、あまりに単純すぎる。リュックを背負って山へ行ったところで、シングル・ハンドのヨットで海に出てみたところで、人の心が本来強いられていた厳しい自然との交渉の一分も体験することはできないし、そういう暮らしをしていた人々が自然に対して持っていた気持ちの一片をなぞることもできない。

それでも、少しは自分の無力を知るきっかけにはなるだろう。そこから何かがはじまるかもしれない。それに、山は時として満開の花で迎えてくれる。そういう思いを全部込めて、人は山から戻ってしばらくすると、また計画を立て、地図を集め、荷物をまとめて、登山靴を履くのだ。

〔文中、アイヌの民話は萱野茂著『カムイユカラと昔話』(小学館)、および同じく萱野茂著『キツネのチャランケ』(『北海道児童文学全集第14巻』立風書房刊)に拠る。ヴァン・デル・ポストの『狩猟民の心』は思索社から翻訳が刊行されている。ただし、ここに引用した部分は著者自身の訳。またこの文の冒頭に言う今年とは一九八九年のことである。〕

II

ガラスの中の人間

アリゾナは乾いた空っぽの土地だった。

都会の周辺にこそ少し畑や牧場があるけれども、そこを抜けると延々と沙漠が広がる。サハラのように砂以外に何もなくて砂丘が連なる沙漠ではなく、褐色の地面に灌木やサボテンが点々と生えて少しは緑も見える。しかし全体としては乾燥した台地がどこまでも続く。地平線はなだらかで、少しだけ波うっていて、遠方にはほとんど風化していない険峻な山々のシルエットが空を刻む。山が風化していない理由は簡単、雨が少ないからだ。アリゾナ州の州都フェニックスの年間の雨量は二〇ミリ、東京の八十分の一に過ぎない。

アリゾナ州。広さはアメリカ合衆国の五十の州のうちで六番目、人口は三百万にも届かない。ナバホやアパッチ、ホピなどの居留地が多く、全部で十五万人のインディアンが住む。ずっと北に行けばコロラド河が数百万年がかりで台地を削って造った壮大なグランド・キャニオンがあり、南の境界を越えればすぐにメキシコ。

この州の南の方にトゥーソンという町がある。フェニックスに次いで大きな都市で、人口も七十万というのだが、全体に広々として、がらんとして、賑やかなのは中心のほんの一角だけ。人々はそれぞれ静かに自分らしい生活を悠然とおくっているという印象である。朝晩のラッシュには少しは車の数も多くなるが、昼間などは四車線でしかも一方通行の道を時おりしずしずと大きな車が通ってゆくだけで、閑散としている。そういうところへ飛行機で到着した。

実を言うとぼくはこれまでアメリカというところに行ったことがなかった。旅行は好きな方でこの二十年間に自分の歳の数とまではいかないが、それでもその半分をだいぶ上回る数の国々に行っているのに、また文筆業者としてアメリカの文学や文化をわけしり顔で論じることも少なくなかったのに、なぜかアメリカ合衆国はじめ新大陸の国々には足を降ろしたことが一度もなかった。今回、遂にアメリカの土を踏んだのだ。自分史の大事件といいいたいところだが、それほど気負っていたわけではない。

トゥーソンは西南部の小さな都市としてぼくが思っていたとおりのところだった。道は広く、家は大きくて、人々は親切だ。食べるものもなかなかおいしい。その一方で、もう一つの予想の方も当たったようにぼくは思った。それはつまり、アメリカというのは実に人工的な、広大な自然の上に人が造った文化が軽く乗っているような文明なのではないかという予想である。ごく短い滞在でこんな結論を出してしまうのは危険かもしれない。メイフラワー以来というような東部の土地に行けばまた違う思いを抱くことになるかとも考えるが、しかし、少なくともアリゾナについて言えば、ここは人の頭に浮かんだ考えがそのまま形になってしまったような景観の地だった。

日本やアジア各地やヨーロッパならば、人と自然の間には長い交渉の歴史があり、それをすっかり無視して何かを構築することはできない。人は過去と折り合いをつけて、周囲に少しばかり遠慮しながら、家を建て、道路を造り、暮らしてゆく。しかしアメリカに旧大陸からやってきて都市を造った人々は、以前からここに住んでいたアメリカ・インディアンとかネイティヴと呼ばれる人々の生活様式をまったく知らなかったし、それを無視するところから生活を始めた。アリゾナはアメリカ本土では最後に州の資格を得たところであり、その意味では最も新しい。そして、この新しいということがそのままアメリカらしいという意味にもなる。こういう土地に住む人々が一見自信に満ちた態度で生活しながら、その一方でどこかに根を失ったような不安なようすを残しているとしても、それは納得できることだろう。いや、これはぼくの偏見かもしれない。もう一度最後になって、あるいはあの国にもっと何度も足を運んだ後で、考えてみるとしよう。

トゥーソンに降り立ったと言っても、この町が見たかったわけではない。町を出て州道89号線を北へ三十分ほど走って、オラクル・ジャンクションという三叉路を右に曲がり、77号線にはいる。そこから更に十五分ほど行くと、『バイオスフィア2』という案内標識が見える。ここを右に曲がって専用道路を更に五分、守衛所でパスをもらってなおも進むと、いくつもの小さな建物を従えた巨大な温室が見えてくる。白いフレームを高く組み上げて、そこにガラスをはめ込み、全体としては複雑に増殖した透明なピラミッドか宮殿のように見える。あるいは、一九五〇年代のＳＦ映画、当時の呼びかたならば空想科学映画のセット。

温室部分の面積は一・三ヘクタール（正確には一万二七二七平方メートル）、つまりざっと四千坪、天井のいちばん高いところで二十六メートルほど。なかなかの威容である。そして、この一連の建物群こそ周囲の沙漠とは何の関係もなくここに唐突に出現した光景、先にぼくが書いた「人の頭に浮かんだ考えがそのまま形になってしまったような景観」の典型と思われた。

この建物は熱帯植物を育てる温室などではなく、ある思想に基づいて造られた一種の研究施設、それも相当に大がかりな、いわゆるビッグ・サイエンスに属する研究施設である。最初のビッグ・サイエンスだったマンハッタン計画や人を月に送ったアポロ計画などよりはずっと小さいが、それでも一億ドルを要するという規模はなかなかのものだ。一つの研究目的のために造られた施設という意味では、ここは素粒子物理学におけるシンクロトロンや、現代の天文学にとって不可欠の電波望遠鏡などに相当する。そして、この施設が相手にする学問とは、生物同士の相互依存関係を明らかにする学問、エコロジーなのだ。

ただの温室ならばいかに大きくてもさほど話題にはならないだろう。ここがぼくたちをはじめ世界中から多くのジャーナリストを集め、いくつもの雑誌に賛否さまざまな記事を載せさせている理由は、エコロジーの実験施設だという点にある。その中心にあるのがこの温室、完全に密閉できる大温室なのだ。すっかり封鎖して外の世界との間で物質が出入りしないようにした上で、中で人間たちが空気や水をなるべく自然に近い方法でリサイクルして使いながら長く自活する。それが目的である。この実験に参加する人員は男女四人ずつの計八人。期間は二年。その間、外から入れてもいいのは太陽の光と、電力と、コンピューター回線や電話による情報だけ。

エコロジーというのは本来は観察の科学であって決して実験科学ではない。部分的な実験は行うかもしれないが、最も基本となる姿勢は生物同士の依存関係を自然の中で見て、それら一つ一つの連鎖がいくつも複雑に絡み合って作られている地球全体の生命システムを明らかにすることが最後の目標だと言おうか。それに対してこの『バイオスフィア2』

では、密封されたガラスの中にミニ地球とも言うべき小さな生態系を用意して、それがうまく存続するかどうかを見る。しかも、これを外から見守るのではなく、中に入った人間が暮らしながら、いわば自分たちも実験動物の一つとなったつもりで、観察を進める。意図はそういうことである。

結果としてぼくたちはずいぶんいい時期にここを訪れることになった。

実を言うと、事前の交渉がいろいろと難航して、現地を踏むまでどの程度の取材が許されるかまったくわからなかった。実際に人が入って入口が封印され、実験が開始されるのは本来の計画では一九九〇年の十二月とのことだった。それが遅れているという情報は入っていたが、実際に行った時にすでに入口が閉じられていたら、少なくとも中を見ることはできない。それに、この種の事業の常で、計画を推進している人々にとってジャーナリズムは味方であると同時に批判を誘う危険な相手でもある。あちらがなにかと神経質になるのも無理はない。結局、取材が可能かどうかという問い合わせに対して何の返事もないままに出発して、現地に入ることになった。

一九九一年七月にわれわれが到着してまず知りたかったのはもちろんここがまだ開いているかどうかだった。受付で聞かされた最終的な封鎖予定の日付は一九九一年九月二十六日。間に合ったわけだ。そして、中を見学したいという希望も問題なく受け入れられて、まだ工事が進行中の内部を案内付きでほとんど隈なく見ることができた。工事中だったということもある意味では幸運だったかもしれない。すっかり完成してしかも人が誰もいないところを見るよりはよほど実感がある。

内部見学の当日、渉外担当のブルーノ君という青年の案内で中に入る。

『バイオスフィア2』の中心となる大温室は三つの部分からなっている。潜水艦の水密ハッチのような入口を抜けて入ったところが居住区。その正面に集約農業で食料生産を行う農耕区があり、左の方に行くと最も大きな自然区がある。工事がまだ続いていて人の出入りが多いのは居住区だった。次々に運び込まれる資材をよけるようにして入ってゆくと、あちこちで電動工具の音が響き、埃が舞い、軀体工事を終えて内装に移ったマンションの中を見るようだ。八人の隊員の一人一人に割り当てられる個室部分は一人あたり三十四平方メートル、ただし食堂と厨房は全員で使う大きいのが用意してあるし、スポーツ室やラウンジも他にあるから、これは寝室や個人の居間や浴室など、純粋に一人で過ごすためのスペース、つまりホテルの一室のようなものということになる。いかにもモダンで快適だが、ここだけを見ていたのでは単に新築のアパートメントの中という以上の感想は出てこない。

ちなみに八人の内訳は男女それぞれ四人ずつ、一人は医者だが他の七人はみな生態学や生物学の専門家で、年齢は二十七歳から六十七歳まで、国籍もアメリカ人だけでなくイギリス人やベルギー人も混じるという多彩ぶり（全員が白人だという点をあえて指摘するのは少し狭量だろうか）。この八人が二年の長きにわたっていつもいつも顔をつきあわせ、なかなか困難の多い、そしてずいぶん忙しい日々を送ることになる。ある意味では心理学の実験としても興味深いはずだが、しかし八人の中に心理学者はいない。プライヴァシーを配慮して、この二年間の人間関係についてのきれいごとでない報告は出されないかもしれない。心理学はここの主なる研究テーマではないのだろう。

『バイオスフィア2』を訪れる人々が必ずたずねる三つの質問があるという。第一は二年の間、中に入った男女の性生活はどうなるか、二つ目はこんなことをやってどれだけ儲かるのか、三つ目は誰かが死んだらどうするのか？　どれも品位に欠けた分だけ人間的興味に満ちた質問である。

これに対する公式の回答は、性生活については本人たちの良識に任せるというもの。それはそのはずで、禁止したり奨励したりしようとしても外部の権威は中の人々に対していかなる具体的な働きかけもできないだろう。しかし、全体の雰囲気を現場で見ていると、何年もの間ずっと仲間としてこの計画の実行に向けて一緒にやってきた人々の間では恋愛感情よりも同志愛の方が成立しやすいだろうという気はする。

それに、この中の生活は夜ごと乱交を重ねるにはあまりに忙しすぎる。彼らの一日の半分は農耕や家畜の世話などの肉体労働に追われ、残りの半分は計測器を読んだり、コンピューターの端末に向かったり、人工の沙漠や海浜や熱帯雨林を歩きまわって生物たちの成育状況を見てまわったり、いくつもの大型機器のメインテナンスをしたり、時には海に潜ったりという、学者・技術者としての仕事に取られるのだ。

その他に純粋の家事の分担もある。調理一つにしても専門のコックがいるわけではなく、全員が交替で行わなければならない。しかもそれは具体的には缶詰を開けて電子レンジで温めるような簡単なものではない。豚肉を食べようとすれば自分たちで豚を屠殺するところからはじめなくてはならないのだ。米を口に入れるにはまず収穫して、脱穀して、精米して、それからようやく調理という段階に入る。厨房の調理器具こそ最新のものがそろっているが、実質的にはずいぶん原始的な生活を送るわけだから、恋に夢中になっている暇はあまりないだろう。

第二の経済についての質問。この計画がいかにもアメリカ的でおもしろいのは、これが国や自治体の予算にまったく依存せず、一つの私企業として運営されているということである。主体となっている組織がスペース・バイオスフィアズ・ヴェンチャーズ（ＳＢＶ）という名であることからも知れるとおり、これはヴェンチャー・ビジネスなのだ。中心にいるのはエドワード・バスという名のテキサスの石油王で、すでにオーストラリアに巨大な牧場を二つ、南フランスに実験農場、カトマンズにホテル、テキサスにジャズ・クラブ、全長二十五メートルの中国のジャンクなどなどを所有している人物である。しかもここは封鎖されて本格的な実験が始まったあかつきには年間五十万人の見学者を見込む教育＝観光施設でもある。つまり、これは科学的な研究機関であると同時に技術開発のセンターであり、新しい観光地であり、金持ちの道楽でもあるのだ。右から左に利潤を生むというものではないが、長い目で見れば先鞭をつけるだけのことはある、と資金提供者は考えているのだろう。

第三の死者の件。医師の資格をもつ隊員が一人入っていて一通りの医療機器も装備してある以上、健康管理は充分に行うことができるし、判断のむずかしい病気ならば外の専門医に相談することもできる。八人の隊員はもちろん健康に何の問題もない人々が選ばれている。それでも事故やなにかで誰かの生命に危険の及ぶような事態になれば、その一人だけをエア・ロックから外へ出せばいい。「施設の中に埋葬したり、死体をリサイクルしたりはしない」というのが、いささかブラック・ジョークめいた公式回答である。

労働の量の問題でちょっと考えたのだが、この中の生活はどこか原始共産制を思わせるところがある。この計画全体にその色合いが濃いのだが、例えば温室を造る工事の段階から現場に入って働いていた隊員がいる。準備段階からはじめて全体を参加者みんなで分担するという姿勢の一つの現れである。彼は、中に入ってから万一にも建築に由来する事故やトラブルになったら他の七人から恨まれて大変だと思って、ずいぶん真剣に組立てをやったと言っている。同じような理由から建築全体もいわゆる一括契約でゼネコンとその下請けに造らせるのではなく、多くの小さな企業体を集めての共同事業にしたという。

中での生活で興味深いのは、今の先進国の普通の市民に比べると、中で暮らす隊員たちの日々はずいぶん肉体労働の多い、忙しい、汗と泥と時には血にまみれたものになるという点である。それに耐えて暮らす人々は偉いが、ひるがえって考えてみると、先進国の社会でだって誰かがどこかでその汗と泥の仕事をやっているわけで、この計画は鋭い目を持った者にとっては分業という制度が持つ欺瞞のからくりを知るきっかけになるかもしれない。八人だからこの完全に平等な義務の分担もできるのであって、これが百人となれば必ず上に立つ者と下で働く者という階級制度が生じるだろう。

つまり、生態系の実験と言いながら、彼らはどこかコミューンめいた思想を持ち込んで、いわば理想のミニ社会を作ってみようと試みているかのようなのだ。もともとこの運動の中心にいた人々に共同体についての理想主義的な発想があったようにも聞いている。六〇年代のアメリカ西海岸はコミューン運動の盛んな土地だった。その最終的な形がこの『バイオスフィア2』であるのかもしれない。ただし、この実験がうまくいって中が理想的に運営されたとしても、それは子供と老人を排しての二年間である。人間社会の重要な要素である二つの弱者を欠いているわけだ。もちろん最初からそこまで考えなくてもいいのだろうが、社会学的な実験として見るならば最後まで無視したままで済ますわけにはいかない。生態学をすべての生物を対象とする社会学と定義することもできるのだから。

居住区の工事はほぼ最後の段階に入っているように見えた。足元には資材が散乱し、ヘルメットをかぶった人々が右往左往している。ちょうどこの日は火災報知器のテストが行われていたので、時おりサイレンがけたたましい音を立てる。

居住区の横に家畜たちのコーナーがあった。ここで飼われているのはインド産の野鶏と日本のシルキー・バンタム種という二種類のニワトリ、ナイジェリア産の小型のヤギ、ベトナム産の同じように小型のブタなど。完全な菜食主義だと蛋白質などはいいのだがどうしても脂肪分が不足するので、栽培植物の不要部分を鶏卵やヤギ乳やポークといった形の動物性食物に換えてくれる動物が必要になるという。メニューは一人あたり一日二個の鶏卵、三六〇グラムの穀物と豆類、ときおりのポーク、それに主要な脂肪源としてヤギ乳。これで日に二三六四カロリーを確保するという。その他に水田で飼うティラピアという魚も蛋白源として食べられる。しかし、この狭いところで牛を飼うことはできない。八人の隊員は少なくとも二年の間ステーキは我慢しなければならないわけだ。

居住区の先に農耕区がある。広さにしてせいぜい二千二百平方メートル、日本風に言えば二反二畝しかないところで八人分の食料が供給できるかどうか、この実験の重要なポイントの一つだ。単に量を確保するだけでなく、種類を増やすのも大事で、しかもそれをすべて化学肥料や殺虫剤の力を借りずに行わなければならない。ここでは自然農法は単なるスローガンではない。完全に閉鎖されたこのような空間では、蓄積の効果を考えると、化学製品はとても危なくて使えないというのだ。同じような理由から、繊維製品もすべて天然素材のものにしたという。またトイレでは処理不能なトイレット・ペーパーは使わないし、女性は生理に際して普通のパルプ製の使い捨てのナプキンの代わりに天然のスポンジを使用するとのこと。

この小さな畑と田んぼで育てられるのは、米、小麦、大麦、さつま芋、いんげん豆、パパイヤ、バナナ、スイス・チャード（ちしゃの一種）、かぼちゃ、トマト、苺、たまねぎ、なす、トウモロコシ、すいか、にんじん、何種類ものジャガイモ、それにコーヒーやお茶やココア、ハーブの類。砂糖はサトウキビから作るし、みかんやパイナップル、ぶどうなどの果物も育てるという。

ずいぶん食べ物の名を並べたようだが、今の先進国で普通に暮らしているわれわれの日々の食事のことを率直に考えてみれば、これでもずいぶん限定された食卓になることはすぐわかる。これだけの素材で、料理については素人である人々が変化に富んだメニューを毎日用意するのはなかなか大変だろう。特に調味料の不足は慣れるまでは辛いかもしれない。それに、現地でこっそり聞いた話だが、コーヒーがあると言ってもその量はごく限られていて、だいたい一人が週に一杯飲めるくらいとのこと。あとはハーブ・ティーの類ばかりになりそうだという。アルコール類も飲みたければ自分たちで醸造する他ないわけで、日本酒が最も作りやすいので杜氏を呼んで技術を教えてもらったという話も聞いた。

畑で採れるものと家畜の恵み以外の食料は一切持ち込まない。缶詰も冷凍食品もインスタント食品の類もなし（ただし、リンゴがたくさん採れた時に食べきれない分をジャムにして自分たちで壜に詰めるのは許されている）。この条件は厳密に守られるだろう。では、扉を閉じた最初の日にはどうするのかと言えば、その日からすぐにも収穫して食べることができるように、畑は今の段階ですでに稼働をはじめているのだ。中に入る隊員たちはしばしばここを訪れて収穫をしたり、農作業を行ったり、歩いてまわったり、扉が閉じた後と同じような日々を過ごしている。農耕区について言えば、いつスタートしてもいい状態になっている。

農耕区の中をスズメが飛びまわっていた。あれも二年を共にする仲間なのかというぼくの質問に、案内してくれたブルーノ君は苦笑して「あれは密航者ですよ。扉を閉じる前に捕まえて追い出さなくてはならない」と言った。どうやら作業員が出入りする入口から入ってきてしまったらしい。中は温かいし、餌になる穀物はいろいろあるし、怖いタカやネコはいないし、スズメにすれば天国のようなところだろう。本当を言うと、食料が充分にあって天敵がいない状態というのは生態学の原理に反する。もしも中に残ったスズメが一羽でもいたとしたら、人間の方はなんとかこれを捕まえて焼いて食べることを考えた方がいい。その方が食生活が楽しいし、エコロジーの原則にもかなっている。そうでないと、いずれこの中はスズメだらけになってしまう。

だが、そう考えてから気がついてみれば、われわれ人間が今負っている問題の大半は自分たちに天敵がいないことに由来しているのだ。生態学の初歩的な話として、ウサギとヤマネコの関係というのがある。ウサギは草を食い、ヤマネコはウサギを食う。ウサギが増えると、少し遅れてそれを食べるヤマネコも増える。そのせいでウサギの数はやがて減り、それがヤマネコにも波及する。だからウサギとヤマネコの数を表すグラフは定期的に波打つ曲線になり、ウサギの線とヤマネコの線の間には少しだけ時間的なずれが生じる。

さて、ここで、なんらかの奇跡によってウサギがヤマネコを殺す方法を覚えたとしたらどうなるか。ウサギは天敵であるヤマネコをすべて殺し、安心して草を食べ、子を生んで育て、たちまちのうちにその数はネズミ算で増えて、その土地の草を食べつくす。そして全員が餓死する。つまり、ウサギが反撃の力を身につけるとまずヤマネコがいなくなり、次にウサギ自身もいなくなるのだ。生態学に言うバランスとはこういうものである。

アメリカ大陸に渡ったヨーロッパ人は『バイオスフィア2』の農耕区に入りこんだスズメであったかもしれない。全体として人類は今このウサギになろうとしているのかもしれない。草はあとどれだけ残っているのだろう。


居住区があって畑があるだけで中の人がいつまでも生きてゆけるのならば、こんなに大きな施設を造る必要はない。外と物質の出入りのない空間で人間と家畜と栽培植物の生命を維持するためには、その背後にもっと大きなシステムがなければならない。つまり、生態系。地球が今見るような多種多様な生物を宿していられるのは、その状態が何億年も続いてきたのは、地球全体が生命を維持し進化させることを可能にする一つの巨大なシステムとして有効に機能してきたからである。生物は決して個々に生きているわけではなく、水と空気と太陽の光と他の生物たちとの間に複雑で有機的な関係を結び、その系の全体がいわば一つの大きな生物として生きている。地球は岩石圏や水圏や気圏だけでなく、生物からなるもう一つの一面を持っている。この生態学的な巨大な系としての地球がすなわち生物圏あるいはバイオスフィアである。われわれが訪れたアリゾナ州の『バイオスフィア2』は、唯一無二の全地球生態系を『バイオスフィア1』と見立てた上で、それに対して『2』を名のったのだという。

人間は自分たちが生きていられることを天の恵みだと考えてきた。自分が生きてこの世にあるというのは、よく考えてみれば、たしかに奇跡にも等しいことで、だから自分を生かしているものに対して畏敬の念を持つことは正しい。それを神とするのもいいだろうし、「我らに日々の糧を与えたまえ」と祈る気持ちもよくわかる。しかし、自然の中の生物たちの複雑な相互関係を知り、自分がこの世にあるのはただ目前に差し出される食べ物のおかげではなく、その背後に何万段階もの生物たちの共存共栄の姿があることを知ると、さしあたって感謝すべき相手はバイオスフィアであると思わざるを得ない。

そして、困ったことに、有機的な全体としての生態系のからくりが少しわかった時、人は自分たちがほとんどそれを破壊しようとしていることにも気付いた。いわば右手が左手を裏切っていたのである。

最も簡単な生物の相互依存システムとして、エコスフィアという商品がある。ぼくはこの商品のことをずいぶん前にアメリカの科学雑誌の広告で見て実物を見たいと思っていた。それを今回、『バイオスフィア2』の敷地の隅にあるスーベニア・ショップで見ることができた。直径二十センチほどのガラスの球で、中はほとんど水で満たされている。その中に藻と小さな赤いエビが入っている。そして、人の目には見えないが、バクテリアもいる。この三種類の生物だけで、外からは太陽の光しか入らないのに、いつまでも生きているというのが要点。藻は太陽の光を利用して光合成を行い、酸素を出し、エビに養分を供給する。エビの排泄物はバクテリアによって分解され、藻の養分となる。からくりとしてはそういうことだ。

もともとはNASAが開発したものだが、商品化したのはトゥーソンの小さな会社だった。値をつけて売り出す以上、エビや藻がすぐに死んでしまわないという自信はあるのだろうし、六年を経てまだエビが生きているものもあると販売元は宣伝しているが、しかし、エコロジーを少し勉強してみると、単純すぎて不安になる。地球規模のバイオスフィアが生命の誕生以来数億年にわたってうまく機能してきた理由の一つとして、生物の厖大な多様性ということがあったはずだ。生物は個体に分かれ、それぞれ勝手に進化して次々に違う種を生み出す。人の目から見れば進化の速度はずいぶん遅いようだが、地球全体の歴史から見るならば生物は目まぐるしく変わってきたのだ。そして、ある生物にとって環境が不利になった時には同じ状況が別の生物には有利に働き、全体としては一定の数の種が維持される。地球上に昆虫だけでも百万種もいるについてはそれなりの理由があるわけである。たった三種類の生物だけで長期にわたって安定した系が作れるのだろうか。

それでは三千八百種の生物ならば存続可能か。それを試みようというのが『バイオスフィア2』の中心にある思想だが、それがあまりに大雑把で冒険主義的だという科学者たちからの批判も無視できないものがある。

『バイオスフィア2』の自然区は五つの生態域（バイオーム）から成っている。地球が赤道から極地まで、さまざまな環境をそろえて全体の円滑な運営をはかっているように、この施設も温室の中に熱帯雨林とサバンナ、湿地と海と沙漠を用意してミニ地球を造っており、その他に人間の居住区と農耕区があることになる。ここで生き延びることを期待されているのは人間だけではなく、この中に移植され、搬入される三千八百種の生物すべてであり、『バイオスフィア2』という生態系そのものなのだ。実際にはこれは実験であるから全部の種が生き延びてはじめて成功というわけではなく、全体としてどれだけが二年後に生きているかはそれ自体が実験の成果となる。本来ならば二年とかぎらず無限に存続することを目標にしてもいいのだし、実際この施設は百年は使うつもりで造られたという。

技術の問題として物質の出入りを一切遮断するのはどのくらい困難なのか、それをぼくは温室を前にして考えてみた。ジャムの罎はいかにして密封してあるか。ガラスの本体があり、薄い鉄板の蓋があり、両者が接するところにはゴムのパッキンがあって空気の出入りがないようになっている。この大温室もそっくり同じ原理で空気の出入りを差し止める。鋼鉄のフレームがあり、その間に嵌め込むガラス板があり、両者の隙間は特殊なゴム製のシーラントで封じられる。ただ、その規模がおそろしく大きい。

現実的な数字としてここでは一年間に一パーセントまでの空気の漏洩は認めることにした。建物の底は厚いステンレスの板を溶接して造られ、下からの地下水などの浸透を防いでいる。ドアの類はもちろん完全に気密を保てるよう造ってある。それでも一パーセントというのはなかなか容易な数字ではないらしい。具体的に言えば、建物全体のどこかに直径二ミリほどの穴が一つあるだけで規定量を超える空気が漏れてゆくという。ガラスとフレームの接合部分は全体で八万メートルもある。東京から御殿場までの長さの鉄とガラスの隙間を埋める細いゴムに例えば直径〇・二ミリの穴が百個あるのを一つ一つみつけて埋めてゆかなければならない。それだけの努力の結果、ようやく年間一パーセントという数字が実現できる。そういう話を聞いていると、たしかにここは実験科学の精密さを備えているように見えてくる。

実際に足を踏み入れて見てゆくと、外からあれほど大きく見えたこの温室がずいぶん小さなものに思われる。たしかに五つの環境が用意され、それぞれが現実を反映している。だが、例えば熱帯雨林がそれとして機能するためには、ただ暑くて雨の多いところに木がたくさん生えていればいいというものではなく、それが延々と広がるという量の効果が必要ではないのか。ここはアリゾナだから気温は充分に上がるし、スプリンクラーでしばしば降らせる雨もいかにも熱帯らしい豪雨、湿って暑くて土壌の芳醇な匂いがするところも熱帯らしいけれども、しかし熱帯雨林と呼ぶにはあまりに狭い。

この五つの生態域にはそれぞれモデルがある。熱帯雨林はヴェネズエラのオリノコ河流域、サバンナは南アメリカとアフリカとオーストラリアの混合、沙漠は霧の多いカリフォルニア半島の沙漠、塩水性の湿地はフロリダのエヴァーグレイズ、一〇・六メートルの深さを持つ海は熱帯を模して造られ、陸の側には砂浜があって、その十メートルほど先には珊瑚礁が外洋との間を区切っている。沖の側からは造波機が送ってよこす波が打ち寄せる。

このような装置を見てディズニーランドを思いおこさない者はいない。違いはここに植えられた植物や放たれた動物がすべて本物であるということと、これが大衆の遊びのための施設ではないということ。海には約千種類の動植物が入っているし、幼稚園の庭ほどのサバンナで植物の花粉を媒介させるためにはミツバチとコウモリとハチドリが用意された。サバンナの植物の遺骸を分解するにはシロアリが不可欠だから、これも持ち込まれた（先に書いたガラスと鋼鉄のフレームの隙間を塞ぐシーラントの選別で最も苦労したのは、シロアリが食べない種類を見つけることだったという話を現場で聞いた）。各環境をそれらしく整えるために多くの植物が移植され、付属の昆虫飼育室で孵された虫が放たれ、その虫があまり増え過ぎないようにとテントウムシが導入される。テントウムシは他の虫を食べるのだ。そういう風にして、最終的にはこのドームの中に三千八百種の生物が住むことになる。

しかし、それでもここはディズニーランドなのだ。完成直前のこの建物の中に入って歩きまわるというめったにない体験をしたぼくがずっと感じていたのはそのことだった。生態学を実験科学と見なしてしまい、そのための施設を造るという発想そのものがよくも悪くもアメリカ的であり、ディズニーランド的なのである。素粒子について調べるのに加速器を使うのは当然だし、飛行機を設計するのに風洞を造って実験するのもわかる。どちらも少しずつ条件を変えていくつものデータを集め、それを分析することで真理に近づくことができる。つまり精密科学の方法。しかし生態学はそんな種類の学問ではない。三千八百種の動植物の相互関係をいったいどうやって追跡するのか。

生態学を閉鎖空間で研究するというアイディアは以前からあるし、それによる成果も多く報告されているが（手近なものとしては岩波新書に栗原康著『有限の生態学』という優れた入門書がある）、しかし科学というのは単純なものからはじめて一段階ずつ複雑な系へ進んでゆくものだ。最初から三千八百種を用意して、しかもそこに人間という段違いに大きな生物まで割り込ませるというのは少なくとも科学ではないという批判が出るのはある意味では当然。俗受けはするだろうがあまりに大雑把で、何と何が途中で死滅しようが、何種類が生き延びようが、その数字やリストには何の学問的意義もないというのだ。

ぼくは実験全体が無意味だとは考えなかった。ただ、印象を言えばやはりどこか子供っぽい。頭に浮かんだことをすぐに具体化してみるという性格はどうもアメリカ人に特有のものだという気がする。彼らはよくも悪くも人間の叡知を信じていて、よく考えて実行すればすべてはうまくゆくと楽観的に考えたがる。そのおかげでアメリカは今世紀に入って人間の生きかた暮らしかたに関する新しい方法を次々に実験してくれた。大量生産大量消費とか、自由主義経済とか、自動車を中心に構築された社会とか、中には禁酒法などという奇妙なものまであった。その上で自分たちがみつけたことを福音として他の国の人々にも親切に教えてくれようとする。時には押しつける。そういう実験精神の展開の場として、ヨーロッパ文明から遠く離れていかなる白人的伝統もない土地は都合がよかったのかもしれない。『バイオスフィア2』のどこかにエコロジカルな意味での理想の暮らしを見つけようというコミューンめいた側面があるのもたぶんそのためなのだろう。アメリカでもとりわけ何もないアリゾナの沙漠のような土地がふさわしいというのもわかる。

ただ、そのような理想の暮らしが実現するには生態系というものは複雑すぎるし、人間の精神も複雑すぎる。むずかしいところだ。みんなが勤勉で、肉体労働を厭わず、仲がよくて、車に乗らず、贅沢を言わず、しかも若くて健康であれば、このガラスのドームの中でのような暮らしは永久に存続可能なのだろうか。

物質の出入りはないけれども、『バイオスフィア2』には外部から電力が供給される。これについて計画者たちは「地球は宇宙との間にほとんど物質の出入りのない閉鎖系だが、しかしエネルギーについては太陽にすべてを仰いでいる」と説明する。実際の話、夏の日中に気温が摂氏三八度にもなるアリゾナの沙漠の真ん中に温室を造って冷房をしないわけにはいかない。試算によると、もしもそのような夏の午後に万一にも電力供給が断たれれば内部の温度は数時間のうちに摂氏六〇度から七〇度にまで上がる。中の生物はつぎつぎに死んでゆき、人は大急ぎで外へ逃げ出さなければならない。そこでこの施設は三基の発電機を擁するだけでなく一般の電力線にもつながれ、どんなことになっても停電だけは避けられるようにしてある。

　はじめはブラインドのような仕掛けで光の量をコントロールするつもりだったのだが、機械的にそれがむずかしいとわかったので、冷房をする他なくなったのだそうだ。つまり、ここに供給される電力の大半はあまりに過剰な太陽エネルギーを排除するために使われるのである。三基の発電機の総出力は五五〇〇キロワット。日本式に計算してみると、二〇アンペア契約の家の二千数百戸分にあたる量だ。これは念のために予備ということで用意された三基の発電機の出力を合計した数字だから、実際の最大使用量はこの三分の一だというが、それでも八人で使うには多すぎるという批判が出てくる。

　この計画の理想主義的な姿勢からすれば、化石燃料を大量に燃やして炭酸ガスを大量に出すような発電施設は欲しくなかったのだろうが、いかに陽光ふりそそぐアリゾナでも、これだけの電力を太陽発電で賄うというのは今の段階でできる相談ではなかったようだ。赤外線の透過量を微妙にコントロールできるガラスでもあればよかったのだが、まだ技術はそこまで進歩していない。そこで、内部を強引に冷やすといういわば腕力主義に頼らざるを得なくなった。これは同時に、地球における温度管理がいかにうまくいっているかの例証でもある。そして、炭酸ガスをむやみに排出しつづければいずれどうなるかという疑問への回答でもある。

ここが宇宙旅行への応用を視野の中に収めて計画されたことは歴然としている。二年という実験期間は火星への旅に必要とみなされている長さだし、SBVというこの企業体の名前にすでにスペースという言葉がはいっている。実際の話、月ならばともかく惑星のような遠い星を目指す長い宇宙旅行では乗組員が食べるものや呼吸する空気や飲む水をすべて持ってゆくことはできない。途中で生産しながら進むのが最も合理的であり、効率がよくて安定したリサイクルのシステムはいずれにしても必要なのだ。それを見越しての『バイオスフィア2』なのだが、いきなり巨大な施設を造って実験するというのは無意味だという声がNASAあたりの科学者たちから聞かれるという。

ここがいかにもディズニーランドに似て見えるもう一つの理由は、一見して自然に見える部分の背後に厖大な量の機械があって全体を維持していることだ。自然の状態では大気や水にはじまって、その他ありとあらゆる元素や有機物から生物に到るまでの構成要素は、地球全体という広いスペースと、大量のストック、ゆっくりとした自然自身の動きによってバランスのとれた動きを示す。しかし、面積で五億平方キロある地球に対して、一平方キロの八十分の一しかない『バイオスフィア2』で同じような生態系の自律的な維持ができるはずがない。そんなことは最初からわかっていると言う前に、なんとか機械類を使って似たようなことをやってみようというのがこの計画の基本的な発想なのだろう。そこで見た目は巧みに自然に似せて造られた五つの生態系の床下にはたくさんの機器がならんで、大量の電力を消費しながら空気を浄化し、水を管理し、しかるべき場所へしかるべき温度の風を送り、波を起こし、スプリンクラーで雨を降らせる。

最後の雨を例に取れば、ドームの中の水蒸気がほうっておいても雨になって降ってくればわざわざ水を撒くことはないのだが、二〇万立方メートルというドーム内の空気の量では温度勾配を作って本格的な気象を成立させることはできない。熱帯雨林を作ろうと思えばスプリンクラーは必須ということになる。厳密なことを言うなら、海にだってずいぶん問題はあるのであって、地球では海の面積は陸の二・五倍あるし、平均の深さも四千メートル近い。しかし、そういう海をこの中に持ち込むのは不可能だし、おそらく意味もないだろう。ここに再現されたのは海の最も陸に近い部分、岸辺のところだけなのだ。

それでも海の水の一〇パーセントは本物の海水で、残りが真水に塩類を溶かしたいわゆる人工海水。これくらいの比率だと水質の変化に弱い珊瑚でも生かしておけるという。一〇パーセントといっても何百トンもの海水をカリフォルニアの海岸からここまで運ぶのは容易ではなかった。この海で約一千種類の生物が暮らすことになる。巨大な空洞に水を吸い上げては落とす方式の造波機が沖の側に据えられ（板で攪拌するやりかただと生物が傷つくらしい）、十一秒に一度の割で珊瑚礁とその先の浜へ穏やかな波を送り込む。ここでは珊瑚や藻類は生きて酸素と養分を水中に放出しているし、それによって海という領域でも最も生産性の高い南洋の海岸が確かにここに再現されている。大洋の中心の方はどうせ生産にはあまり寄与しない海の沙漠なのだから周縁部だけでもいいという考えかたを認めるならば、生態学的にはこの海でも充分かもしれない。

人口密度を考えてみよう。現在の地球上の平均人口密度は一平方キロにつき三十八人である。『バイオスフィア2』が一・三ヘクタールに八人だから一平方キロに換算すれば六百十五人という高い数字になる。しかし、日本全国の人口密度は三百二十四人だし、東京都のようにそれが五千人を超えるところもある。つまり『バイオスフィア2』の中は都市近郊の、少しは蔬菜畑もある住宅地といった密度なのだ。八人の食料を供給する畑が〇・二ヘクタールというのはずいぶん少ないぎりぎりの数字かもしれない。一般に農耕は土地の利用効率が高く、牧畜などはずいぶん低いことは知られている。一度作った作物や牧草をもう一度動物にたべさせて食物に変えるというのはそれだけ無駄が多いのだ。今ぼくの手元にある数字によれば、年間を通じて一人の人間に一日三千カロリーを一種類の食物で提供するとすれば、ジャガイモならば六百平方メートル、豚肉だと四千平方メートル、鶏卵では実に三万平方メートルの面積を要するという。最小限のジャガイモの数字を取っても八人に先の二三六四カロリーを供給するには三七八二平方メートルが必要なはずで、それをほぼ半分で行いうるとすれば、これを一種の誇りをもって集約農業と呼ぶのは正しいかもしれない。

それを可能にしている好条件を数えあげてみれば、まずここは大規模なビニールハウスのようなもので、温度と日光は充分にあり、水にも困ることはない。殺虫剤は使わないかわりに天敵作戦でテントウムシなどを放して虫害を防ぐ。そしていろいろなものを少しずつ作ることである意味では自然に近いモザイク状の植物環境を実現する(単一作物だけの畑というのは最も反自然的な土地利用なのだ)。そして、八人がかりで、まるで日本の農業のように、手間をかけて作物を育てる。そういうことなのだろう。

中にこもる八人のうちの一人で、この計画の最初期からの中心スタッフの一人であるマーク・ネルソンにぼくはインタビューを試みた。彼は仕事の途中なので失礼と言いながら、汚れた作業着で現れた。ぼくとほぼ同じ背丈だからアメリカ人としては小柄な方である。

まず、この中での暮らしは平均的な都市のアメリカ人の生活と比較するとずいぶん肉体労働が多いのではないかというぼくの質問に対して彼は、それはそうだが、右手にシャベル、左手にコンピューターというのがこれからの理想の生きかたになるはずだと陽気に答えた。少なくとも自分自身は農業開発を専門にやってきたし、オーストラリアで自らトラクターを運転し雑草を抜いて農場を作ったこともあるから、身体を使う仕事は嫌いではないという。

それに二十年前から自分たちの頭の中でいろいろに考えてきたプランをいよいよこうやって実行に移せるのだから、今は先の日々への期待で一杯だという。実際には中に入ってから何が起こるかわからないし、二年の間には危機的な状況を乗り切ることも少なくないはずで、単調な労働だけの平穏な日が過ぎてゆくわけではないだろう。

この中を完全に無公害の状態で維持してゆくために自分たちはいろいろと新しい技術を開発したし、それはいずれは外の世界へもスピン・オフして、空気浄化技術などと共に人の役に立つことになるだろう。

この計画はもちろんアメリカで実行されるからこの国の寄与が最も大きいが、それとは別にずいぶん多くの国の協力を仰いでいる。自然区の中に入れる生物の標本を集めるについても、他の国が開発して自分たちが使いたいと思った新技術の提供という点でも、自分たちは各国にずいぶん助けてもらった。その意味ではこれは新しい国際的な時代のプロジェクトになっている。

そうやって話しつづける彼の顔を見ながら、ぼくは少し失礼とは思ったが、ついつい トム・ソーヤーを思い浮かべた。もちろんこの時マーク・ネルソンはこの計画全体を代表するパブリシティー担当者としてぼくの前に現れたのであって、それならば楽観的に計画の意義を強調する話ばかりするのは当然。それを突き破るほど意地の悪い質問をしなかったぼくの方の姿勢も問題なのだが、ぼくはあまり優れたジャーナリストではない。むしろぼくは彼が喋る言葉を聞きながら、もっと抽象的な何かを捕らえようとしていた。そう、ここで彼はトム・ソーヤーである。では、ハックルベリー・フィンはどこにいるのだ？

腕と脳の協力が困難な問題を解決してゆく。新しいテクノロジーが数億年前から続いている生態系の秘密を解きあかす。アメリカ特有のパイオニア精神がこのような大胆な計画を実行に移す。そういう言葉にはたしかに説得力がある。だが、その一方で、元気一方のトム・ソーヤーの横には、人間性というものをもう少し懐疑的な目で見ているハックがいたはずではないか。マーク・トウェインは晩年になって極端な人間嫌いに陥った。ぼく自身の立場はどうもそちらに近いようだと思いながら、ぼくは自信に満ちた彼の言葉を聞いていた。

来る時はトゥーソンから入ったが、帰りは別のコースを取ることにして、ぼくたちは車でフェニックスへ向かった。途中はずっと沙漠で、気温は四〇度を超え、湿度の方は極端に低い。車を出て熱風の中に立ってみると、そのまま身体がボッと燃え上がりそうな気がする。路傍の草が炎上しているところがあった。車の誰かが煙草でも投げたのだろうが、結構な勢いで野火が燃えひろがっている。強烈な陽光にぎらぎらと光っている向こうの景色が炎の上だけゆらゆらと揺れて見える。

フェニックスからは飛行機で北へ飛んで、カナダのアルバータ州にあるエドモントンという町へ行った。ここにもう一つ、見ておきたい施設があるのだ。『ウェスト・エドモントン・モール』、通称WEMと呼ばれる世界最大のショッピング・センターである。なぜ『バイオスフィア2』を見た後で、まったく違う目的をもつこの施設を見に行ったか、それは追々説明しよう。

エドモントンはアルバータ州の州都だが、人口は周辺部を入れても八十万ほど。ちょうどトゥーソンと同じくらいだ。北緯五三度だから日本の近くで言えばサハリンの北の方に当たる。当然冬の気候はきびしく、一月の平均気温は零下一五度まで下がるし、冬は平均一・三メートルの積雪がある。なぜここに世界最大のショッピング・モールが造られたか。計画者としてはそれだけの集客力がこの施設にはあると予想したわけで、実際に一九八一年の部分オープンから八五年の完成を経て今に到るまで、ここは充分以上の客を集めておおいに賑わっている。この事実を見れば、問うべきはこれがなぜ造られたかではなく、なぜそれだけ人を集める力がここにあったかということだとわかるはずだ。人口八十万の都市と言えば、日本でなら仙台や千葉や堺などの規模であって、それが日本の倍ほどの面積を持つアルバータ州の真ん中にぽつんとある。

しかし、先を急ぐ前にともかくＷＥＭに行ってみよう。この中にはホテルがあって、われわれが宿泊するのもそこになっている。部屋に荷物を置いて、ロビーへ戻り、そこから五メートル歩くとそこはもうモールの中。そして、これがひたすら広い。ぼくは以前にコペンハーゲンの中心にあるストロイエというモールを歩いてなかなか楽しいところだと思ったが、このＷＥＭはそこよりもずっとずっと大きい。『ギネス・ブック』が世界一のショッピング・センターと認めるだけのことはある。店の数が数軒のデパートを含めて八百以上、アトラクションとしてまず世界最大のインドア・プールがあり、ジェット・コースターを二基そなえた遊園地があり、アイススケート・リンクがあり、潜水艦で水中の光景を見られる「海」があり、十九の映画館がある。つまり、人を集めるようなものはなんでもあって、それがすべて一続きの屋根によって覆われている。プールの水面の面積だけで二ヘクタールだから『バイオスフィア２』全体を軽く凌駕していることになる。しかも、この大きなプールにも造波機があって、大量の水をゆすって波を作り、浮輪で遊んでいる水着の大人や子供を楽しませるようになっている（ただし、アリゾナの方では約千種類の生物が波にゆられていたが、こちらのプールで黄色い浮輪につかまって波遊びをしている生物はたった一種類、ホモ・サピエンスだけである)。

モール全体は鋼鉄のフレームにガラスを嵌め込んだ構造の屋根で覆われている。要するに全体として実に『バイオスフィア2』によく似ているのだ。もちろんこちらの方は空気をはじめ物質や人間の出入りをすっかり遮断するなどという仕掛けにはなっていなくて、現に五十八の出入り口があり、一万五千人の従業員が毎日通勤し、大量の商品が運びこまれ、何万人という客が押しかけてくる。しかし、それでも、たとえばプールを見下ろすところに立って、格子状のガラス屋根から射す日の光が水面で揺れるさまを見ていると、まったく同じものをアリゾナでも見たという気がしてくるのだ。この形のあまりの類似がわれわれをここへ誘った第一の理由だった。人が造る構造物はどんな場合もある種の哲学の反映であって、形が似たものの背後にはかならず同じような哲学がある。では、WEMと『バイオスフィア2』に共通の哲学とは何か、ぼくはそれを考えてみたかった。

その時に一つの鍵となるのは、人間と環境の関係ということではないか。この二つの施設はどちらも構造物で囲った内部に外とは別の環境を作り、その中に人間を入れるという思想においてよく似ているのだ。WEMがなぜ他ならぬエドモントンに作られたか、最大の理由は冬の天候である。このあたりは冬は本当に寒く、雪も積もり、ショッピングのために店から店へと歩くのが大変だということ。店の中を温かく暖房することはできるが、吹きさらしの道路を温めることはできない。それでは道路も屋内として囲ってしまい、屋根で覆って全体を温めたらどうか。

今は世界の各地で見ることのできるショッピング・モールの本格的なものを最初に作ったのは同じカナダのトロントの町だった。一九七七年のことだ。これが強い集客力を持つことが明らかになり、盛りをすぎた商業地域の活性化の決定打として世界中ではやった。その最終的な、最大規模のものとしてWEMがある。消費行動の魅力で大衆をひっぱってゆく現代社会では、ショッピングはそれ自体で娯楽として成立する。たくさんの店が並んでそれぞれがヴァラエティーに富んだ商品を並べることは競争原理を通じて最終的には共存共栄につながる。人の心が滅入りがちなカナダの冬に常夏の空間が出現すれば、それだけで人が集まるだろう。そういう目算のもとに十一億ドルの経費（つまり、『バイオスフィア2』の十一倍）で作られたショッピング・モールは一年を通じて北アメリカ全体から客を集める一大観光地になってしまった。モビール・ハウスを引っ張ってフロリダから来るアメリカ人の家族もいるのだ。

いずれにしても、ここが寒い冬という人間にとって望ましくない環境から逃れるために作られたことは間違いない。内部を支配しているのは快適の原理である。『バイオスフィア2』ではなるべく地球全体をそのまま再現する環境が内部に用意され、ＷＥＭではただひたすら人間にとって安楽な環境が作られる。つまり、人間は閉ざされた空間の中に自分たちが思うとおりの環境を作ることができる知的生命体だということになる。

では、なぜそんなことをしなければならないのか。

昔、人間はとても貧しかった。次の日の食べ物を心配することもしばしばだった。いつでも手元に数か月分の備蓄があるなどという気楽な身分の者は少なく、みんなが数日先の安心を求めて苦労を重ねていた。

自然の恩恵はいつも気まぐれである。豊作の時はいいけれども、少し天気のめぐりあわせが悪くなると、飢えの恐怖はすぐ目の前に迫った。狩猟採集経済から農耕に移ったところで食物供給のサイクルは一週間ではなく一年を単位にするように変わったはずだが、それでも自分たちの生命を維持するだけの食物が入手できるかどうかという問題はどんな時にも人間についてまわった。

昔、とぼくは書いたが人が全体として貧しかったのは実はそんなに遠い昔のことではない。つい先日まで、飢えの恐怖はわれわれにとってまことに身近な不安だった。今の日本こそそれを少しは忘れていられる立場にあるが、そうでない国は今も世界に少なくない。

日本にしたところで、何か大規模な天災である地方が孤立したとすれば、飢えの問題は数日のうちに迫ってくるだろう。電力の供給が停まっただけでも、冷凍倉庫に保管されている食料はたちまち始末の悪い厨芥の山に変わる。外部から遮断された都会で最初の餓死者が出るには何日かかるだろう。

しかしながら、食物の不足はいつの場合でも局地的で、地球全体にそれが及ぶということはなかった。そうでなければ人類はどこかで絶滅していたはずだ。われわれにとって自分の死や近親者の死は常に切実な問題であって、それを措いて死というものはなかったけれども、その一方で誰かがどこかで生き延びるはずだという形の遠くおぼろな希望はいつでもあった。空気のことを心配しなくてもいいように、人は地球全体の命運を考えなくても済んでいた。不運なのはいつも自分たちだけ、せいぜい自分の住む地域の人間だけで、他の場所ではみんななんとかやっていると信じていられた。かつて世界は無限に広く、どこか「他の場所」には満ち足りた人間が住んでいるはずだった。

それに、哲学的に考えれば、いろいろ悪い条件がかさなって飢える事態を招いたとしても、それは言ってみれば人が生きるということ自体に含まれるものであり、なんとか生き延びることができれば安堵し、それが不可能ならば一種の覚悟をもって従容と死を迎えることにもなる。運命というのはそういう意味の言葉だった。それを承知の上で、生きるものは生きてこの世にある日々の喜びを享受するのではなかったか。

しかし、われわれの死生観はすっかり変わってしまった。今、人間はひたすら食料の備蓄を増やし、あらゆる病気を芽のうちに摘みとって延命をはかり、心から死を厭うようになった。そして、そういう生きかたを現代風の幸福であると信じている。そのような無理な姿勢をつらぬくために環境に対するずいぶん強欲な収奪が行われる。そんなわけで、食べるものの心配をしなくて済むようになった代わりに、人は吸うべき空気のことを心配しなければならなくなった。人間の持っている力をもってすれば、この星をとても住めない場所にするのは容易だということがわかった。飢えや洪水と違って、これが人間自身に由来する問題だということは、このような事態を運命として受け入れることをむずかしくする。どう考えても理不尽だという気持ちを抑えることはできない。

今われわれは頻繁に環境という言葉を使う。もともとは自分の周辺の様子というにすぎなかったはずのこの言葉は意味を変えて、人間の生存を可能にする地球の状態というグローバルな意味になった。生物同士の連鎖のからくりがようやく少しずつわかり、全体として実にうまく調節と協力が行われて今見るような多種多様な植物と動物がいるのだとわかった。しかし、普通の人間はそのような生物全体のネットワークの一部として自分を認識しようとはしない。自分だけは自然界で別格の存在だと思いたがっている。環境というのは自分にとって最も都合のよい、安楽な場所であるべきだと信じている。その一方で、それが失われつつあることも意識している。環境という言葉に対する人間の反応は、だから甘えと脅えの両面を備えたものになる。

ＷＥＭにはその甘えの面があり、『バイオスフィア２』の方には、いかにそれが積極的な実験のように見えようとも、どこか環境に脅えて閉鎖されたシェルターに逃げ込むという姿勢が透けて見えるのだ。もともと人間は自然をそのまま環境として受け入れていたはずである。かつてアリゾナやアルバータに住んでいたインディアンたちはその地方で取れる素材だけで家を作り、食料を調達し、自然との調和の中に満ち足りた日々を送っていた。しかし、今はもうそういう時代ではないらしい。人間はガラスの中にいないかぎり安心して空気を吸うことができなくなるのだろうか。

エドモントンに着いて三日目の午後、ぼくはひたすら同じような店が並んでいるＷＥＭの中を歩くのに飽きて、思いつくままに外へ出てみた。広い広いこのモールの外側を一周してみようと思ったのだ。いかに北とはいえ夏の盛りの快晴の日で、日射しはずいぶん強く、歩いていると汗が出てくる。携帯用の温度計は摂氏三〇度を示していた。車が走りぬけるだけで人はまったく歩いていない広い道に沿って、ＷＥＭを左手に見ながらひたすら歩く。五分ほど歩くうちに、ぼくはなんとも言いようのない解放感を自分が味わっていることに気付いた。どんなに広くても、またいかにたくさんのアミューズメントがあり、いくつもの店が夏のバーゲンをやっており、何軒ものレストランの中から好きなところを選んで好きなものを食べられるとしても、屋根の下にいるという閉塞感はずいぶん強かったのだろう。中にいる時には気がつかなかったのに、外へ出てみると、青い空の下で風にあたることを自分は欲していたのだとわかった。どこへ通ずるのかわからない道を歩き、横を通りすぎる巨大な三重連のトレーラー・トラックの轟音を聞いているのはすばらしい快感だった。

やがてぼくは広大で人の姿がほとんどない住宅地に迷い込み、自分の泊まっているホテルが本当に小さくしか見えないほど遠くまで歩き、一時間ほどかけてようやくもとの入口にまで戻った。天気がよくて温かかったから愉快な散歩になったということもあるが、晩秋の曇った風の強い日だったとしても外を歩くのは心地よいことではないかと考えた。

『バイオスフィア2』は先にも書いたとおり、宇宙旅行への応用も考えて立案された研究計画である。火星に行くロケットの中に小さなバイオスフィアを組み込んだり、火星に着いたら透明な与圧ドームを造ってその中に生態系を育てたりというプランが将来の話として語られる。しかし、われわれは本当に宇宙に進出するだろうか。もちろん南極に探検に行くように少数の勇敢な人々が出てゆくことは考えられる。しかし、普通の人間にとって宇宙は、別の惑星は、とても住むに耐えるところではない。もしもそこへ行くことになるとしたら、それはおそらく地球が住めない場所になる日のことだろう。それくらいの強い圧力がなくては、普通の人間が火星に植民するということにはならないはずだ。

『バイオスフィア2』を支えている心理の半分は進取の気性であるかもしれないが、残りの半分は少しずつ悪化してゆく地球の環境への恐怖感、地上にせよ、火星にせよ、またロケットの中にせよ、そこから逃れるシェルターを用意しておきたいという逃げ腰の姿勢なのではないだろうか。遠方に作られた無人の原子力発電所から送られる電力で維持される無数の『バイオスフィア2』が、生き残った人類とせいぜい数千種の生物をかろうじて養うという日が来ない保証はないのだ。その時には、もう青い空の下を風に吹かれて歩くという快感を味わうことはできないだろう。

付記――『バイオスフィア2』は一九九一年の九月二十六日に閉じられ、二年に亘る実験が始まった。しかしその後になっていろいろとスキャンダルめいた報道があって、計画の評判は少なからず落ちた。指摘された問題点とは、閉鎖の直前に空気中の二酸化炭素を除去する装置がひそかに取りつけられたことや、十二月になって一万八千立方メートルの空気がドームの中に追加されたこと（内部の空気の一〇パーセントが漏れてしまったのだそうだ）、また三か月分の食料が最初から中に用意されていたことなどである。

これらのスキャンダルの原因は、空気の漏れは年間一パーセントとか、食料は完全自給とか、パブリシティーのために無理なことを宣伝しすぎたことにある。これをもってこの計画の科学的信憑性を疑うのはたぶん狭量にすぎるだろう。一九九三年の九月以降に公表されるはずの研究成果を待つのがフェアな態度というものだ。

Ⅲ

旅の時間、冒険の時間

旅に出る前に準備をする。行く先の地形や近代化の程度、旅の種類、季節、移動の方法などをいろいろ考え、手持ちの衣類や機材や道具のリストを頭の中でたどり、必要なものと不要なものを区別してゆく。ないものは買いに出る。用意は周到な方がいいが荷物は軽い方がいい。秋の山に登るのに水着はいらないし、ギリシアに行くのにロシア語のフレーズ・ブックはいらないだろう。単純な話だ。

しかし、そういう作業をすすめる一方で、旅なんて絶対に準備しきれるものではないとどこかで思っている。用意する品の一つ一つについて、そんなの本当に使うことがあるのかいと、自分の中の誰かが反論する。持っていかないものについては、ないと後悔するぞとおどかす。行った先で何が起こるかわからないままに出てゆくのが旅ではないか。そう考えれば、旅の準備とはもともと矛盾した言葉だ。そして、本当のことを言うと、その矛盾の部分にこそわれわれは強く引かれている。

旅に出てから当初の予想がはずれることは少なくない。最近の自分の例を思い出してみると、まず、豪雪の取材のつもりで行ったのに雪がまるで少ないということがあった。そこは最もすごい年には七メートル、普段でも三、四メートルの積雪を覚悟して冬を迎えるという土地なのだが、去年だけは一メートルしか積もらなかった。取材と言っても、そんなに視野の幅を狭くして雪の量だけを見に行ったわけではないから、結局は自然は人のことなどまったく無視して勝手にふるまうものだということを報告して任務を果たしたのだが、振り返って見ればやはり苦笑するほかない（いずれまた行ってみようと思っているけれども）。

逆の例もある。その時は治水と砂防のことを知りたくて山の中に行った。雨というものがいかに激しく山を崩すか、それを抑えて水害を防ぐのにどれほど大規模な工事が行われているか、そこのところを見に行ったのだが、そこであきれるような豪雨に遭遇した。砂防工事の現場を見ている時には一滴の水も降らなかったのだが、その翌日が記録に残るような大量の雨で、川原に立っている木がすっかり水没してしまったり、濁流になかば流されかけた山道を車で走ることになったり、雨の脅威を実感する旅になった。

六月という時期にサハリンに行った時は、予想していたよりもずっと涼しかった。日射しはけっこう強いのだが、風が冷たい。ぼくはユージノ・サハリンスクのデパートに行って、合成皮革のコートを買った。現地調達の典型的な例だ。ロシアの雑貨はあまり評判がよくないが、これはなかなかの品だった。

取材だから見込み違いが問題になったわけではない。いかなる時でも、どんな旅でも予想は次々に崩される。いつでも計画は些細《ささい》な部分から崩れてゆくものだ。渓流釣りならば、持ってきた何百本ものフライのどれもが魚の気持ちと合わないとか、写真が目当ての旅なのに、たまたまの光の具合で絶対に赤外線と思った時にそのフィルムを持っていないとか。標高差はたいしたことないと甘く見て登りはじめた山が、おそろしく険しい梯子《はしご》のような登攀《とうはん》の連続で顎《あご》を出すとか。当てがはずれてもともとと思っていれば、そんなに恐い思いもしないと考え、一種の覚悟をした上で旅に出ても、その覚悟さえひっくり返されることが少なくない(完全パッケージの御安心ツアーだって、ことと次第によっては事故に遭遇するのだ)。

では、そういう予想はずれに満ちたものである旅の本質とはいったい何なのか。なぜ人は旅に出るのか。なぜ冒険を試みるのか。普段はありきたりの、使いふるされた宣伝文句のような言葉で説明されたつもりになっているけれども、実際には誰も踏み込んだことのない隠れた理由が旅に出る心理の奥にあるのではないか。抽象論ではなく、帰宅してからの自慢げな体験談でもなく、もっと細部の、しかし終わった後ではすぐに意識から消えてしまうような快感が、山道の足の一歩ずつの運びの中に隠れている。相当な魅力をもつ要素。それを、決まりきった表現に頼らず、きちんと考えてみようか。

何が起こるかわからないという意味では、旅と決めて家を一歩でも出たところから旅ははじまっている。旅と日常の区別ははっきりしている。大計画が最後の段階で挫折するのも、日曜日のピクニックで雨に降られるのも、共に予想を越えた出来事であって、旅に属する現象という意味ではこの二つは等価だ。ヒマラヤに遠征し、八一二五メートルのナンガ・パルバット登頂を目指して北側のラキオト壁を登攀中に、着実に高度をかせいでいって七五〇〇メートルのジルバー・ザッテルをものにしたところで、ふとした油断から南側のバズィン氷河の底まで滑落したとしたら、それはずいぶんドラマチックには違いない。だが、それと単なるアメリカ取材旅行が最後の段階で飛行機が飛ばず、成田帰着が一日遅れるというような事態との間には何か共通のものがある。それが旅というものの本質にかかわっているような気がする。この二つは、旅の最中の事件という意味では等質なのではないだろうか。

日常の時間と旅ないし冒険の時間は違う。飛行機の延着が日常的で、氷河に落ちることはそうではないとは言い切れない。問題は事件の大きさではない。違うのは、動く者の意識、旅の自覚である。旅とは、何が起こるかわからない未知の未来に向かって、そのことを承知で入ってゆく行為（もっぱらそれを空間的な移動で行うこと）だ。それに対して、事故は起こらない、予想していないことは起こらないと安直に信じた上で、ほとんど、機械的に、無意識に行動する場が日常と呼ばれる。この精神の姿勢の違いこそが、旅に当てられる時間に特別の意義を付与する。

では、実際、人は旅に出る時、冒険に出る時、どのくらいの事態を予想ないし覚悟するのだろうか。実を言えば、ここでぼくが言いたいのはいかなる旅でも、それが旅であるかぎり未知の時間の中に展開されるということだ。その意味では無名の誰かの半日の旅を例に取ることもできるのだが、その一方、未知という言葉がどれほど大きな危難を含みうるかを示すために、まずは有名な、大袈裟な例を挙げよう。

一九六六年の八月二十七日にプリマスを出港した時、フランシス・チチェスターは六十五歳だった。彼の計画の基本は一人乗り五十三フィートのヨット、ジプシー・モスⅣ号で、接岸の回数を最小限に押さえて、世界一周航海を実行することであった。予定のルートは、大西洋からアフリカ南端の喜望峰を回ってインド洋に入り、シドニーにだけ寄港して、そのまま南太平洋を東に向かう。そして、南米の端のホーン岬を回って再び大西洋に入り、あとは一気に北上してイギリスに戻るというもの。

これだけの長い距離を一人で航行するというのがまず第一の難関。普通ならばこれは少なくとも六人の乗組員を要する航海だ。最低限で二人としても、ずいぶんきつい。しかし、チチェスターはそれを一人で実行しようとした。一人と二人の違いは単に労力が倍ということではない。話し相手がいないとか、微妙な判断を相談相手もなしにくだすということでもない。一言で言ってしまえば、一人というのは寝る暇がないことだ。実際には自動操舵装置があって三時間くらいの仮眠はできるはずだが、当時この装置の信頼性は決して高くなかった。六十五歳という年齢からくる体力の不足は言うまでもないし、そうでなくても単独航海の時に急病になることの危険は想像できるだろう。また、眠っている間に他の船に衝突する可能性も無視できない。海に浮かぶすべての船が他の船に対して充分な見張りをしているわけではないし、もしも暗夜に衝突事故が起これば、相手の船は事故そのものに気付かずに、したがって衝突した相手を救助もせず、そのまま行ってしまうかもしれない。

ホーン岬は普通の海ではない。南半球では南緯四〇度から五〇度までは「吠える四〇度圏」と呼ばれる暴風雨帯である。彼以前にホーン岬を通過できたヨットはたった九隻しかなく、そのうちの六隻は荒波のために船体が転覆して完全に一回転するという目にあっている。復元力があるから転覆はそのまま遭難ではないが、それにしても小さな丸っこい船体の中でもみくちゃにされたあげく、船そのものが一回転してしまうというのは、いったいどんな体験だろうか。次の波はもっと激しいかもしれない、衝撃は船体の強度を超えるかもしれないと思いながら、その瞬間を待つのはどういう気持ちだろうか。そして、その過去の九隻のうちに、一人乗りの船は一隻もなかった。

ぼくはここで彼の航海の詳細を繰り返そうとは思わない。結論だけ言えば、彼は実走日数二百二十六日の後、二万九六三〇マイルを帆走して、翌年の五月二十八日、プリマスに帰投した。自動操舵装置はやはり途中で修理不能なまでに壊れてしまった。その他、彼の苦労の数々を知りたければ著書を読めばいい。この場で考えたいのは、これだけの困難を充分に予想しながら、なお彼を旅に押し出した力のことである。逆に、困難な旅だと思ったからこそ彼は旅に出たと言えるだろうか。すなわち彼こそは生まれついての冒険家であり、困難を承知して海に出ることは彼の資質のなさしめるところだったと言って議論を打ち切っていいものだろうか。

彼は苦難の数々を予想した。もっと正確な言葉を使えば、それをできるかぎり詳しく精密に想像してみたはずだ。彼は海をよく知っている男だった。ヨットに乗る前は飛行機で大洋を越えるという冒険を何度もやっている。その知識を全部投入してみて、これがどんな航海になるか、彼は考えたはずだ。出発の前、旅は想像力の仕事である。

この航海のために造ったジプシー・モスⅣ号を進水させた途端に、彼はずいぶん揺れる船だと気付いた。「こりゃひどい、まるでロッキング・チェアだ」という彼の言葉が記録されている。しかし、それでも人に与えられる機会はそんなに多くはない。人間の造るヨットに完璧はのぞめないし、すべての準備を整えてからと思っていたら、いつになっても出発の日は来ない。ロッキング・チェアのようなヨットでも、出港できる時には出港するのだ。彼はそれが呼び起こす災厄をすべて予想した上で、それでも船を出す。そして、実際には予想をはるかに越える苦難を体験することになる。想像力が貧困な人間はよい旅人になれない。冒険者になれない。いかに予想を重ねたところで、それは実際の旅体験の一割にも一パーセントにもならないことを彼らはよく知っている。よい旅ほどそういうものだ。それでも、あるいはそのゆえに、人は旅に出る。なぜだろうか。

今、われわれはあまりに安全な日々を送っている。一日のはじまりにあたってその日の終わりが見えないことはまずない。その一日、その一年を自分がまっとうするという仮定の上にわれわれの日々は構成されている。「未来」という言葉にさっさと「明るい」という形容詞を付けてしまう。しかし、未来というのは本来はそんな甘ったるいものではなかった。

自然界には寿命という言葉はない。自然死という言葉もない。普通の動物は事故の可能性を日々の糧《かて》として生き、それが現実のものになった時に死ぬ。なにごともおこらない日々がかぎりなく繰り返され、そのうち身体の方がその退屈に耐えられなくなって、その結果生命を放棄するという、そういう意味での寿命や自然死はありえないのだ。自然は過酷なものである。小動物の巣穴に足をつっこんで骨折したインパラは死ぬほかない。空腹のライオンに出会ったガゼルもやはり死ぬほかない。日照りが続けばヌーやジラフやガゼルやスプリングボックやクドゥーの群れが数万頭単位で死んでゆき、それにつれて餌を失ったライオンも死ぬ。ハイエナも死ぬ。最も知的に、適応力をもって世を渡っている大型哺乳類でさえそうなのだから、数に頼るという作戦をとる小さな動物や植物の場合は死の率、事故の率はもっとずっと高い。鮭の無数の稚魚のうち、雄雌たった二匹が成魚になるまで生き延びて授精と産卵をするだけで、鮭の総量は維持できるのだ。他はみな捨て石である。そのからくりを自然と呼んでもいいし、生命と名付けても、また時間としてもいい。時間そのものが事故率を含んでいる。危難を孕《はら》んでいる。

死だけではない。よい方のこともまた時間そのものの展開の中に未知のまま含まれ、思わぬ時に配付される。プレーリードッグの雄がちょうどいい具合に発情した雌にばったり出会うこと。一腹分の子を育てているハイエナの母が、足を折ってうごけないインパラを見つけること。珍しく雨がたっぷり降って、沙漠全体がしばらくの間だけ草原に変わること。子が順調に育ってゆくこと。そういう事件もまた動物たちにとっては予想のできない、時間の未知に隠されたことがらであって、要するにそれが生物にとっての時間というものの意味だ。

かつては人間も例外ではなかった。人間もまったくわからない日々の向こうを一所懸命に透かし見ながら、未知という不安の内に身を置いて暮らしていた。自分の放った矢がそのシカに当たるか否かが、洞窟に残してきた子供が飢えて死ぬか生き延びられるか、その分かれ目になるという時代が長く長く続いた。自然と名付けては一つの人格のように思われるなら環境と呼んでもいいが、そういう外部の力が人の生殺与奪の権能を一手に握っていた。

しかしながら、人間は異常なほどの知力を利用して自分たちの環境をすっかり変えてしまった。正確に言うならば、彼らが変えたのは時間という言葉の意味である。古来人間がやってきた事業はさまざまあるが、最も大きいのはおそらく安全という言葉を発明し、その内容をひたすら改善し、それによって明日を今日に繰り込み、今日を昨日とそっくりにするという大事業と、そのためのノウハウの蓄積だった。これに払われた努力の量はそのまま人間たちの十万年に亘る営為の総量である。その結果、人生は長くなり、思いがけぬ事件は少なくなり、人間の時間というものはカマボコのように均質でのっぺりしたものになった。もちろんそれは実に立派な成果であって今さら文句をつけられる筋のものではないのだが、しかし、どこかで安楽と幸福を取り違えたのではないかという疑問も残らないではない。

飛行機の話をしよう。一九二〇年代から三〇年代にかけて、飛行機が民間で使われはじめた。旅客を運ぶ業務にはまだ不安が残ったが、郵便物を運ぶ路線は急速に延長された。それが実際にはどういうことだったのか、飛行機というまだ未完成の道具を沙漠や海や高い山脈に応用することがどの程度の困難と危険を含む仕事だったか。普通こういう事業は関係者たちの証言が世間に伝わらないままに終わってしまうものだが、フランスの航空郵便業界がサン＝テグジュペリというすばらしいスポークスマンを持ったおかげで、ぼくたちはその詳細を知ることができる。

彼は一九二六年に南フランスのトゥールーズにあるラテコエール社に操縦士として入社した。彼と何人かの僚友たちはまずフランスからスペインを経て西アフリカへ延びる路線の開拓と維持につとめた。ある時は彼は操縦士として実際に空を飛び、ある時はキャップ・ジュビーの飛行場長として同僚を迎え、世話を焼き、送り出す仕事をしていた。沙漠に不時着した仲間を救出に赴くことも少なくなかった。その波瀾に満ちた幸福な日々について、サン＝テグジュペリは『人間の大地』という美しい本を書いている。

飛行機は第一次大戦で軍用という目的を得ておおいに発展した。しかし、戦後になって民間で使おうとすると、その性能はとても満足のゆくものではなかった。戦争というのは特殊な状況で、ほんの少しでも利点があれば、欠点がいかに多くても使うことができる。しかし、民間ではいかに利点が多くてもある程度以上の欠点のあるものは使えない。航続距離が短く、エンジンの信頼性が低く、天候が悪い時も夜間も飛べず、積載量にもかぎりがある乗り物を実用に供するのは容易なことではなかった。郵便飛行がまず第一の用途として考えられたのは、手紙が重量が軽くて速度が重視される特殊な荷物だったからだ。

彼らが飛んだ空路は南フランスのトゥールーズを出発してスペインからモロッコに渡り、カサブランカからアフリカ西岸のキャップ・ジュビー、ポール＝テチエンヌなどを経由してセネガルのダカールに到る。後には、ブラジルの最東端にあるナタールへ向けて大西洋を飛び越え、東岸に沿って延々ブエノスアイレスまで行った後、南米の各地に散って、最遠の地としてはアンデスを越えてチリのサンチアゴまでも行く広大なネットワークが開発された。

飛行機の信頼性が低い理由は明快。要するに飛行中にエンジンが停まってしまうのだ。飛行機というものはエンジンが回っていないと飛べない。降りるしかないが、地上には彼らをサポートする施設は何一つなかった。中継基地も今ならばとても基地などと呼べる代《しろ》物《もの》ではなかった（「不帰順地帯の外れに位置するポール＝テチエンヌは都会ではない。砦と、格納庫と、会社の搭乗員のための木造のバラックがあるだけだ」）。そういうところを沙漠の真中から見つけだして着陸する。推測航法で飛んでいるのだから自分の位置も正確にはわからない。酷暑の沙漠になんとか不時着したとしても、間に合ううちに救助隊が来るという保証はどこにもないのだ。おまけに当時モロッコの沙漠にはフランスの支配に反発する不帰順民がいて、時には不時着した飛行機のパイロットを虐殺し、時には捕虜にして身代金《みのしろきん》を要求した。操縦士マルセル・レーヌは三度捕虜になり、そのたびに手荒い扱いを受け、あざだらけ傷だらけで救出されている。

『人間の大地』にはさまざまな種類の受難が出てくる。操縦士リゲルがクランク・アームを折って不時着、それを救いに行った同僚ブルガの飛行機がそのそばに着陸したところで故障、さらにサン＝テグジュペリ自身が出向いて降りたところで夜になってしまったという事件を彼は報告している。一年前に二人の僚友が不帰順民に殺された場所だ。この時は無事に一夜を過ごして三人とも帰還している。別の時には彼はリビアの沙漠で墜落し、機関士のプレヴォーと二人で渇きに苦しみながら何日も乾燥しきった沙漠を歩きまわり、ようやく救われている。そして、戻って、また、飛ぶのだ。

そういうことを彼らは職業としてやる。仲間の誰かがこんな目にあったとか、遂に帰ってこなかったという話を日々聞きながら、郵便物を積んで、決められた時間にきちんと離陸してゆく。一つの路線が多くの障害を超えて安全になると、まるでハンディキャップが低くてはつまらないと言わんばかりに、夜間飛行や大西洋横断やアンデスの山越えなどと、次々に困難な路線を見つけて開拓する。これら初期の開拓者たちの筆頭とも言うべきジャン・メルモーズについて、『人間の大地』はこう書いている——「こうしてメルモーズは、砂漠と、山と、夜と、海を切り拓《ひら》いた。彼は一度ならず、砂漠と、山と、夜と、海のなかに沈んだ。そして、彼が帰ってきたのは、きまってふたたび出かけるためだったのである」。困難に会うたびに、その時々、なんとか工夫し、努力し、勇気をふるいおこし、態勢を立てなおして、彼は帰ってくる。それでも、最後には、彼が帰ってこない日が来る。「ついに、十二年間の飛行のあと、またしても南大西洋上空を飛行中、彼は右後部エンジン停止という短い通信を送ってきた。そのあと沈黙がおとずれたのだ……メルモーズも、束をしっかりと結びおえて、その畑に横になった麦刈り男のように、おのれの仕事のうしろに引きこもってしまったのだった」。この時、メルモーズは三十五歳である。

ぼくはここで彼らの勇気を讃えようと思ってはいない。ヒロイズムを賛美するための派手な文体ならば世界中にいくらでもある。ぼくが知りたいのは、何が起こるかわからない時に、危難があると承知の上で、なぜ人は旅や冒険に出てゆくか、そこのところの心理の秘密なのだ。多大な危難に釣り合うだけの量の勇気や使命感が彼らにはあったとするのは、言葉の遊びにすぎない。勇気があるから行った。行ったからには勇気があったに違いない。トートロジーではないか。

出発の前に、自分がこれからどんな時間を過ごすことになるのか、できるだけ想像してみる。初期の単発機で、地上側にほとんど支援設備のない沙漠の上を飛ぶ。それも一度かぎりの冒険としてではなく職業としてくりかえし（ある意味では事故が起こるまで）飛びつづける。それがどの程度の危険を含む行為であるかを承知して、それでも離陸する。何度もあやうい思いをしながら、戻るとまた出発する。それは日常的な時間の中に身を浸している者には理解できない行為かもしれない。今、われわれの日常はひたすら危険を排除する自動装置によって支配され運営されている。船で言えば、排水ポンプを常時運転しつづけて、ほんの少しの浸水も速やかに船外に出すようなものだ。日常では危険を冒すのは愚行であるとされる。あるいは不注意の結果でしかないと思われる。そして、それは、日常という場で見るかぎり、絶対に正しい。何ぴとも意味なく危険を冒すべきではない。

しかし、その一方で別の時間、別の行動様式があるのだ。われわれがずっと昔に放棄してしまった時間、未知のものをたっぷりと含んで、それに自分は対処できるという自信のある者だけが入ってゆくことのできる時間がある。どんなことになっても自分は大丈夫というのではない。それは冒険の時間が中に秘めている危難の可能性を過小評価することでしかない。いくつもの危難を越えてゆくうちには自分の力ではどうしようもない相手に出会ってしまうこともあるだろうと彼らは承知している。それを恐れるのではなく、その存在を知ったまま、ともかく行動することが自分の方針なのだからと考えて、仮にそれを無視する。そういう生きかたがある。それが人を空に向かって、海に向かって、あるいは単なる国内の旅や三日の釣行に向かって、押し出す。非日常の時間の方へそっと促す。

　時間とは少しずつ固まりながら進んでゆく溶岩の前線である。背後は固い岩であり、前方はまだ液状に溶けて形のないマグマだ。現在と名付けられたその境目にわれわれは立っている。はるか昔、未来が未知であり未定であることに人は苛立《いらだ》った。未来をも確定して安心立命のうちに日を過ごしたいと思った。そこで獲物の多寡《たか》に日々を左右されないように農耕をはじめ、その年の作柄に左右されないようにひたすら蓄積をはかった。万一の災難に際しても被害を分散できるように保険制度を考案した。現在では人間は予知と予報の確立に懸命になっている。未来は現在に取り込まれ、計算しつくされる。すべての危険はジェット・コースターのように見せかけの危険、体験者に悲鳴をあげさせることはあっても絶対に線路をはずれはしないような偽の危険になりつつある。

それはいいとか悪いとかの問題ではない。今さらそんなことは言っていられない。われわれはずっとこの方針でやってゆくほかないだろう。ただ、それでも、時間というものが本来は未知の強烈な不安と魅力をたたえたものであったことを忘れまいとする気持ちはどこかにある。記憶の遺伝かもしれない。農耕だけで暮らせるようになってからいったいどれだけになるのか。日本を例として弥生時代から数えてみれば、どんなに多くみてもせいぜい百世代。本当に安心できる蓄積となると、やっとここ百年のことではないか（都市の富裕な階級だけ見てはいけない。江戸時代、飢饉は実際に餓死する者を出した）。それ以前の危難の時代をわれわれは忘れてしまったわけではない。

忘れるべきではないという気持ちがまだあるのだろう。絶対安全で完璧に予想可能な時間の中に身を置く者は、結局はなまぬるい時間に溺れてゆっくりと窒息してゆくだけだ。人為の時間と自然の時間の間にはそれだけの違いがある。冒険者たちをわざわざ賛美するには及ばない。行為から最大の益を得るのはまずもって彼ら自身である。彼らはその実りを最初に味わって、それから安全な社会に帰還するのだから、戻った時にはもう彼らの収支は合っているはずだ。一つの旅の決算はその旅のうちに済んでしまう。だからこそ、危難の負債を負っていないからこそ、メルモーズについてサン＝テグジュペリは「彼が帰ってきたのは、きまってふたたび出かけるためだった」と書けたのだ。

ぼくは彼らのような巨人たちに伍《ご》するつもりはない。ぼくの冒険行はいつもささやかなものだ。せいぜい雪を期待して行って雪がなかったという類。しかし、これは旅だと自分に言って出かける瞬間からもう旅は始まっている。予想と期待は次々にひっくり返されることだろう。旅にあっては、一瞬の先も未知を含んでいる。その意味では、ヒマラヤ登山や沙漠の単独飛行と、国内の小旅行は同じ質の時間に属する。起こりうることを予想しつつ、予想できないものが襲来することも忘れないでおく。五つの荷物を持った上で、六つ目に念のため空の箱も用意してから出発する。心構えとしてはそういうことだ。

山では一歩ごとに地面を計測しなくては歩けない。傾斜や、地面の質、浮石か砂利かすべりやすい泥土か、木の根は出ていないか、周囲に手がかりはあるか、岩はくずれないか、等々無数の判断を重ねなくては進めない。未知はいつでもまず細部に宿っている。その魅力が汗と、酸素不足にあえぐ肺と、足の筋肉の痛みの総量と釣合うから、だから人は一歩ずつ高さを足元に抑えこんで、最後には頂上を踏むことになるのだ。

昔、アフリカに行ったことがある。地中海沿岸のドゥムヤート河口を起点にナイル河を遡行《そこう》した旅程のことは他に書いたからもう報告済として省くが、ぼくとしてはずいぶん苦労の多い旅であった。スーダンの南の湿地帯を二週間かかって河船で抜け、ようようの思いでナイロビに飛んだ。スーダンからケニアに入るとほっとする。その当時、ケニアは東アフリカの優等生で、ホテルはきれいだし、食べる物も豊富でおいしくて、なんと素晴らしいところかと感心した。この時の旅の目的はナイル河に沿って遡行し、なるべくたくさんの土地を訪れることだったから、ヴィクトリア湖は必見ということになる。本当は湖畔のキスムーの町から出る船で湖を時計まわりに半周してタンザニアに入る予定だったのだが、その頃はちょうどこの両国は仲が悪くて、この船は動いていなかった（現代では自然状況よりも政治の方がよほど大きな旅の障害になる。この時も、ウガンダにはアミン氏がいたし、エチオピアも内戦で入れなかった）。ぼくは小さな飛行機で雄大なリフト・ヴァレーを越えてキスムーへ飛び、そこからケンドゥーというやはり湖畔の小さな町まで行く船に乗って湖見学を済ませることにした。キスムーは高原にある本当に美しい静かな町で、ホテルも綺麗だったし、砂埃と泥水にまみれた旅の最後に一泊するにはありがたいところだとぼくは思った。水も飲みほうだいだし、安全というのは嬉しいものだ。

　帰りは今度は飛行機ではなくバスに乗って戻ることにした。朝、切符を買いにゆくと、席を予約しておくようにと言われた。座席一覧表があって、自分のところに名前を書いておく。なんとシステマティックなことかとまた感心した。

バスは定時にキスムーの町を出発し、快適に走った。空がよく晴れた気持ちのいい日だった。そして、全行程の半分をすぎたと思った頃、ほとんど対向車もないまっすぐな道を時速八〇キロくらいで走っていたバスが、いきなり道路をそれて路肩に乗り上げ、凸凹の地面を揺れながら暴走したあげく、遂に左に転覆して停った。あっと言う間の出来事とも言えるし、おそろしく長い時間がかかったようにも思われた。

気がついてみるとバスはもうもうたる砂埃の中に横倒しになっており、ガラスの破片が散乱して、乗客たちの悲鳴が聞こえる。ぼく自身はそれほどひどい目にはあわなかった。車体が寝てしまっているから、前の椅子のフレームにしがみついて落ちないようにしながら、脱出の方法を考える。席が（朝、自分で選んだのだ）右側だったので、窓ガラスも割れなかったし、ほとんど怪我をしないで済んだ。足首を打ったけれども、動かせないほどではない。開いていた窓から今は上面になっているところのバスの側面に這いあがり、ようやく地面に跳び下りた。

しばらくするうちに、同じようにして人々が少しずつバスから出てきた。顔や手足に切り傷を作って出血している者もいるし、外傷はないけれども草の上に坐りこんで動けない者もいたが、全体としては元気な者の方が多かった。そして、彼らはその場で警察や救急車を待つでもなく、後から来たトラックや乗用車に三々五々便乗して、その場を離れていった。バス会社に代替車両を用意させるなどという考えは誰にもないようだった。たぶん、彼らにとってバスに乗って首都にゆくことは単なる移動ではなく、旅だったのだ。旅人はその時々使える手段によって前へ進まなくてはならない。怪我で出血している者はその場で適当に止血して先に来た車に乗せてやり、元気な者が後になるということはあったが、それ以上の管理や指揮を取る者はなく、各自がそれぞれにこの事態から脱した。ぼくはしばらくそのようすを見ていてから、誰かに誘われて小型トラックの荷台に乗った。

結局、あの事故ではどれくらいの被害が出たのだろう。トラックの中で、人が二人は死んだとか、運転手が投げ出されてバスの下敷きになったという話を聞いたが、本当にそんなことがあったのだろうか。ぼくも含めてみんなが一種の興奮状態にあって、そういう大袈裟な話になったようにも思うのだが、バスの前の方の左側には重傷の人もいたかもしれない。スピードの出しすぎは明らかにしても、バスが道を逸れた直接の原因は知りようがない。夜遅くナイロビに戻って、翌日の朝、新聞を隅から隅まで読んだが、事故のことは書いてなかった。

この事件でぼくは、旅では何が起こるかわからないということを再度実感した。あの旅の一番大変な部分は終わったとぼくは思っていた。しかし、どんな場合にも、すぐ先の時間の中に何が隠してあるか人には知るすべがない。だから旅にあって人は次々に遭遇するものと賢く対処し、障害をなんとか回避し、バスが転覆したらすぐに次の手段を見つけて、前へ出る。いわば精神を斜面に置かれた石の状態にたもつ。

常に旅の気分で生きることは、すっかり軟弱になってしまったわれわれにはもう不可能だが、時に自分の頭を旅時間に切り換えて、はるか昔、弓と矢で生きていた人々の生きかたをたどりなおすのは悪いことではない。先の不安や予想できない事態の出現は、おそらく、生きるということの最も本質をなす要素なのだろうから。

再び出発する者

冒険という言葉はもうずいぶん前に陳腐になってしまった。もともと曖昧で使いにくい言葉だったのかもしれない。単に危険を冒すのが冒険だとしたら、いったい何のためにという疑問はどの冒険にもついてまわる。危険を承知で行かなければ手に入らないもの、それが何であるかが重要だったのに、次第にそんなものはなくなってしまった。それが最大の陳腐化の理由だろう。今の時代、たいていのものは安全に手に入るのだ。

同じような行動でも、時代が進むにつれて冒険の要素は次第に少なくなる。コロンブスと同じようにクック艦長は世界一周航海に出かけ、無事に戻ってからまた出発し、また戻り、全体としてコロンブスとは比較にならない多大な科学調査の成果を持ちかえった。そしてかれは最後にサンドイッチ諸島（今のハワイ）で原住民との間のトラブルで死んだ。だが、この常に冷静なイギリス人は、たとえ客死したにしても、冒険者というよりは偉大な航海者と呼ばれるべきだろう。彼は今世紀に入って小さなヨットで一人で世界一周をしたチチェスターよりは、十九世紀にビーグル号を率いて調査航海を行ったロス艦長の方によほど近い。そして、ロス艦長はどこかの原住民に殺されることもなく、ダーウィンと共に無事にイギリスに帰還している。

それに、最近では地理的な冒険の目的地が払底している。地球の上に人がまだ足を踏み入れていない場所はほとんどないし、地表ならば飛行機やヘリを使って直接アプローチできない場所もほとんどない。人工衛星の鋭い目で見ることができないところもなく、文明世界とリアルタイム・オンラインで連絡が取れないところもない。たいていの調査はあっさりと安楽にできてしまう。人間がわざわざ自分の身を危険にさらして出かける意義は年ごとに少なくなっている。

目的がはっきりしている場合でも、冒険という言葉には、行く前と戻った後ですっかり意味が変わるという意地の悪い一面がある。コロンブスの一行にとって、海の向こうがどうなっているかを知ることは充分に危険を冒すに値することだった。だから彼らは危険を冒し、それに見合う成果を持ってもどった。しかし、奇妙なことに、成果を上げて港へ戻ったとたん、この航海は冒険よりもむしろ上手な取引としての性格をあらわにした。賢い推理と果敢な行動力で大発見をして、その結果を故国に報告する。危険は可能性としてあったかもしれないが、現実のものとならぬままに終わった危険はもう忘れてもかまわない。回想の中で危険は逃がした魚のように大きくふくらむものだが、しかし、終わってしまえば戻った者の勝ちではないか。出発まではたしかに果敢な冒険、しかし戻ったところでそれは一つの事業に収束してしまう。では、純粋な冒険とは目的のない行為でなくてはならないのか。

少なくともこうは言える——ある行動が冒険と呼ばれるためには、たぶん何か特別な情熱が必要なのだ。時としてそれはその行動の表だった目的を凌駕するようにさえ思われる。その行動自体が本来の目的を超えて目的になるという逆転が起こる。行って成果を持って戻ることが大事なのではなく、危険を冒すことに意義があるような錯覚が生じる。それはおかしなことだけれども、しかし、どこかに少しだけこの要素がないかぎり、一つの行動を冒険と呼ぶことはできない。

それゆえに、たぶん現代の冒険は見世物化の危険を多分に孕むことになる。探検家は尊敬されるだけだが、冒険家は熱狂的に歓迎されるのだ。大衆は危険を敢えて冒すことの倒錯的な喜びをよく知っている。彼らは他人の危険な行動に相乗りして、安全な自分の家庭を一歩も離れることなく危険の味をこっそり知ろうとする。近代に入ってからどうも冒険は個人の中で完結させるのがむずかしいものになったようだ。それは常に社会との関係で評価され、時としてゆがめられる。余計なものが周囲に付きすぎて、本来の姿が見えなくなる。われわれは冒険家を社会の言う冒険から救い出さなくてはならない。そのためには歴然と冒険であるものを仮に冒険と呼ばないという策略も必要になる。例えば植村直己についで考える場合のように。

ぼくはずっと植村直己のことを考えている。彼の失踪を巡って世間が大騒ぎを演じ、またこの人を単純な英雄に祀りあげてつまらぬ映画などが作られた頃はまるで関心がなかった。しかし、あれから七年と二か月の歳月が流れた。彼につきまとっていた余計なものはずいぶん脱落したようだ。彼自身の著書を丁寧にゆっくり読みかえしているうちに、ずいぶん奥へ引き込まれている自分に気が付いた。彼の失踪をめぐって、また彼の人生の評価をめぐってあの時に世に行われた論議の大半はまるっきり無意味なものだった。彼が成し遂げたこと、彼の人生の意味は、最終的には彼自身の内部にある尺度によってしか計れないものであったはずで、それを他人の視点や社会の尺度で律するのは見当違いというものだ。彼の人生はまずもってそれ自身で完結している。われわれは脇から見て、絶対に安全なところに立って、その意味をいわば享受するにすぎない。だから、少なくともここでは彼を冒険家と呼ぶことはやめよう。それは社会や大衆や傍観者の視点からの言いかたでしかないから。彼は彼自身の目から見るならば、まずもって行動者である。その行動の意味を考えてみたい。

さて、先を急ぐ前にまず彼の足跡をもう一度整理しようか。一九四一年、兵庫県の田舎で農家の末っ子として生まれる。小学校では「休み時間に一人で消えてしまう、風のような少年だった」という担任の証言もあるが、最初からあまり伝説で飾るのはやめた方がいい。彼が自分の資質に気付くのは明大に入って、たまたま山岳部の部室をのぞいた時に入部を勧められ、そんな偶然がきっかけで山へ行くようになってからである。それでも初登山では新人二十名ほどのうちのどんじりだったという。山のことなど何も知らなかったのだ。それが自主訓練を重ねてたちまち頭角をあらわし、卒業までの間、毎年毎年百日以上を山で過ごすまでになった。自分が特別な人間であることに気付いたと言っていいだろう。以後彼は普通の社会人としての生きかたをすっかり放棄する。就職した上で山岳会に入って山行を繰り返すという通常の妥協的方法も捨てて、山だけを相手に暮らすことになる。

二十三歳で明大を卒業した彼は、外国の山に登ろうと決意して百十ドルだけ持ってアメリカへ渡る。こんなに目的意識がはっきりした者はヒッピーにはなれない。ひとまずカリフォルニアのパレアで労働許可もないままブドウ摘みの重労働を三月あまりつづけ、不法労働でつかまりかけたところを見逃してもらってフランスに渡る。モンブランに近いモルジンヌという村でスキー場の手伝いをしながら山に登るという生活を三年以上続ける。この間に明大の先輩たちに呼ばれてヒマラヤのゴジュンバ・カン登山隊に加わり、登頂に成功、モンブランとマッターホルンにも単独登頂、それからアフリカに行ってケニヤ山とキリマンジャロにやはり一人で登る。これが二十五歳の時。

翌々年、モルジンヌの住処をたたんで南米に行き、アコンカグアに一人で登頂、ついでにという感じでアマゾン川六千キロを二か月がかりで筏で下る。マッキンリーに登るつもりが単独では許可が下りず、そのまま日本に戻る。そしてすぐに日本山岳会のエベレスト遠征隊第一次偵察隊に加わり、第二次にも参加して、そのまま越冬調査を続け、次の一九七〇年に来た本隊の一員として結局はこの隊で頂上を踏んだ二人のうちの一人になる。日本人として初。同じ年の暮れにはアルプスのグランド・ジョラス北壁で冬季の岩登りを数人の仲間と敢行。これも成功。ただし、この翌年に参加した国際エベレスト登山隊は身勝手な参加者たちの内紛から分裂して失敗。

この頃から南極を犬橇を使って一人で横断するという大計画の具体化を考えはじめたらしい。そのために彼の企画は、短期決戦型の登山を離れて、長期踏破型の北極圏一万二千キロやグリーンランド縦断のような息の長いものに変わっていった。犬橇に慣れるためにグリーンランド北端のシオラパルクという村に入り、ここでエスキモーの人々の間に入れてもらって八か月生活をする。犬橇訓練の卒業旅行という感じで往復三千キロを走破。日本に戻って一年半ばかりはおとなしくしていて、この間に結婚。しかし式から六か月後にはまたグリーンランドに渡り、北緯七〇度のケケッタで犬橇を編成。これを駆って北上し、カナダ側に渡り、以後ずっと北極海の沿岸に沿って犬橇だけで西へ進み、最後にはアラスカに入ってコツビューに至る一万二千キロの大旅行を一年半かかって遂行。南極への自信を深めた。この時に三十五歳。

　その二年後、北極への犬橇単独行のためグリーンランドの隣のエルズミア島から出発。北極点に至る。モーリス・ジュサップ岬へ飛行機で飛んで、そこから今度はグリーンランド縦断の旅。これも成功。ただし、この企画は補給を飛行機に頼ったことなどでその成果を疑問視する声もあった。この二年後、日本冬期エベレスト登山隊長としてヒマラヤに挑むが、強風のためにキャンプを設営できず、しかも隊員の一人を失って傷心の下山。

　一九八二年にようやく南極横断と最高峰ビンソン・マシッフ登山の話が具体化して、南極のアルゼンチンの基地に滞在、準備を進めるが、この時にフォークランド戦争が勃発、アルゼンチン軍の協力が得られず、一年待って計画を断念。そして一九八四年の一月、マッキンリー冬期単独登頂のためにアラスカへ渡り、二月十二日の午後六時五十分に登頂には成功したけれども、翌日の交信を最後に連絡を絶ち、そのまま帰ってこなかった。四十三歳だった。

この経歴を見て、また彼の主要な五冊の著書を読んで、考えることはいろいろある。第一はもちろん彼が実現した偉業の数々であり、その前にあった困難の大きさである。彼は五大陸の最高峰すべてに登るという目標を自分に課し、二十九歳の若さでそれを達成している。念のため付記しておくと、世界初であった。

一般に目標というものは常にその時のその人の実力よりも大きい。そうでなくては目標は意味をなさず、すべては同じことの繰り返しに堕すだろう。目標が定まった時には困難の大きさも計測でき、その時の自分にはそれだけの力がないことも明らかになる。さて、植村の場合、まずもって人が驚くのは彼の自分を育てる能力、できないことをできるようにするまで訓練する努力の量と集中の深さである。先に書いたとおり、明大の山岳部に入ってすぐの五月の初登山の時、彼の登山的体力は新人の中で最低だった。しかしその彼が六月の合宿では「一年生にすごい奴がいる」と噂になるほどの力をつけていた。その一か月の間一人で何をやっていたのか。あるいは、モルジンヌのスキー場に雇われた時、なんとかごまかそうとしたが実はほとんどスキーができなかった。雇う側のジャン・ビュアルネ（一九六〇年の冬季オリンピック滑降の優勝者）はそれに気付いていてなお彼を雇い入れた。この男ならスキーは練習さえすれば上手になると思ったらしい。この目論見は当たって、現に植村は二年半後には地元のアマチュア・スキーの大会で百三十六名中十三位に入るまでになっている。あるいは、エベレスト偵察隊からそのまま現地に残って越冬した一年、彼は毎朝六時半に起きて一周七キロのランニングをした。高度四千メートルでのランは容易ではない。最初のうちは途中でへばっていたが、結局は完走できるようになり、このトレーニングのおかげで完全に高地型の体質が作られたのか、後のエベレストその他の山でも彼が高山病になったという話は一度もない。さらに、犬のことなどまったく知らずにグリーンランドのエスキモーの村に入った彼が三年後には犬橇を駆って一万二千キロの旅をしたというのは、それこそエスキモーが啞然として信じようとしないほどの上達ぶりである。

いかにも伝説らしい話である。たしかに人は伸びる時期には伸びるものだ。子供が二言三言ようやく発音している時からうるさいほど喋りまくるようになるまでは本当にあっという間で、大人になってからでもその人の力がぐんぐん伸びているのが脇で見ていてわかる時がある。しかし、次々に必要な能力を着実に身につける植村の肉体的な訓練力はやはり尋常ではない。自分に何かを強いる精神の力というのは人によってこうまで違うものだろうか。

同じ力を裏返しに利用したと考えれば、彼の自制力の強さが説明できるかもしれない。

粗食に耐えること、寒さに耐えること、そして行く先々で現地の人とのトラブルを避けるために性的な誘惑に耐えること。この最後の件などまこと涙ぐましいもので、時には医者に止められていると言い、時には体調が悪いふりをし、時には走って逃げて、そういう事態を回避する。超越しているわけではない。性欲がないわけではない。そういう自分について「俗人である私などは、越冬中、人の奥さんと一緒にざこ寝したときも、尼僧の家へ宿を借りたときも、理性を守るのが本当にきつかった」と書く。そして、実際守らなかった場合もあるが、しかし大抵は守っている。

一歩離れた位置で彼という人物を見れば、自分を運営する力が格段に優れているということになるだろう。目標を設定し、それに必要な能力を自分の中に用意し、実行のために外部と交渉し、現場に入って危難を乗り越えて目標を達成、生還する。要はそういうことだ。

ではなぜいつも単独行なのか。この設問をひとまず逆にしてみよう。一般になぜ人は何人かで共同してある事業を行うのか。一人ではできない大きな仕事だから分担してするというのが分業の起源である。ミツバチからオオカミまで、動物界にも共同行動は多々あるが、人間は言葉で協力をはかるから動物よりもはるかに緊密で微妙で柔軟な協力関係を作ることができる。しかしながらここにもいくつかの条件がある。共同事業が成功するためには、まずもって全員がその事業の目的を認めていなければならないし、個人の功名心が全体を凌駕してはいけない。また、時には多くの人が参加することによって全体として労働の量が増えてしまうという皮肉な場合もないではない。

登山の場合、対象が高い山だと一人で登るのは困難になる。下から多くの資材を運びあげてキャンプを作り、それをいくつも連ねて頂上を目指すために大規模な登山隊が組織される。人間ピラミッドを作って、頂点に立つ一人か二人を何百人もが支えるという構図。時間もかかるし、費用の方も相当になり、最近ではその費用をテレビ局などに仰ぐことが多くて、それが問題視されたりもする。しかし、メスナーのような人物が登場するまで、ヒマラヤなどの高峰を攻めるにはどうしてもこの極地方式が必要であると人は固く信じてきたし、実際エベレストをはじめ多くの山がこの方法で登られた。

植村直己もゴジュンバ・カンとエベレストへは共に大規模な登山隊の一員として参加し、その中から頂上アタック要員に選ばれて登頂している（その他に六人組で岩壁を登った冬季グランド・ジョラス北壁というのもあった）。しかしながら、これらは植村の仕事の中ではむしろ例外に属する。この人の生涯で最も意義深い仕事と思われる北極圏一万二千キロの犬橇にしても、グリーンランド縦断にしても、彼は一人でやっている。一番大きな計画として最後まで実現の可能性をさぐっていた南極横断ももちろん一人のつもりだった。

前に書いたとおり彼は五大陸の最高峰をすべて極めた最初の人間だが、この五つの山のうち集団登山で征服したのはエベレストだけで、モンブラン、キリマンジャロ、アコンカグア、マッキンリーの四つは一人で登った。そのエベレストの時も、また二十四歳の時のゴジュンバ・カンにしても、彼はいわば外様として呼ばれて登山隊に参加したのであって、当初から計画の中心にいたわけではない。そして、それにもかかわらず彼はどちらの場合も登頂者の一人になっている（ゴジュンバ・カンでは登ったのは彼とシェルパの一人、エベレストでは松浦輝夫と彼）。そして、後に彼自身が隊長になって計画し実行した日本冬期エベレスト登山隊は隊員一人を失ったところで計画を中断、撤退している。

なぜ単独行なのかという疑問に戻ろう。これは植村直己という超絶的な行動者を考える時に大変に大事なポイントであるようにぼくには思われる。人と一緒に行動するのが下手なのではない。人間としての彼のことを悪く言う者はまずいない。誰も彼もが隊のために献身的に働く植村の姿に感動したという意味のことを言っている。それが最も顕著にあらわれたのは一九七一年の国際エベレスト登山隊の時である。最終的にはヨーロッパ系の隊員たちのあまりにエゴイスティックなふるまいのせいで組織が空中分解して失敗に終わったこの試みで、植村は不満は不満としながらわがままな他の隊員のために、ほとんどシェルパに徹して誠実に荷揚げをやっている。このことは後に彼が行方不明になった時にタイムズ紙が掲載した追悼記事の中でも特記されたという。

実際、集団生活の中で彼ほど誠実で、謙譲で、骨惜しみせずよく働く者はいなかったようだ。そして、ゴジュンバ・カンの時もエベレストの時も、結果として他人をさしおいて自分が登頂したことを彼は非常に気にしている。「私が頂上へ登ったといっても、この遠征隊が自分のものでなかったこと、それに他の隊員のようにこの遠征に出るため、骨身を削ったわけではなかったからだ。会社の仕事のあと、徹夜で計画し、準備をした人たちと私とは遠くへだたっていた」と彼はゴジュンバ・カン登頂について書いている。この時の経緯は、第一次のアタック隊が失敗した後、隊員たちの中で植村がいちばん元気そうな顔をしていたので隊長が彼とシェルパのペンバ・テンジンを第二次アタック隊に指名し、二人は十二時間の苦闘の末ようやく頂上を踏んだのだ。準備には加わらなかったにせよ現場ではまったく同じように力を出したのだし、登頂したのも実力以外の何ものでもないだろうに、この遠慮ぶりはどういうことだろう。彼は日本の新聞が彼一人を大きく報道したことにほとんど困惑し、「これではみんなに申しわけない。私はアブラゲをさらうトンビにはなりたくない。一刻も早く、みんなから離れて一人になりたかった」とまで言う。そして、日本に凱旋しろという隊長の慰留をふりきってインドから一人でフランスへ戻ってしまう。

集団でいるかぎり彼は譲る。みんなで記念写真を撮るという時にはかならず隅の方の目立たないところに立つ。荷は率先して運び、ルート作りもアイス・フォール突破もラッセルも率先してやる。最後まで元気で、登頂をまかせればなんとか登ってしまう。エベレストでも事情は同じだったようだ。隊の側から見ればこれほどありがたい隊員はいない。しかし、彼にすれば、自分が率先して働きながら、できれば登頂は他の人に譲ろうとするような性格だからこそ、本当は一人で行動する方が気楽でいいということにもなったかもしれない。このような男が集団の行動に対して疑問をいだくのは当然である。

「山に登るのに、すべてが分業となると、私などは何か物足りず、これでいいのかなと考えてしまうが、そうやって毎日進行していくうちに、分業システムも当たり前になっていく。良いことか悪いことかわからないけれども、こうして登山の世界もずんずん組織化され、職分化されて変わっていくのだ。しかし、登りたい山を自分で計画し、準備し、登る――それをするにはたった一人でやるしかないし、一人でやることに意味のある山も依然としてあるだろう」。ここには本当は一人で登りたいという気持ちが歴然と出ている。最初から自分を無にして組織に溶け込むのではなく、違和感をおぼえつつも一つの義務として奉仕するという姿勢を無類の克己心でつらぬく。集団の一部になってしまうのではなく、個であることを最後までまもりつつ、しかし献身的に働く。問題はこの個であることをまもる点にある。

後に彼はグリーンランドを犬橇で走っていて夜遅くある町に着いた時、どの家でもドアを叩けば泊めてもらえることがわかっていながら、町の外にテントを張って泊まる方を選ぶ。「私の手は十日以上洗っていなくてうす汚れているし、衣服はアザラシやオヒョウの血と脂でギトギトしている。こんな恰好で見ず知らずの私が泊めてくれと頼めば向うも迷惑だろうし、泊めてくれたとしても私は小さくかしこまっていなければならず気づまりだ。私は結局きわめて利己的な人間だと思う。狭くて寒いテントの中で気ままにふるまっていたほうが気が楽なのだ」

利己的な人間。つまり、徹底して個人であること。行動者としての植村直己にあってもっとも重要な資質、彼というものを最終的に動かしていたものは、行動への衝動であった。他のものは後からついてくる。自分を訓練する能力や自制心や時に集団の中で自分を殺して働かせる力などは副次的なものだ。最初にあったのは動こうという衝動、登ろうという意志、グリーンランドや南極を横断しようという強烈な意欲である。それは功名心とか名誉欲とか、そういう外の社会との関係の中で説明できるものでは決してない。それはまったく彼自身の中から、それも実に深いところから湧いてくる衝動であって、彼を行動者に仕立てたのはまさにこれなのだ。

この衝動が他人とは共有できないものだからこそ、彼は一人で行くことになる。徹底して個人主義者としてふるまう。自分の内部にしか恃《たの》むものがないから、そして、それほど自分勝手な衝動を他人に押しつけることができない性格だから、彼は一人で出発する。人は原則として一人なのであり、他人と共に動くという発想はずっと後から出てくるにすぎない。二人の男が共同して一人の女に恋をすることがないように、最小限の機材で南極大陸を横断するという夢想的な計画が何人もで共有できるはずはない。それに、他人を使用人として使うことも彼にはできなかった。

彼は自分自身との何千回もの会話を積み重ねて、この計画を少しずつ育て、細部を詰めていった。人間ピラミッドで一人を頂点に押し上げるかわりに、彼はグリーンランドや北極点を経由することで一人で南極へのピラミッドを築いていった。犬橇の技術も、乱氷帯を越える秘訣も、極寒の中でのキャンプの技術も、天候の読みやナヴィゲーションの方法も、すべてピラミッドの礎石の一つだった。

日本のエスタブリッシュメントへの反発という気持ちがどれだけあったか、これは計りがたい。人のことを決して悪く言わない性格だし、むしろ自分の勝手を詫びながらそれでもどんどん歩いてしまう男だから、彼の孤立感を正しく計測するのは容易でない。しかし、ヒマラヤの二回の組織登山では二回とも彼は後から来た参加者であった。日本登山界のエリートたちから見れば、実に奇妙な闖入者だった。「ジ・アニマル」という彼のあだ名をその一つの表現と読むのはゆきすぎかもしれない。しかし、多くの隊員にとって彼は外から来た者であり、異常な体力の主であり、礼儀正しく、よく働き、いつもニコニコしていながら最後には頂上をさらってしまうという、妙に腹だたしい男ではなかっただろうか。

象徴的なエピソードがある。二十九歳でマッキンリーに登って五大陸最高峰登頂を実現する直前のことだ。

「日本を発つ前、大塚さんが元南極越冬隊長の村山雅美さんと引き合わせてくれたとき、オッチョコチョイの私は南極の夢を持ち出したことがあった。南極の先駆者である村山さんは、

『君、ブリザード（地吹雪）を知っているかね』

『知りません』

『南極がどこにあるか知っているの』

『いえ……』

私は地図でしか知らない南極を、知っているとは言えなかった。

『君、冗談じゃないよ、ワッハッハハ』

話はそこまでだった」

　そう、話はこれだけである。これがたぶん日本の権威者たちと植村との関係の最も正確な姿だったとぼくは思う。少なくとも村山は一人で南極へ行こうとする人物ではない。もちろんそういう発想がない方が普通であって、単独行で南極を横断すると聞かされたら一笑に付すというのはごく常識的な反応なのだろう。科学的な研究者としては一人であの大陸を横断することに何の意義も認めることはできない。しかし、植村にとっては行動そのものに意味がある。そこのところがまったく違うのだし、それを考えれば植村が自分を利己的だと言ったのは、おそらく彼が言った以上に深い意味で、当たっていたと思う（その一方で、よく植村がこの村山との話を書いたとも思うのだが）。

　大事なのは、最初にごく小さな萌芽として自分の中に生まれた衝動を上手に育てることだ。このエピソードの場合、南極はまだごく小さな、弱い芽でしかなかった。しかし植村はそれを村山の一撃から護り（村山のこの発言の後、植村はすぐに登頂したマッキンリーの頂上で「私は登頂した感激よりも、南極大陸単独横断の夢が強く高鳴り、自分の本当の人生はこれからはじまるのだと、出発点にたった感じであった」という感慨を抱いている）、不可能であるとする多くの人々の冷笑からも護り、犬橇の扱いをはじめ多岐にわたる技術訓練を自分に課して、いわばそれを肥料として育て、十年以上にわたって具体化へ近づけてゆく。遠すぎる目標を設定した上で、それに向かって少しずつ着実に近づく。普通の登山隊ならば人の数で埋めるべき間隙を彼は自分の努力の量と時間で埋める。だから自分の意志の管理ともいうべき技術において、彼は他の誰よりも優れていたというのだ。

南極は大きいから、もっと小さな例で見よう。一九六八年のアマゾン下り。最初はたしかにちょっとした思いつきにすぎない。アコンカグアに登ることを第一の目標にして南米に渡り、それに成功した後でついでという形で世界一の大河を下る計画の実現性を探りはじめる。だが、衝動の芽はもっと早い段階で小さく開いていた——

「このアマゾンを単独で下ってみようと決意したのは、一九六八年四月イキトスにはいったときだった。アコンカグアの登頂後、ボリビアを経てペルーのリマに到着。ペルー・アンデスの山を狙ったが、ちょうど雨期であったため登ることをあきらめた。そこで、フランスを発つ前から漠然と夢想していたアマゾン下りを本気に考えてみたのだ」。

漠然と考えていたことの実現の可能性をまさぐる過程は楽しい。それは誰にとっても同じだろう。ただ、この人の場合、途中でたちふさがる困難に対するねばりがすごい。最初の衝動をつぶそうとするものと実に果敢に戦う。植村直己という人物を成立させたのは結局このねばり強さであり、しつこさである。だからこそ、一人でしか行動できないのだ。

別の言いかたをすれば、自分を説得する力といっていい。例えば「私はきょうまで、河下りの経験はまったくない。しかし、単独登山では厳しいといわれたアコンカグアにしても、全精力を集中すると、十五時間で登攀《とうはん》できた。アフリカのケニヤ山にしても、猛獣におびやかされながらも踏みこんでみると、難なく切りぬけることができた。アマゾン下りも河口まで何千キロあるのかわからないが、きっと成功するだろうという自信を持てた」。冷静に考えればこれほどむちゃくちゃな論理はないし、他人にはとても通用しない。しかし、この時点で彼本人をもう一歩実現の方へ押しやるにはこれで充分なのだ。あとは一歩ずつ進むのみ。丸木舟を試みて失敗。ピラニアがいることを知って仰天。土地の人々に思い止まるよう言われるが、決意は変わらない。筏を使うことを考えつき、準備を整えて、結局は出発してしまう。途中では突風に吹かれて食器類をすべて失ったり、賊らしい二人組に襲われそうになったりするけれども、それでも六十日かけて河口に到達した。

アマゾン下りは小型ながら彼の行動の基本的な条件をすべて満たしている。この先十数年にわたって植村はまったく同じように夢想的な計画を立ててつづける。それを自力で育て、困難を排除し、自分を訓練し、実行に移し、死ぬような思いを何度もしたあげく、最後には目的地に到着する。それをすべて一人で行う。そういう男だった。

死ぬような思いを何度もしたあげくと今ぼくは書いた。植村直己という人を考える一番大事な鍵がここにある。死の可能性といわゆる冒険を安易に結びつける安手のロマンティシズムは植村について何も教えてくれない。実際に彼にとって死がどんな意味を持っていたか、死を恐れる自分と先へ行こうとする自分の間でいったいどう折り合いをつけていたのか。

山にせよ氷原にせよ、そこで暮らす間は文明国の日常生活よりも事故死の確率がずっと高くなる。そして、生涯に数回、彼は本当にぎりぎりのところで死を回避するという体験をしている。第一回目は単に迂闊と言ってもいいかもしれない。二十三歳、アメリカからヨーロッパに渡った彼はアルプスを見た喜びのあまり、すぐにモンブランに単独登頂をしようと登りはじめた。一週間分の食料を持っていたのだから本気だったのだが、二十五キロのリュックを背負って一人ではしゃぎながらボッソン氷河を渡っていた彼はいきなりクレバスに落ちた。しかし、たまたまそのクレバスは上から数メートルのところでぐっと狭くなっていたらしく、彼の身体とリュックがはさまって落下は止まった。彼はチムニー登りで這い上がった。「両手が雪面に出て、はじめて助かったと思った。こんなところでは死にたくない。人はよく、山の好きなものは、山で死ねば本望だろうというが、とんでもないと思った。体をクレバスからぬき出してから、あらためてそのクレバスをのぞきこむと、自分が途中ではさまって助かったという奇跡にあらためて驚き、それからゾーッと寒気がし、膝がガタガタふるえてとまらなかった……小さなヒドン・クレバスでよかった。これがもし、ザックを背負っていなかったら、またあと十センチもクレバスの幅が広かったら、すべては終わりだった」

ほんの十分間のことだったが、しかし一秒の間にも人は死ぬ。この時はさすがに自分の無用心にあきれて彼はそれ以上登ることをあきらめ、麓に戻って職を探すことにする。そして、モルジンヌのスキー場に仕事を得て、一年八か月の後、今度は間違いなく一人でモンブランの頂上を極めた。

しかし、山と氷原をつぎつぎに制覇して行く間には、この最初のモンブランの時のような単純で迂闊な事故ではなく、もっと行動そのものの本質に根ざした、いかに周到な用意をもってしても回避しがたい危難に襲われる場合が出てくる。

一九七五年の二月十五日、北極圏一万二千キロの旅に出発して八週間目、海氷が割れて犬橇が水中に没するという事故を彼は体験している。凹凸の激しい古氷を避けて滑らかな新氷の上に出たのだが、新氷は薄すぎた。「しまった、しまった。目の前で沈んでゆく橇、曳綱をつけたまま懸命に古氷のほうへ逃れようとする犬たち。だが、私はどうすることもできない。恐怖と絶望で、古氷の上に釘づけになったまま、動けない。……『ああ、ここで俺は死ぬのか』――沈んでゆく橇を見ながら、ただそれだけを思った」。この時は彼自身が海に落ちる危険を冒して水面に浮いた橇と荷をなんとか回収し、旅を続けることができた。この一件はモンブランのクレバスと違って、彼のミスとも言い切れない。新氷の方に出ずに古氷の上を無理しても進むべきだったと言うのはやさしいが、この時犬たちは極度に疲労していて、古い氷の上を進むだけの元気がなかった。氷原を行くような極端に条件の悪い旅では停滞は許されない。止まって待っても状況は決してよくならない。

それに、この旅は生命にかかわる判断を何百回と積み重ねてようやく先へ進むような困難きわまるものだった。いつでも食料は最小限しかないし、次のエスキモー部落まで無理を承知で走るか、あるいはあてにならない獲物を求めてその辺で狩りをしてみるか、そういう決断を無数に連ねた結果の、その間で致命的なミスを一つもしなかった結果の、目的地到着であり生還なのである。一つや二つゆるい判断が出てくるのは避けられないだろう。つまり、確率から言って、この程度の事故は予想の範囲内だったと言ってもいい。しかしながら、その点を事前に指摘されたとしても、植村はそれを認めなかっただろう。理由は簡単で、認めたら出発できなかったからである。

それでも、百歩譲って、この時もまだ彼自身のミスだったとしよう。次のケースはどうか。一九七八年三月九日、グリーンランドの西にあるエルズミア島のコロンビア岬から北極点に向けて犬橇で出発してから四日目、彼はシロクマに襲われた。クマは犬を蹴散らし、テントを引き裂いた。植村はそのテントの中でシュラフにくるまって寝ていた。


「枕元のすぐ上のテントの外で、ブフーッ、ブフーッと、臭いをかぐ鼻息がすると思ったとたん、巨大な足がテントの上から横向きの私の頭を一瞬押えつけた。

『ああ、俺はもうだめだ』

もうだめだ。この世の終りだ。白熊に食べられてしまう。バリバリとテントが引き裂かれた。女房の顔が脳裡をかすめた」


結局このシロクマはドッグフードをむさぼり食っただけで立ち去ってくれた。そして、助かった植村はその翌日、このクマを撃って犬と一緒に食べてしまう。彼の勝ちだ。しかし、勝ちというにはあまりにマージンの細い、余裕のない、シュラフの生地一枚によって隔てられた勝敗の、生死の、差。

この時の北極点往復は彼の「冒険」の中で最も評判の悪いものだ。批判するむきは、これが飛行機による補給を受けたことを問題にし、そのために金がかかりすぎて広告代理店がらみの大々的なキャンペーンが展開されたことを非難した。気象衛星ニンバス6号で位置確認をしたことにまで難癖を付けた。しかし、こういうことは結局は極圏における彼の行動そのもの、彼が苦心して越えた距離の一キロずつとは何の関係もない周辺の事情にすぎない。植村は冒険を売ったという者さえ現れたが、旅から戻った彼の手元に借金しか残らなかったのにどうして売ったということができるのか。もっとこの旅の本質を見なければ、評価はできない。エスキモーが住む北極海の沿岸とちがって極点への道にもグリーンランドの内陸にも人は住んでいない。犬橇で行くとなったら飛行機以外に補給の手段はないのであって、それでもやるか否か、選択肢は二つしかない。他の方法というのは最初から排除されていたのである（かつてピアリーやアムンゼンはそれぞれ北極点と南極点へ犬橇で、もちろん飛行機からの補給もなしで、到達している。しかし彼らは大人数でキャンプを伸ばすというヒマラヤ登山と同じ方法を取ったし、犬を食べることも計算に入れていた。植村はグリーンランドではノルウェー側の要請で十数頭の犬をすべて生還させている。そういう時代なのだ）。

飛行機で食料が来るから安全というものではない。天候が悪ければ飛行機は何日も来ない。北極圏一万二千キロの時に目指す部落へ到着するのが遅れて飢えに苦しんだのと同じ思いをすることになる。先に書いたシロクマの襲来に対しても、また最後の段階で起こった浮氷の上の立ち往生にしても、飛行機は救出の手段としてまったく役に立たない。そういう事態になることを承知で進む植村にとって、日々がはらむ危険の量と質は他の旅の場合とまったく同じだった。

植村は危難の旅から戻るたびに、再び出発した。なぜ出かけるのか。毎回出てゆくたびに本当に死ぬような思いを何度もするのに、なぜまた行くのか。植村直己はいったいどういう死生観を持っていたのだろう。死を恐れないというような単純なことではない。彼は生きた人間として、自分の生の価値を充分に了解した一人の成人として、死を恐れている。日常でもあんがい臆病だったという話を親しかった人から聞いたことがある。それに、彼自身何度となく「山では絶対に死んではならない」と言っている。自分が隊長をつとめた日本冬期エベレスト登山隊が天候に苦しんで、竹中隊員の死という思いがけない事態を招いた時、植村は非常に苦しい思考を重ねたあげく、それ以上の犠牲者を出す可能性を無視できないという理由から、登頂を断念している。当然の判断だという結論に走るのは早くて、植村も参加した一九七〇年の日本山岳会エベレスト遠征隊は隊員の一人を急性心臓麻痺で失ったのちも登攀の努力を続け、植村自身が頂上を踏んだのだ。判断は状況に応じて微妙に変わるはずだが、竹中隊員の死が植村の心に深い傷を残したことは充分に理解できる。死は決して軽くない。そんなものではない。植村は死を厭わないとするほど単純な「冒険家」ではなかった。

しかし、それでも、自分一人ならば彼は行くのだ。山では絶対に死んではならないというのはいわばスローガンである。山でも氷原でも行ったら必ず戻るというのは標語でしかない。絶対に安全な山はないし、確実に生還できる氷海もない。そんなことを望むのなら最初から行かなければいい。非常に大きな危難が待っていると知っていて出てゆくことと、絶対に死なないという標語とは矛盾する。だが、彼のように強い者ならばそれを自分の中に収めてしまえる。これが彼の何回もくりかえされた出発の秘密である。行く前に徹底的に準備を積み上げた上で、死の可能性の方は主観的に否定して旅立つ。この矛盾は自分一人であれば心の中に収められるが、他人との間でそれを共有することはできない。そこのところに、植村がいつも一人で行ったもう一つの理由がある。一人だからこそ死の可能性を承知でなおかつ仮に死を無視することができるのだ。だから彼は何度でも出発し、何度でも帰ってきたのではないか。

決して死を軽んずるのではない。そこにある死がないふりをして男らしさを証明するのではない。そんな子供っぽいエゴを彼は持っていなかった。そうではなく、精一杯の準備を積んだ上で死とのぎりぎりの鍔ぜりあいを演じ、その過程を通じて自分の力を確信する。自然という逆境の中で人がいかに強いものであるかを証明する。そういう形での死との付き合いがあるのだ。近代に至ってわれわれはひたすら弱虫になってしまった。死なないことがそのまま生きていることであるという最も消極的な哲学によってぐずぐずと延命を図り、ただの安楽に過ぎないものを幸福と勘違いしている。植村直己のしたことはそのような負け犬の哲学に対する正面からの異議申立てであった。

彼の「冒険」の一覧表をいくら見ていてもその人格の大きさはわからない。意味があるのは北極海の沿岸やグリーンランドの高地でいかに大変な日々を彼が過ごしたかという細部なのである。全体像は、五大陸最高峰登頂にしても、一万二千キロという数字にしても、またもしもフォークランド戦争がなくて南極大陸横断が成功したとしてその成果にしても、それだけでは新聞の見出しとしての価値しかない。植村自身にとって最も大事だったのは、そして、彼のしたことの本当の意味を知ろうとする者にとって大事なのは、彼の日々であり、その時々の苦労の具体的な姿の方だ。それを見ないかぎり、あれだけ長い間ずっと死の影と優雅に踊りつづけた植村直己という男の精神は理解できない。

北極圏一万二千キロの時、出発した途端に彼はいくつもの不運に見舞われる——

「横になったまま、テントの低い天井を見ながら昨日のことを考えた。もし六頭の犬が戻っていなかったら、もし薄氷が割れて海水に落ちたら、自分はどうなっていたか。私は恐ろしくなった。

これからどうするか、とても先の見通しは立たないように思われた。ヤコブスハウン出発以来、一ヵ月の間に、あまりにも次から次へと予期せぬ危険に出会いすぎた。海が結氷していないという悪条件、二度にわたる山越えの苦闘、犬の食糧の欠乏、暗黒、すさまじい寒気に順化していない私の体、そして犬の逃走。わずか一ヵ月の間にこれだけのことがあっては、これから先何が待ち受けているかわかったものではない。いつまでも幸運がつきまとうとはかぎらない。どう考えてもこれ以上旅を続けることはできない。もし生きて還りたいのなら、もうこの旅は中止すべきだ」

弱気というものではないだろう。真剣に状況を読んだ上でこういう判断をしているのである。しかし、結局この時も彼はもう一日だけ進んでみようと思い、それで少し見通しがよくなったように見えるとまた進み、少し安心して旅を続け、また迷い、危ない思いをし、そういうことを一年半にわたってつづけたあげく、最後にはアラスカに到達してしまう。

危難を回避するのも一回や二回ならば運がいいと言ってもいい。しかし、同じことが百回続いたら、それは当人の力と意志の勝利と認めなければならない。そして、その時でも百一回目が同じようにうまくゆく保証は何もない。その時も一回目とまったく同じ条件で危難はやってくる。いや、彼の方がその危難の方へ寄ってゆくのだ。自分というものをもっとよく知るために。人間にどれだけのことができるかを知るために。

そして、最後に彼は帰ってこなかった。この言いかたはおかしいとぼくは思う。最後に帰ってこなかったのではなく、帰ってこなかったから最後になったのだ。冬のマッキンリーから戻っていれば、彼はまた出発したことだろう。あれが最後にはならなかっただろう。マッキンリーで何が起こったのか。行方不明が明らかになり、次第に薄れる希望の残照の中で、日本では勝手な論議がいろいろと起こった。どこに無理があったか、いかにもわかった風なことをいう評論家にはこと欠かなかった。もともと日本で流布していた植村直己論はすべて彼と日本の社会の関係を云々するものだった。最後の段階ではそれがずいぶん冷たいものになっていた。電通がらみの北極グリーンランドはおかしいとか、金のかかる旅をするようになったから余裕がなくて無理をしたとか、小学生の小遣いまで巻き上げたとか、売名行為だとか、全体として植村の凋落をあげつらおうとする傾向が強かった。

しかし、植村という人物を正しく見るには彼と社会の交渉の姿などではなく、彼と自然の関係を見なくてはいけない。そこに目を据えなくてはならない。北極圏の一日一日の価値をまずもって認めないで彼の集金法だけを論じるのは、作家を作品ではなく払った税の額で評価するのと同じくらい不当なことだ。だから全体として、日本社会という湿った領域に背を向けて自然の方へと歩いてゆく植村の後ろ姿に向かって負け犬たちが吠えているという構図になってしまう。彼の前へ回らなければ、彼の顔に吹きつける零下四〇度の風の中に立たなければ、この人物を論じることはできないのに。

植村直己の個人主義は日本人離れしていた。あれほど他を恃むことなくさっさと一人で動いてしまう者をこの国はなかなか産出しない。そして、たまに出た個人主義者をなんとかつぶそうとし、それができないと今度は外へ排除しようとする。彼らも外の方がずっと気持ちがいいから戻ってこなくなる。例えばゴジュンバ・カン登頂の後にしても、すごい奴だけれどわれわれの社会には入れられないという声がどこかから聞こえたから、彼はそのままフランスへ行ったのではなかったか。うかつに仲間の一人と認められて一緒にぬるま湯に浸けられる居心地の悪さを彼はよく知っていた。だから、海外で一人で動いた。本当に彼が彼らしい場面は彼自身にしか見えない。その意味では大変に論じにくい相手である。しかし、それに甘んじて見える面でだけ論じようとすれば、結局は日本社会との関係だけになってしまう。実際、多くの植村論がそれに終始している。彼が自分で書いた五冊の「福音書」を読む以外に、われわれにできることはないのかもしれない。

グリーンランドから戻った後の植村直己には、どこか運に見放されたような一面があった。日本冬期エベレスト登山隊は失敗に終わったし、ようやく渡った南極大陸も戦争のために一年横断の機会を待ってすごすごと引き上げている。運も能力のうちという厳しい言いかたをすれば、植村はある限界に至ってそろそろ別の生きかたを探す時期だったのかもしれない（野外訓練の学校を十勝に開くというアイディアは悪くなかった）。だから遂に彼が帰らなかった後、卑小な原因論がいろいろと横行したのだろう。彼が焦っていたという説。もっと具体的に、彼がマッキンリーを甘く見ていたという説もある。前の時は日本スキー隊が一か月前に使ったテントを見つけるという幸運に恵まれての単独登頂だった。それを忘れて楽に登れるつもりで冬期に挑んだのが間違いだったという。あるいは靴が悪かったという意見もあった。

しかし、本当のところはわからない。帰ってこなかったから何かミスがあったという論法が通用する限界を彼という人物は超えてしまっていた。死の確率を相手にあれほど優雅に踊りつづけた長い歳月には、それを支えようとあれほど多大な努力を自分に強いた人生には、批判を超越するほどの意味が生じはしないだろうか。マッキンリーの頂上を踏んで下山する途中で何が起こったか、それはいわば植村と山という二者だけが関与する聖域に属することであって、下界からは知りようがないことなのだ。下界の小賢しい理屈で彼の失敗の責任を追及する必要はない。戻れなかったことの責任を負うのはもちろん戻らなかった彼自身であり、遭難によって最も大きな痛手を被ったのも彼自身である。われわれは彼という偉大な人物を同時代に持ったことを喜び、希有なその行動の一つ一つを彼自身の著書でたどり、七年という歳月の後で今またゆっくりとそれぞれの思いを込めて彼を悼む。それで充分ではないだろうか。

Ⅳ

川について

最初、わたしにわかっていたのは、その書物の題名と分量だけだった。表紙に『ドナウ魚族誌』と書かれたこの本は五百頁になるはずだった――だが、いざ書きはじめてみると、せいぜい六頁ほど進んだところで、わたしの知識は尽きてしまった。

――ハンス・カロッサ

川というものの基本的な性格の一つに、上流ほど水が清いということがある。川に沿って遡行すれば次第に水は透明度を増し、氷のように冷たくなり、純粋になる。現代では川の汚れというと公害とか生活排水とか人間の営みに結びつけて考えるべき場合が多いので、上流までのぼれば水が清くなることも、そこには中流域以下のように人がいないからだというふうに説明される。たしかに、四国の四万十川のような例を考えるなら、この川の水が下流でも例外的に綺麗なのは、沿岸に町や村が少なく、人が多く住まず、工場の類がほとんどなく、要するに人と縁がないことが理由なのだろう。だが、そういう人間の営みに由来する穢れがなくとも、自然の状態でさえ川の水は下流へゆくにつれて砂泥や有機物の微粒子を含んで濁ってくる。上流の水は透明で、水底がきらきらと透きとおって見える。昔から人は澄んだ水の方を純粋で、美しく、価値が高いと考えてきた。起伏がはげしくて、岩が多く、水路も変化に富んだ渓流を心地よい音をたてて流れる透きとおった水は、その爽やかな運動感も手伝って、見ていていかにも美しい。それが人を喜ばせたのだろう。

しかし、川については澄んでいない水の方を尊ぶという考えだってあった。具体的には、ナイル河。エジプトの古代文明に与えたナイルの恩恵はよく知られているけれども、この繁栄を支えたのはエチオピアの火山地帯の土を多量に含んだ青ナイルの水である。アフリカ中央部の湖沼地帯から流れてくる白ナイルの水と、エチオピアからくだる青ナイルの水が現ハルトゥームで一緒になって、エジプトを貫流するナイル河の水が形成される。白ナイルの水量は年間を通じてほとんど変わらないが、青ナイルの水は雪融けの時期にきわだって増水する。山を削るほどの勢いで流れるこの水がエチオピア火山地帯の黒い土をエジプトまで運ぶ。洪水となって平野全体にひろがった水は、その場に肥沃な泥濘を残してやがて海へ流れ去る。青ナイルの青とは、この養分を含んだ濁った水の色であり、豊饒への願いが濃い茶色に濁ったその色を青とまで呼ばせたのだ。

だが、これはやはり例外に属する。人の精神史のほとんどの場合において、水は透明で清冽なほど喜ばれた。穢れとは何かというのは本当に難しい問題で、なぜ複数の要素が混和した状態が単相に劣ると考えられるのかはよくわからない。あるいは、不純物が混ざること、不可逆的なエントロピー増加の過程が不快なのかもしれない。日用の品はたいてい使用しているうちに異物が付着して、新品のころとは見た目も違ってくる。いわば使用されることで疲れる。もとには戻らない。それが汚れるということだ。

源流において清いという原理を人間にもあてはめたくなるのは、歴史のはじめからずっと、川というものが人の生活に密接に関わってきた以上、当然のことだ（川は流れという点でも時間と似ているから、ここにも人生との間に比喩が成立する条件があった）。人は清くして生まれ、年をとるにつれて次第に大きく強くなり、同時に汚れてゆく。本当の話、子供というものは無知で愚かで横暴な、つまりは露骨な欲望の生き物であって、これを無垢と見るのは相当に無理があるのだが、大人の無知や横暴はもっと始末が悪いという考えかたも否定できない。いずれにせよ、生きてゆくことは穢れることで、これは水が流れればそれだけ汚れるという過程と相似のように思われた。それでもまだ水は人より清く、それゆえに水によって人の穢れを清める、つまり禊《みそぎ》をするという便法も考案されたのだが。

源流が清いという原理を個人だけでなく人間の世界全体にもあてはめて原初に理想の時代を置くのは、これはもう神話以外の何でもない。ギリシア人は、世の最初には黄金の時代があって、人はまだ法律に依らず信義だけで身を律して過《あやま》たなかったと言う。その頃はまだ船も武器も農具も知られず、採集経済が人々を充分にうるおしていた。次の銀の時代になると、もう人は常春の世界に住めず、四季の変化に応じて衣類や家が必要になった。その次に銅の時代となり、人は堕落して武器を取るようになり、大地の奥深く穴を穿って鉱石が求められた。最後に鉄の時代が到来して、人々は互いの命を狙い、道義は地に落ち、世は殺伐を極めたという。つまり、今だ。

人の社会が時を経るにつれて堕落してきたというのは、昔はよかったという老人の繰り言をそのまま無批判に社会史にあてはめただけだから、あまり信用できない。だが、世のありさまを批判するにはどうしても何か対照的な理想の時代が必要なのだ。孔子は古代の理想社会を堯舜の世という言葉で説いている。ギリシア人の言う黄金時代は、当時の世界にあって人の背徳の原因となったものを羅列した上で、それらがなかった時代を否定辞だけで作ったにすぎない。そうして作った理想の日々を未来に置いたのではあまりにおめでたい予言になってしまう。人は時代改良の努力を何もしないで、ただその時代が到来することを待っていればいいということになる。別の地に持っていっては（桃源郷やユートピア）、現実味に欠ける。逃避を誘いはしても、改革の意欲には結びつかない。理想の時代はどうしてもその社会の過去に設定するほかないのだ。かくて、時代はひたすら悪くなる一方だという悲観的な世界観が成立する。

さて、エデンや黄金時代について興味深いのは、人間同士の道義の問題とは別に、人と自然の間にも一種美しい調和があったかのように古い書物が記している点である。つまり人は楽園にあっては自然との関係においても祝福されていた。素朴な文体ではこれは、人は自然を貪らず、自然は惜しみなく人に恵みを与えた、と表現される。そのような自然と人との関係、理想的とも言える一方で基本的とも考えられるような関係のことを少し詳しく考えてみたい。なぜ理想的がそのまま基本的でもあるのか、そこのところに自然という概念の特異性があるはずだ。

エデンにおける人と自然の関係というのは、つまり社会という中間項が介在しない、個人としての人間と自然そのものが直接に対応している状態のことである。それが基本的であるのは自明だが、同時にそのような状態への憧れが人にはあって、その反社会的な憧れが原始の状態を理想とみなす。社会の利便は広大無辺、もはやそれなしの人間の生きかたは想像のしようもないけれども、しかし無数の個人を社会にまとめる際にはずいぶん大事なものが切り捨てられる。人間の社会は単なる生存をではなく繁栄まで求めるという原罪を負っている。それをわずらわしいと思う心も人にはあるのだ。

黄金時代というのは社会なき社会、個人がまだ個人として自然に対していた時代のことではないのか。そういう脱社会の希望がまずあって、その上に食物に不足しないとか常春であるとか、安寧への欲求を重ねあわせたのが理想の時代の原理だ。反社会性と日々の安寧がたがいに矛盾するところからすべての問題が生じた。そうして結局は個人として自然に対する姿勢を捨てて、食物に不足しないことや常春の環境の中で暮らすことの方を選びとった。余剰を蓄積して文明を形成し、他の動物を殲滅し、管理し、地球全体に君臨する種となった。社会を作る道を選び取り、社会の不快を我慢しても社会の効用の方をありがたく思うことにした。そして、社会を極端に肥大させ、グロテスクと呼べるところまで社会に頼って暮らすことにした。その過程としての人間の歴史であり、結果としての今見るようなこの世界である。

捨てられたのは本当のところ何だったのか。はるか昔、人間が自然と一対一で面していた時、そこでは何が起こっていたのか。人にとって自然とは何なのか。それを知るために、一度楽園に帰ってみることにしよう。軟弱な心を捨て、安寧よりも自由を選ぶ。一個の生物の目で自然の景観を見なおしてみる。それで見えるものを、なるべく在来の思考形式や用語に頼らず、できるだけ感覚に近いところで、記述してゆく。これからはじめるのはそういう種類の試みである。

楽園に暮す自由人として、ここでは仮に釣り人を主人公にしてみたい。その理由の第一は、社会という余計な概念を捨てて、個人と自然が直接に対峙する場に身を置く者の立場が、竿を手に渓流を歩く釣り人の立場によく似ていることだ。釣りの場合では人は相当の段階まで個人に還元されていて、社会的なるものから遠くに身を置くという喜ばしい状態が実現している。釣りに行く時、われわれは楽園に帰るのだ。具体的な釣りの話にはならなくとも、比喩としての釣りや、引用や挙例や傍証のよりどころとして釣りの場を利用することは少なくないだろう。

だが、釣りが人と自然の関係の基本的な構図になっている理由は、他人のいない山の中に入って社会から絶縁された水辺に佇むという一点には留まらない。釣りの姿勢そのものが人と自然の関係の最も基本的な原初の構図をそのまま再現しているのだ（同じことは登山や狩猟や探検についても言えるだろうが、ここでは釣りを主にしよう）。

今、都会に住むわれわれが目にするもののほとんどは人工の品である。機械で加工された滑らかな面をもつ量産の品ばかりが生活の場を満たしている。だが、ふりかえってみるならば、ホモ・サピエンスという種が誕生した時、彼の周囲にあったのはすべて自然の品であった。誰かの意図によって合目的的に作られたのではなく、それぞれにおのれの内にある原理によって内部から形成され、それぞれの資質をまとって生まれたもの、外から削りこまれて作られたのではなく内から盛り上がって形となったもの、であった。自然とは「自ら然るべくあるもの」の意だ。

人は、そういうものからなる世界と対峙することで自分という意識をはじめて持ったのである。意識する自己と眼前に開ける世界というのが、人間の存在の最も基本的な構図であったし、その世界とは自然以外の何でもなかった。人はその世界を単に見ているだけでなく、積極的に働きかけた。生きることは何らかのインターフェイスを介しての世界との相互作用であった（そこから出発して眼前の世界の構成要素をひたすら人工の品と置き換えて現代に至った過程については今は措こう。なぜそういう道を選んだのか、またその得失はどうだったのか、それを考えることも今はするまい。そういうことはまた別の文脈の物語になるはずだ）。

さて、イギリス人が言い出したのだと思うが、釣りの定義の一つに、「まず竿が一本ある。その竿の一方に糸と針が付いており、反対側に馬鹿が一人付いている」というのがある。これはなかなか美しい図式だ。この竿と糸と針がインターフェイスである。魚が潜んでいるはずの水面があり、水辺に人が立ち、その両者を竿が繋いでいる。意識する自己とその眼前の世界という、人と自然の基本的な関係をそのまま具現する姿ではないか。しかもこの行為は食料調達という生物の、これまた基本的な、要請を担っている。そして、竿は働きかけの道具であると同時に感覚の道具でもあり、竿を介して水と人（腕がよければ魚と人）の間に一つの交渉が成立する。ここでは人は完全に個人に還元されており、社会が介入する余地はない。このような場で人の意識に映るもの、一個の生物として基本的な位置に置かれた人に観照される自然のありさまの諸相、を求めてゆこうとする時に、釣りは単なる比喩であることを越えて重要な認識の方法となる。渓流に立つ釣り人はそのまま宇宙の岸辺に立って数億年の時を過す哲学者でもある。

いわゆる科学との間には少し距離を置いて話を進めたい。科学とは、別の時代の別の場所における他人の発見をそのまま自分の発見のように利用するシステムである。科学が今日見るような隆盛を誇るに至った最大の理由は先人の業績を継承するという蓄積の原理である。文学はそれが不可能だから、未だに社会を進歩させる重責を担うこともできず、個人の魂という理不尽な荷を負って、さまよえるオランダ人のようにうろうろしている。何度もの観察や実験によって確かなものとされた知識をそのまま伝達し、流通させるところに科学の強みがあり、同時に限界もある。その点で科学は貨幣に似ている。人にとって有用なほとんどの品を商品として再定義し、貨幣という仮象を導入して可換性を与えたところに資本主義繁栄の秘訣があった。同じように自然に関する知識のうち実験による再現性の高い部分だけを整理し、脈絡をつけ、工業的に利用しやすい形に表現して普及をはかる。科学とは自然に関する知識の社会化・体系化である。

しかし、ここでわれわれが求めているのは、科学によって蒐集され整理された結果の自然像ではなく、もっと単純な、個人の目に映り、感覚に訴え、耳に入るような外界の景観、森羅万象を賛嘆の目で見ている釣り人の素朴な報告の言葉だ。少なくとも視点はそういうところに置きたい。厖大な量を誇る科学の書庫からの引用をモザイクのようにならべて自然論とすることはなるべくならば避けたい。

とは言うものの、正直な話、科学とすっかり手を切ることはなかなかむずかしいのだ。科学の守備範囲は大変に広く、そこからの脱出を性急に宣言して走りだす者は、うっかりすると釈尊の掌から飛翔してついにその指の向こうに至らなかった孫行者の恥を再現することになる。今さら太陽が毎日東の方から昇ることまでを仮説として立て、それを検証しながら論を進めることはできないだろう。太陽はわれわれの経験によれば今までは毎朝ほぼ定まった方位から昇ってきたし、われわれははるか昔、その方位に東という名を与えた。この事象の説明として、地球の自転はなかなか有効な説であり、太陽が見せるその他の多くのふるまいとも矛盾しない。今となっては地球の自転を否定することはむずかしい。ここでわれわれが試みるのは、現今の科学に対抗する第二の科学を打ち立てることではなく、少し視点をずらしてみること、科学の成果を利用しつつ、われわれの感覚にもう少し近いところに自然像を描いてみることである。

次には、現代的な問題に対する姿勢を明らかにしておく必要がある。時代の変化、工学や愚民政治の横暴と失われゆくファウナ（動物相）に対する哀切の感情の問題がある。今日ではたしかに人はおのれの力を持て余している。川はブルドーザーとコンクリートの攻撃の前に形態を大幅に変えつつある。ダムのない川はない。だから、追い詰められた動物や植物の保護を訴えるのは必要なことでもあり意義深いことでもあろう。最後のトキが死ぬのをわれわれはどのような目で見ていればいいのか。種の絶滅は何にもまして不可逆的な過程であり、悲しいことだ（こういう論議の一番底にはどうもホモ・サピエンス自身の終焉についての、つまり終末論的な、不安があるようなのだが）。

だが、自然保護のテーゼを表に立てることはしないでおこう。自然が「保護」されるべきものであるか否かは、いずれ明らかになるはずだ。はたして何のためのコンクリートであり農薬であるかもわかるだろう。むしろここでは、われわれがいかに多くを自然に負っているかを語りたい。自然が日曜日にだけにぎわうハイキング・コースではないことを示したい。

　自然はわれわれの存在の最も内奥の部分と通底している。ある種の海産動物が、海をはなれてしばらく水槽の中で飼われた後もなお遠い海の潮の干満に応じて活動の緩急を決めるように、鉄とプラスティックの中に身をおいて日々を送ってはいても、われわれはそれぞれどこか遠方にひそかに定めた未踏の地からの通信によって心身を律している。意識するとしないとにかかわらず、われわれにはそれぞれ魂の基地ともいうべき土地がどこかにあって、そこから送られるコズミックな波動によって精神は維持されている。一枚の風景写真、一片の石、オショロコマの鱗の一瞬の輝き、一本の白樺の枝ぶり、海抜千五百メートルの冬の空気の匂い、夕陽の雲の色、そういうものの記憶がわれわれの思考を要所要所でしっかりとゆるがぬ自然に繋ぎとめ、われわれがこの世にあることのフレームを作っている。

　われわれは自分たちではエネルギーを創造できず、いろいろな形で表現されてはいるが究極的には太陽に帰するエネルギーによって生きている。人間にできるのはエネルギーの表現形式を変換することだけだ。同じように、われわれは自分たちの思考を互いに交換するだけでは精神を維持することができない。精神的閉鎖系はいずれは熱死の状態に至って終わるだろう。外部から何かを導入することは必須であり、精神にとって外部とは自然にほかならない。人が作ったものはどこかでトートロジーの罠に繫がっている。みんなが他人の尻尾につかまって歩いているかぎり、われわれは輪になって堂々めぐりをするばかりだ。世界の原点として最終的に信頼がおけるのは、人が加工する以前の自然に属する事象であり、形態であり、原理である。

生物ないし生命というものの定義について教科書は、生殖、代謝、成長、遺伝、進化などさまざまな条件を挙げて、しかもなおこれらの一つに限定することはできないと述べている。このような定義のしかたはまことに科学らしいもので、客観性を得んがために自分を生きた世界の外に置くことによって、感覚的に最も大事なものを見逃している。ここで考えたいのは、外界から隔離された客観的観察の対象ではなく、世界の一部としての対象と観察者との両方からなる系の全体だ。

生命とはまず意識である。先ほど、意識する自己と眼前に開ける世界と書いたが、これが生命の基本の構図である。われわれは外界というものの存在を知覚し、そうしているところの主体としての自分を意識する。外界と自分との間には明らかな境界がある。外界からのさまざまなメッセージにわれわれは応答するが、それ以前に、まずわれわれは外界と自分、ならびにこの両者の関係を意識する。科学者は生命の条件の一つとして、刺激に対する反応を挙げる。しかし、反応の前には刺激を認識する段階があるはずで、ただ認識そのものは外部からは観測できないから、客観性を標榜する科学者としてはもう一つ先の段階である反応を言うほかない。ここではそういう気づかいはやめておこう。生命は主観であり、意識する自己である。観察者として世界の外へ出てしまうことなく、「今」の「ここ」に踏み止まって、他ならぬおのれの意識で世界を見てゆこう。

おのれとは個である。珊瑚虫の場合やミツバチの場合には個という意識がいささか曖昧になっているかもしれないが、おおむね生命はなんらかの境界、膜、皮膚、殻、甲羅などによって外の世界と隔離された内部の領域に宿っている。ガス状に広がる生命体というアイディアが時おりＳＦに登場するが、ひたすら拡散してゆく身体では生命の存続はむずかしい。何等かの凝縮力と内的統一が必要だ。

ただし、皮膚なり境界なりの内側がいつの場合も全部自分である、つまり意識の宿る場であるとは言い切れない。身体はしばしば自分の外部にあって意識に統御される機械のようにみなされる。魂とか心とか精神という言葉で表現されるのは、このような肉体の外部化の結果、いわば機動戦士ガンダムのモビルスーツのように操縦される客体＝身体の中に宿る主体としての生命意識のことである。

一人の男が釣り竿を手に水辺に立っている。彼こそは楽園に帰った釣り人、社会を逃れてエデンに戻り、自然に対峙しているわれわれの代表である。彼にとって世界はどのように映じているか。観察の道具、宇宙を釣り上げるための竿、彼と世界を繋ぐものとしての彼の感覚器をここで整理してみたい。

彼はまず自分の体重を足の裏からはじめて各関節と筋肉で分散的に支えていることを筋感覚で感じている。そして、重力の方向に対して身体の主軸を合わせ、身体に回転モーメントが生じて地面に倒れないよう、つまり重心の鉛直線が足の裏の外に出ないように、相当に積極的なコントロールを行っている。人が立っていることと棒が一本地面に立っていることはまるで意味が違う。棒は単に立っているにすぎないが、人は常に倒れる過程の途上にある。それが一定の限度を越えないように小脳がコントロールし、そのような微小な運動を時間軸に沿って積分した結果、彼は立っているということになるのだ。直立不動は人の立ちかたではない（植物の場合はどうだろうか。植物は一見すれば棒のように立っているかと思われるが、あれは人間に似た立ちかたで、ただ揺れの周期がずっと長いだけではないだろうか。杉の幹がまっすぐに育つについては、傾きかけると反対側が少し多く成長するというようなフィードバック機構があるはずだ）。

彼の目は前方を見ている。十メートルほど先、黄昏の光の中でまだかすかに見えているフライの動きを追っている。彼の目は、太陽に発して気圏全体を満たしている可視光線によって数センチから数キロメートルまでの距離にあるものを識別することができるようになっている。映像は最も速い動きを追う場合で毎秒十枚前後の割合で脳に送られ、リアルタイムで処理されて統合された外界像を形成する。動かないものに比べると動くものは識別しやすい。おそらく、脳は前後二枚の画像の減算を行って、動くものをみつけているのだろう。天体写真で彗星を探すのに二枚の写真を交互に見るコンパレーターが使われるのと同じ原理だ。フライは夕闇にまぎれてほとんど見えないが、急激に動けばわかるという自信はある。

彼の目は今は十メートル先に焦点を合わせているけれども、必要が生じれば顔をあげて一秒以内に渓流の向うに聳える山の稜線に焦点を合わせることもできるし、ヤマメが釣れて取り込みに成功すれば、今度はフライをはずすために目の前二十五センチのところを視野にくっきりと写すこともできる。その場合には双眼視の効果は最大となり、彼の指は的確にフライの細い短いシャンクを摑むだろう。彼の感覚器のさまざまな部分が距離と呼ばれる尺度と関わっているが、双眼視によるものはその中でも対数的にスケールの幅が広く、客観的立体的な世界像を構成する上で最も重要な役割を果たしている。どういう地形の中に自分がいるのかを彼に教えるのはほとんどの場合視覚である。

彼の嗅覚は今のところあまり活躍していない。空気中に含まれる微量の化学物質を呼吸器の入口で分析するこの機構は人間では少なからず退化している。匂いが強いのは地面に近い部分であるから、直立して顔を地面から遠ざけた人間の場合には鼻に頼ることはむずかしくなった。頭を垂れた犬やキツネの鼻が地面からたかだか数センチのところにあることを思えば、人の鼻の不利は充分に理解できるはずだ。それでも彼の鼻はこの場所に都会的な悪臭の類が何もなく、木々の匂いや清流の匂いが僅かずつ鼻に流れ込んでくることを喜んでいる。夜になれば、キャンプの焚火の煙の芳香、つまりセルロースをはじめとする木質が燻蒸されて生じる多くの有機化合物のまじった匂い、その火で焼かれるヤマメの匂いなどを楽しむことだろう。嗅覚で獲物まで導かれることはもうないだろうが、それでも匂いによって異変を知ることは（火事の場合など）まだ少なくない。嗅覚は身体の早期警戒システムの一つである。

皮膚感覚、具体的には触覚や温覚、痛覚なども、人間ではあまり発達しているとは言いがたい。ネズミのように鋭敏なヒゲもないし、皮膚の大部分は衣服に覆われていて、特に皮膚感覚に依存する面の多い行為（たとえば性交とか水泳とか）の場合をのぞいては、意識の全面を領することは少ないようだが、しかし、皮膚感覚は意識の基層を形成している。皮膚は先に述べたように外界との境界であり、最も直接に外界を意識する場である。人は定温動物だから外気の温度がただちに生理的な活動のレベルに影響を与えることはないけれども、だからこそ外気温と体温の差を測ってエネルギー消費を定めるという不断の操作なくしては人は生きていけない。

皮膚に触れるのが敵対的なものである場合、それを判断する時間的余裕は極度に少ない。だから、皮膚は最も速やかな反射神経に接続されており、数分の一秒でその刺激源から退避できるようになっている。視覚や聴覚にはそのような即時対応の機構はない。皮膚は身体にとって最後の城壁なのだ。水辺に立って竿を振っているわれわれの代表にしても、頬に蚊がとまった途端に、すばやく手をあげてピシャリとやることだろう（もっとも蚊の生理的反応速度に比してその動きはずいぶん緩慢であるから、蚊はたいていの場合は悠々と逃げるのだが）。風の向きを知らせるのも触覚の働きである。微風の向きを厳密に知りたい時は、およそ風の方向に顔を向けるといい。両方の頬に同じように風を感じるようにした時の正面が風の来る向きだ。

水辺に立つ男の耳はおそらく目の前の川のせせらぐ音と、風の音、もっと遠方のかすかな物音などを聞いている。時には魚がライズする音に興奮するかもしれない。すべての物体には弾性があるから動きに応じて振動する。地表の物体は空気の海の底にあって、空気は音と呼ばれるその振動をよく伝える媒体である。うまく設計された耳を持つ者はずっと遠方の現象のことを音によって知ることができる。光を伝える真空と音を伝える空気という二つの媒体の性質の違いが、目と耳の機能の違いともなる。光は直進し、反射するが、音は波紋状にひろがる。発光体は少ないから、ものを見るには太陽や月の光を利用するけれども、地上のほとんどのものは発音体となりうる。目による外界像は構造的であり、細密だけれども指向性がある。耳の方は外界全域に対してゆるい哨戒体制を敷いている。耳がまず何かが起こったことに気付き、それから視線をそちらへ向けて詳しい探査が行われるのが普通だ。もう一つ大きな違いは、太陽のような光源があるかぎり目は世界をその状態のままで認識することができるのに、耳の方は物体の衝突とか摩擦とか運動とか、何か現象が起こらないかぎり情報を得られないということだ。しかし現象はわれわれの周囲でつねに起こっているから耳も連続的に働き、万一無音の状態がしばらく続けば、われわれは外界よりもまず耳の機能を疑う。月面とでも比較してみればわかるとおり、地表はつくづく現象に満ちている。

いわゆる五感にはあと味覚が入っているのだが、嗅覚に似てもっと近接的なこの感覚は今フライとラインの動きを見ているわれわれの代表の場合はほとんど機能していないから、無視しておこう。それでも、なぜ唾液の味を感じないのかということは、五十億分の一気圧の変化に相当するかすかな音を聞き取る耳がなぜ自分の心臓の鼓動を聞かないのかという問題とともに、感覚器官の外向性を示していて、おもしろい（中耳炎などの時には鼓動が聞こえるし、マリファナでハイの状態では、自分の唾液を旨いと感じたりする）。

　こういう感覚がわれわれと外界を結んでいる。われわれはハチのように偏光を見ることはできないし、ヘビのように赤外線を見ることもできない。地磁気も感知せず、殺気を感じ取る第六感もない。しかし、それでも感覚として利用される物理的化学的現象の数は少なくないし、それぞれのスペクトルの幅や解析の能力も相当なものだ。身体が外界に働きかけるために利用できるのが、運動とか表情とか発声とか、ほとんど筋力のみで、それに発汗をはじめとする腺組織が数種加わるだけなのに比べると、守備範囲は広いし重複性冗長性も高い。

　ずいぶん工学的な人間像になってしまったが、ここまではそれもいたしかたあるまい。これらの感覚によって形成される世界イメージの中心に、楽園に帰った男は立っている。

風景について

ちょっと遠いところの話からはじめる。

ここ二十年あまりの間に、いくつもの探査装置が太陽系全体に散って、行く先々から見聞を送信してきた。それら、レインジャーや、ルナや、マリナーや、ヴェネラ、アポロ、パイオニア、ボイジャー、さきがけ、ジオットーなど、けなげな観測機器が遠い空虚の彼方から送ってきた厖大な量の映像や数値をいくら分析しても、われわれが行って釣りを楽しめそうな惑星は見つからなかった。

水と魚という釣りの初期条件以前に、まずもって風景の名に価するほどの地形のヴァラエティーを備えた星がないのだ。釣りは魚との付き合いの前に風光との交際ではないか。それなのに、人の目で見て風景と呼べるほどの視覚の喜びはほとんどないというのが太陽系の現実だった。それを知って地球という星の価値を人が改めて見直したことが、惑星探査の最大の成果だったかもしれない。

実際、太陽系を構成する多くの惑星や彗星や衛星は、種々さまざま変化に富んだ表層を見せてくれるが、いざそこに降りたった時に見える景観は、それぞれの物理的条件の具体化でしかなく、極度に単調である。月面がどんな世界かは広く知られているだろう。険峻な岩山がそそり立ち、寒暖の差は激しく、太陽がギラギラ光り、昼夜の別なく空は真黒で、満天の星は瞬きもしない。空気はまったくない。

生物が存在する可能性が最も高かったはずの火星は、一言で表現するならば赤っぽい沙漠だ。岩がごろごろしていて、乾ききっている。すっかり平坦ではなくて、高さ二万一千メートルとエベレストよりもはるかに高い山もあるが、それも要するに岩だらけの沙漠が隆起しているだけで、地球上の山が見せるような土と緑と岩と氷河の景勝には似ても似つかない。地球の上で火星に似た場所を探しても、サハラとかカラハリとか、あるいはデス・バレーとか、水と緑に無縁な地名しか出てこないだろう。気圧は地球のそれの〇・一パーセント。

火星は宇宙服を着た人間が降り立つことが可能だからまだいい。金星となるとそれも不可能だ。金星は厚い雲に覆われており、それが水の雲ならば生物がいる可能性もあるとされたが、実際にはこの雲は濃硫酸の液滴からなっている。その下の、太陽光の二パーセントしか届かない薄暗い世界は気温が摂氏四七〇度、大気の成分のほとんどは炭酸ガスで、九〇気圧のその大気は密度において水の一割にもなる。極熱の海底とでも表現しようか。

火星や金星にはまだ地表というものがある。木星までいくと、零下一〇〇度の水素とヘリウムの大気の下にあるのは深さ二万五千キロの液体水素の海だ。いくら降下してみても足を着けるべき地面などありはしない。地球の、せいぜい十キロほどの深さの海の底でも水圧は地表の大気圧の千倍を示すのだから、木星の液体水素の海の底はもう数字と概念でしか想像のしようのない世界である。あまりの圧力に液化した水素が金属としてふるまう場所。数式で表された物理的モデルとしてはともかく、具体的なイメージはとても浮かばない。

こういう星とくらべてみると、地球という存在自体が一つの奇蹟であるという表現も、とりわけ大袈裟とは思えなくなる。もちろん、地球が奇蹟と呼んでいいほど人間にとって、釣り人にとって、理想的な条件を備えた星だというのは論理の逆転で、はじめに条件が備わっていたからこそ、われわれはここにこうしているのだ。酸素を含む現在の大気が生物起源であることを考えれば、奇蹟はそもそもの初めに生物が生まれたことなのだろう。

われわれはそういう地球の上に住んでいる。その事実を理解し、精神の奥の方で感得するために、川へ行く。水の中に立ってロッドを振る釣り人の眼前に開ける光景の多彩は他の惑星では絶対に見られないものだ。遠方の山々から、ブナの葉の緑や釣ったヤマメのパーマークの輝きまで、この地表に見るべきものは実に多い。

形態の多様性は、それを生み出す原理の多様性の反映である。地表を造形する原理としては、まずプレート・テクトニクスで説明されるような大規模な造山活動があり、火山があり、水の侵食作用があり、氷河が圏谷を刻み、非常に広い範囲を植物が覆い、その上に人間の寄与も少しだけある。このヴァラエティーが、地球の視覚的豊饒、風景が単なる環境情報でなく目の喜びともなる理由である。

さて、われわれの代表としての釣り人とその周囲に注目しよう。今、彼のすぐ目の前には淵があり、対岸に近いあたりにはせせらぐ水の流れがある。従って、川は彼を内側の岸においた形で湾曲している。その向うは数メートルの崖になった岸で、川辺に近いあたりは水に削られて裸でも、少し上の方はよく茂った緑に覆われている。その上に見える山の緑は手前の岸辺の緑よりはいささか濃く見えるだろうし、はるか彼方の空に接する遠山は大気にかすんでわずかに紫を帯びているはずだ。

右手の川の上流の方は木々がよく茂ってトンネル状になっている。水はその緑のトンネルの中から流れてくる。岸辺の釣りをあきらめて遡行をはじめた釣り人は、その緑の光線の中を歩いてゆくことになる。川の下流の側は流れの幅も広く、しばらく行けばダムがあって貯水池となり、その先には小さな村落がある。そちらの方では山は開け、空が水平に伸びた地平線と接しているのが、岸の上に登れば遠望できる。ごく普通の、山の中の川の風景だ。

水辺に立った釣り人の目が見ているのは、地形ではなくて風景である。地表の状態、山や丘や谷などの起伏と、もっと細かい形態、岩や石や砂や土や流水といった表面の材質、太陽の角度や雲の量で決まる照明の状況、植生、表土や木の葉が含む水の量、などからなるものすべてを人の目で見てとったのが風景だ。人の目が見なくてはいけない。人ではないにしても、せめて数十メートル先のものがはっきりと見える目をもった動物がそこにいなくては、風景というものはない。そこに地形はあり、天候はあり、積雪とか乾燥とか植物の繁茂とか、地表の状態はあるだろうが、それらの状態を光の反射によって網膜に映して認識するという意味での風景はないのだ。

動物が周囲の状況を知るのに使うメディアとして、光の有効性は明らかだ。光は太陽があるかぎり空と地上に遍在する。急に光というものがなくなることはめったにない。日蝕が人や動物を不安に陥れるのは、普段から光があるのがあたりまえになっているからだ。

適当な装置を生物の方が用意すれば、光の存在を知覚するのはむずかしいことでない。電波を感知することができる動物はいないようだし、水や蛋白質やセルローズで作られた生物体にはガンマ線の透過を止めるほどの密度もないが、光の波長ならば、それを反射させたり、屈折させせたり、吸収してしまったりする材質を生物材料でまかなうことができる。つまり、適当なプロセッシングの装置を作れば、光は外界認識のための手段として扱えるのだ。

光の波長だと、周囲数キロにあるものを相当に精密な分解能で認識することが可能になる。超音波を使っても細かなものを識別できることは、コウモリが巧みに羽虫などを捕食する事実からもわかる。しかしそれも近いところの話であって、超音波で一キロ先を「見る」ことはできない。光であれば、視程が一キロ以下になることはまずないし、それくらいの距離でヒトとサルを見分けることもできるだろう。

光の直進も精密な外界認識のためには有利な条件である。動物の目は今日のスパイ衛星が積んでいる焦点距離四〇〇ミリというような望遠鏡にはもちろん及ばないけれども、地平を限る連山の形を正確に読み取り、一瞬の水面の反射光からまだ遠い川の存在を知り、草原の彼方にいるシマウマの群れの動きを観察するくらいは容易だ。射撃の名人は素人が驚くような精度で的を射るが、その場合に彼が第一に依存するのは、自分の能力でも銃の精密さでもなく、光の直進という物理法則である。見えた位置に的がなくては、狙いをつけることはできない。

光への動物の依存は広く深い。光と無縁に生きている生物の方が例外に属する。光を利用することの利点は歴然としているから、多くの動物は昼間を活動の時間と定め、それに合わせて設計した身体を持っている。しかし、そうすると夜は動きがとれない。言いかえれば、光があるとないとの違いはあまりに大きくて、両方の状態で機能する目はとても作れなかったのだ。昼用の目は夜になるとほとんど見えない。逆にこれを利用して、そういう普通の昼行動物たちが動けないでいる夜の時間に活動をする動物が生まれ、集光力の大きな目や超音波のアクティヴ・ソナーを装備して、あるいは寝ている昼行動物を捕食し、あるいはその餌となることを逃れて活動する。

光がなければわれわれは、自分を含む世界というイメージを作ることもできなかったはずだ。光に頼らなくても自分の意識はあるし、自分の周囲に拡がりがあって、そこは友好的なものと敵対するもの、食えるものと食えないもの、好ましいものと忌まわしいものを含むというぐらいのことはわかるだろうが、それが限度だ。下等動物の環境認識というのはそんなものではないか。自分は今、この宇宙の中の、銀河系の、太陽系の、第三惑星の、ある島の、一地方の、中程度の川の、上流の、左岸の、淵から一メートルのこの場所でキャスティングをしている、というような自分と世界との位置関係の意識は光の介在なくしては成立のしようがない。

地表は一つの面であるけれども、そこには起伏があり、垂直に伸びる木々もあり、空には鳥や虫が飛んでいて、実際のわれわれの感覚ではこの世界は充分に立体的である。われわれの頭の中にある世界イメージも当然のこと三次元になっている。

しかし、網膜はその名のとおり一枚の膜、つまり二次元だ。われわれは三次元の世界を三次元のままに認識しているのではなく、ひとまず二次元に変換して一枚の映像として理解してから、頭の中でもう一度逆変換して立体像に戻している。それを普段から無意識に巧みにやっているからこそ、写真や写実的な絵を見た時、そこに描かれたものの立体的なイメージが得られる。写真や絵は第二の網膜なのだ。

なぜ立体的な世界を認識する途中で二次元を経由するか。簡単に言えば、光が距離情報を含まないからである。地表は一つの面であり二次元である、という時に省かれる次元は高さだが、視覚が映像という二次元の過程を経由するという時に省かれているのは奥行きである。X点から来た光の像と、それよりもずっと遠いY点から来た光の像の間には何の違いもない。X点とY点が上下左右にどれだけずれているかは網膜の上に結ぶ像の位置で判断できるけれども、X点と見えるものが人から一メートルのところにあるピンホールで、Y点が二〇光年離れた星であっても、この二点から来る光はその資質において平等であり、区別はできない。目にわかるのは、光がそちらの方から来るということだけで、どれだけ離れたところから来るかは知りようがない。光には履歴がない。光は老化しない。

だから、光の情報価値は網膜という面のどの位置に像を結ぶかということだけに含まれている（色の問題はまた別としておこう）。この欠陥を補うために賢い動物は目を二つ同じ方に向け、わずかな視差を利用して距離測定をするという便法を考案した。数メートルの範囲ならばこれでも実用性がある。数メートルというのは単に見るだけでなく肉体的な接触に及ぶ交渉のある範囲、接近した敵から逃げたり、獲物を捕らえたり、めざす交尾の相手にアプローチしたりするために、距離感が即座に役に立つ範囲である。その外はさしあたっては網膜上の平面像の経験的解釈だけで済ませることにしてある。

山と家が同じ網膜の上に同じ大きさの像を結んだとして、山は大きいけれども遠いから家と同じ大きさに見えるのだ、と教えるのは経験、つまり整備された記憶の体系だ。生物が時間系の中に生きる存在であることはなかなか重要で、過去があるために生物は毎瞬ごとにまったく新しい情報を仕入れて一から認識をはじめなくてもすむ。意味があるのは経験の蓄積という形で内部に用意された外界像と瞬間ごとにリアルタイムで入ってくる情報の差である。普通の象を見ているかぎり、それは象だという認識ですむ。全体が緑色でそこにピンクの水玉模様があって象の形と大きさをそなえた動物を見た時にだけ、びっくりすればいいのだ。過去に得た情報と違う部分だけを扱うということで脳というコンピューターは余計な負担を避けて、容量のわりに大きな仕事ができることになる。

風景というのは常にある特定の場所からの眺めだ。世界と人との関係において、人はいつもどこかある場所にいる。世界の方は見える範囲の外側まで広がっているが、人の方は必ず「ここ」にいる。だから、風景とは「ここ」から見える山であり、川であり、森である。

厳密には人の目の位置は地表から一・五メートルほど、視野が数キロに及ぶ開けた場では相当に地面に近い低い視点と言わなければならない。それでも、地上一・五メートルというのは、下草の背よりも上に目を置いて遠くを見ることが可能な高さだ。地上三十センチを這ってまわる動物の目がさほど発達しないことは容易に想像できる。実際、犬の視力など哀れなもので、そのかわりに犬は鼻が地面に近いことを活用して鋭敏な嗅覚をそなえている。ほぼ全色盲で、百メートル先の飼い主も視覚で識別できない犬の世界観は、相当に嗅覚的なものだろう。

人が開かれた地表の一点に立って両眼をある方位に向けた時に、その視野に入ってくるものの全体、近いところから最遠点までが遠近法に従って、つまり奥行き感をもって、並んでいるのが風景だ。遠景が含まれない場合には風景という言葉は使えない。部屋の中には風景はない。

具体的に考えよう。近頃では銭湯はレトロに属するらしいが、銭湯という文化制度の中でも特にレトロっぽいのがあのペンキ絵である。今から二、三十年前まで、つまり市役所のロビーとかポスト・モダン様式の建築の外壁とかにそれらしい壁画が仰々しく飾られるようになる前には、銭湯の湯船の上の壁面は市井の人が目にすることのできる最も広い絵画用のスペースだった。

日本人の美の感覚を最も安直に、愚直に表現するあれらの絵を文化史として論ずるのはおもしろいことだろうが、ここでは遠慮しておく。そのかわりに、あの種の絵の典型を一つだけ思い出してみたい。風景画、それもたいていは富士山。例えば正面に堂々と富士があり、裾野がなだらかに広がって、手前の方は海、その海の右手の方に小さな島が一つある、といった構図。空は日本晴れという感じに晴れて、淋しくない程度に雲がたなびいている。

この構図の絵は日本中にいったい何千幅あったのだろうか。最近では銭湯そのものが減っているし、富士はさすがに古いというので別の景物が描かれることもあるだろう。しかし、近代の相当に長い時期、日本人がすっかり精神を弛緩させてのんびりと気楽な時を過す場に最もふさわしいと考えられたのが、富士なのだ。江戸の町民にとって富士が信仰の対象であったことは最近しばしば指摘されている。江戸の町にはいたるところに富士見町があり、富士見坂があり、富士塚が築かれていた。人々は富士講を結んでこの霊峰に登拝した。

一幅の絵として考えると、まずこの風呂屋の富士はシンメトリーというまことに安定した構図を持っている。最初に山と海の対照という大きな二元論があり、その大きな二元論とできすぎたシンメトリーの両方を僅かに破るものとして小さな島がある。島の形はこんもりと小山のようで、富士の典型的なコニーデの曲線とはよい対照をなしている。前後方向にも、近景に島、中景に海の向うの海岸、遠景に富士と、現代の美術の目で見ればあまりに整いすぎた配置になっている。ここには緊張を誘う要素が何一つない。静穏で、平和で、たしかに人の精神を弛緩させるにふさわしい風景だ。

そして、これはある特定の場所に立って見た風景である。この絵を見る時、裸の入浴者は自分がその場所に立っていることを疑わない。彼は絵というものの約束ごとに従って、そこに描かれた事物がそのように見える場所に自分が立って、その風景を見ているのだと仮定する。二次元のペンキ絵が三次元の光景であることを仮に信じ、自分がその光景の前にいることを信じる。彼は富士と海が属する世界と銭湯のある現実の世界の境界線の上にいる。彼は富士と海がそのように見える場所が存在することを無意識のうちに認めている。それは絵の約束である以前に、風景の約束である。風景は、現実のものにせよ架空にせよ、一つの確定した視点を要求するのだ。

銭湯の富士は相当に具体的、現実的だから、富士がこのように見える場所の最もありうべき候補として、静岡県沼津市三津長浜の海岸という場所を推挙しておこう(これは画家の美学と現実の地理がたまたま一致しただけだという可能性を否定するものではない)。駿河湾の奥、東側に伊豆半島の付け根をえぐるように入った湾から、またほんの少し南に入りこんだ内浦湾という小さな入江の岸に立つと、ちょうどこの風呂屋の富士になるのだ。右手の島は淡島と呼ばれる。ここから富士山頂はほぼ北北西、正確には北から西へ二一度振った方位に見え、そこまでの距離はほぼ四〇キロ(淡島までは二キロ)。見る者と山頂の高さの差はもちろん三七七六メートルで、四〇キロ離れたところからだと、これは水平から五度あまりの角高度になる。太陽の視直径の十倍ほどだ。

銭湯の富士はもっとずっと大きい。絵は標準レンズで撮った写真ではないから、描かれる途中で富士が大きくなり、あるいは島の形が変わり、あるいは白帆の舟が一、二隻描き込まれることもあっただろう。人の精神は見えたものをではなく、見たいものを描く。それでもペンキの富士の原型はたぶんこの位置、北緯三五度四〇秒、東経一三八度五三分四〇秒の位置から見る富士にある。最初にこの場所を発見した江戸時代の旅の絵師があの構図を広めるということはなかったか。ここが古来富士見の名所として知られていた可能性はないか。

ある特定の点に立った視点から見えるものには限界がある。三次元の世界を二次元に変換して見ている以上当然だが、ものの裏側は見えない。岸辺に立つ釣り人には対岸の先に聳える山の向うは見えないし、川原にころがった岩の向うも見えない。岩の向うの淵にひそんでいるイワナも見えない。また、正確な距離も二次元の映像からはわからない。経験的に森と山のどちらが遠くにあるかわかっても、あの山の麓まで何里あるか、歩けばどれだけかかるか、そういうことはわからない。喉が渇いている時、泉Aと川Bのどちらが近いかは、たとえこの二つの水源が見えていても、それだけでは確定できないのである。二次元の視野に経験だけによって、ちょうどカラー写真の発明以前に行われた着色写真のような具合に、奥行きを「塗布」するのでは不充分なのだ。

われわれが自然の中にある時、最も知りたいのは、自分がどこにいるか、つまり自分と周囲の地形の関係がどうなっているかということである。視覚の目的は自分と周囲の相対位置を知ることにある。山の中を歩いている者が求める情報は、どの方向に進めば最も少ない体力の消費で早く安全に目的の場に着けるかということだ。そのためには単に目に映るものを漫然と見ているだけでは無理で、もっと積極的な地形の理解を図らなくてはならない。

簡略に言えば、必要なのは鳥の目である。上から見れば、まず物陰に隠れて見えない部分はほとんどなくなる。また平面の上の二点の距離も一目瞭然あきらかになる。起伏はあるけれども結局のところゆがんだ平面でしかない地表をトータルに認識するのに最も簡便で確実な方法は、地表を離れて空に昇ることである。人間をはじめとする多くの動物にとってそれは現実には不可能だが、しかし目に見える風景を鳥瞰図に翻訳するということはある程度まで可能だ。特に、人が動いてゆく場合には、変化する風景という形で刻々入ってくる地形情報を総合すれば、相当に正確な立体地図を頭の中に描くことができる。

それは日常の経験から明白なことなのに、それでも、周囲の地形を立体的に知りたいという認識の欲望が人の中でかくも強いことにわれわれはあらためて驚く。なぜわれわれはいつも高いところに登りたがるのか。なぜ、「見晴らし」のよい場所に惹かれるのか。ほとんど本能のように人間は尾根に登り、山頂をめざし、塔を立て、屋上に向かう。オオワシに憧れる。視線を下に向けて見ることのできる光景には特別な価値がある。飛行機の窓から列島の一部を見るだけでも、「地図と同じだ」という本末転倒もはなはだしい印象を互いに交換しあい、それを目にすることができた幸運を喜びあう。

引力によって地表に縛られていること、光を使っていつもいつも二次元に変換した情報で周囲の認識をさせられてきたことに対して、人間の精神は深いところでそれほど強い不満を抱いてきたのだろうか。日常の地表の視点にくらべると、空の視点はあまりに明快で、具体的で、啓蒙的だ。空に上がった快感の後、われわれはまるで昔から地表に縛りつけられ、だまされてきたかのように思う。

上空の視点は実は二つの重要な原理を含んでいる。その一つは今述べたとおり、地表を離れたところへ視点を動かして、距離をおくことによって正確な地表の姿を知ることだ。もう一つは、そうしながらも、自分の位置は地表に残しておくことである。上から見るのは地上を捨てることではない。自分の位置と周囲の関係を知ったら、また地上に戻って一歩ずつ歩くのだ。鳥の視点を得ることは自分をすっかり鳥にしてしまって舞い上がることではない。自分の位置あるいは肉体を地表に残したまま目あるいは精神だけを空に上げるのだ。言いかえれば、主観の自己と客観の自己、認識の自己と行動の自己の分離である。

地図が人間の知性を大幅に活性化した秘密はこの点にあった。地図は人間が描いた最初の「図」ではなかったか。ようやく言葉を得た旧石器時代の誰かが、二つ向うの山の近くで実のたくさんついたクルミの木を見つけた。彼は採れるだけ採って住居である洞穴に戻ったが、木にはまだたくさんのクルミの実が残っている。ほっておいては誰かが持っていってしまう。当時、こういう複雑な事情を語れるほど言葉は発達していなかったとしよう。彼は地面に矢尻で自分たちのいる場所を記し、次に二つの山を書き込み、それからクルミの木の位置をなるべく正確に書いて、同じ洞穴の仲間にクルミのことを知らせた。つまり、彼は地図を描いたのだ、まるで上で一部始終を見ていた賢い鳥が描いたように。

地図はこの世界というものを人間が客観的に認識するのに大変に役に立つ道具となった。われわれは主観と客観を巧みに使いわけて世界を正しく理解する。自分が中心であることは、一個の独立した生命体として当然である。意識とはまず自己の意識である。その一方で自分を世界に属する一つの部分として理解することも重要だ。世界の中の自分というものを位置づけるのは、つまり、地図の中に自分と他者の相対的な関係を定めることである。

その後、社会は大変に複雑に進歩して、人と人、人と組織、人と国などの関係は錯綜の限りを極めるに至ったが、それでも会社や文壇や町内の人間関係を一つの図に表して、その中に自分を書き込むことはまだ可能だし、それは要するに人が最初に描いた地図の上で自分たちが今いる位置とクルミの木の位置を矢尻で示したのと原理的には少しも違っていない。視点を仮に空に上げて、自分というものを客観化することで、人は周囲との関係をずっと親密で制御可能なものにしてきた。

上空の視点はもう一つ、神の座の概念を人に与えた。高いところに登ると全体が明らかに見えるという経験的な事実は、より高いところでより広い全体をより明らかに見ている至高の存在を想像させる。隠れるということが不可能な全知の目が空の上にあって、人に道義にかなうふるまいを無言のうちに求め、ある種の向上心を与える。もちろん、神の発祥についての論議は、人間が神の概念を得て以来の百万年の間に百万巻の書物を費やしても足りないほど出ただろうが、それでも神は高きにありという信念のもとは、鳥の視点が人に与えた驚きにあったのではないか。

高いところに登るのは快感であり、有利であり、啓蒙的なことでもあるが、すべての動物が高いところに登りたがるわけではないし、登れるわけでもない。生態系の中で相当に強い立場にあるものだけが、高いところで平然と他者の視線に身をさらしながら、眺望を楽しむことができる。ヒトが自然界でそのような強い立場を得たのは進化のどの段階でだっただろう。

ネズミは広場恐怖症である。ネズミというものは広い部屋に放しても、決して床の対角線を走ったりはしない。かならず壁面に沿って、身体の一方の側はいかなる敵の攻撃にもさらされないようにした上で、隅から隅へと突進する。防御という見地からみて縁が有利、隅が最も有利という原理はたとえばオセロなどのゲームにもある。攻撃力がなく防御力にも優れない小動物としては、物陰を利用して敵にさらす体側を一方に限定した上で素早く動くことは生きのびるためのほとんど唯一の戦略なのだ。

こういう小動物にとって、あるいは身体の大きさにかかわらず周囲よりも相対的に弱い動物にとって、広々と眺望の開けた場所は恐怖以外の何ものでもない。彼らにはまだ見る権利はない。見られない義務があるだけなのだ。犬の場合以上に、ネズミにとって風景というのは無意味な言葉だろう。

数百万年前、樹上生活をしていたヒトの祖先は、おそらく森と草原の境界線まで行っては、繁る葉に身を隠したまま高い梢から、地平線まで風が吹きぬける広い草原の方を畏怖と憧れの目で眺めたのだろう。そこは木の実をただ採るだけの森の生活とはまるで違う、発見と追跡と逃走の生活の場であった。もしも今日の学説が伝えるようにヒトが生まれたのがアフリカだったならば、森の端の梢から草原をながめた原ヒトは、ライオンがシマウマを狩るさまを恐怖の目で見たはずだ。彼は自分をライオンの側に置くことはできない。喰われるシマウマはそのまま草原に降りていった自分の運命でもあった。しかし、結局、彼は木を降りた。草原に足を踏み入れ、長い歳月の後に槍や弓矢を手にして、シマウマではなくライオンの側に身を置くことに成功した。

原ヒトが最初に見た風景は黄色い草原とその彼方の紫の山、今ならばキリマンジャロかケニア山のような、はるか遠くにかすむ山であったはずだ。見晴らしは、視界の限られた森の中にはない体験であった。彼はそれに惹かれ、この広い三次元の世界を映像として認識することに喜びをおぼえ、好奇心をそそられ、木を降りた。草原を走ることによって、映像の世界が奥行きと距離をもち、どこまで走っても地面はかぎりなく彼の足を支えることを知った。彼とその子孫は地球の全域に広がっていった。

そういうことのすべてが、ヒトが最初に見た風景、黄色い草原とその向うに霞む山からはじまったのである。

地形について

人間の身体のサイズについて一つ面白い説がある。

人間が火を利用することによって知的進化の新しい段階に達し、文化なるものを創造したことは広く知られているが、その必要条件の一つとして、人間の身体が火を扱うのに充分なほど大きく、しかもそれ以上は大きくなかったことが幸いしたというのだ。もしもヒトがネズミのように小さな動物だったならば、自分の身の丈に合った大きさの火を燃やしてもすぐに消えてしまう。ネズミの火を維持するには数秒ごとに間断なく燃料を入れつづけなくてはならない。またゾウのように大きかったとしたら、野火や山火事の心配のない焚火の場がなかなか見つからない。地球の大気圧や酸素の比率、空気の粘度、平均的な風速、地表の形状、手近な燃料の形態などが、持続可能で扱いやすい火の大きさを、例えば炎の高さにして一メートルくらいというあたりに限定している。人間はもともと火を用いて文化を築くに最適のサイズに生まれついていたのである。

自然を論じる際に、われわれはいかにも客観的な、まるですっかり自分を離れて宇宙全体に通用する基準でものを見ているような物言いをするけれども、われわれの自然観のほとんどは人間の身長や体重、行動のパターン、平均寿命などに大きく影響されている。地形というような、一見したところ普遍的で地球の上のどの部分にも通用しそうな用語でも、よく考えてみればわれわれ人間のありように密接に関わっていて、人間の尺度を離れた地形論というものは成立しないことがわかる。すべての動物はそれぞれの環境の中にいるが、すべての環境が一つの尺度で計れるわけではない。地形と呼ばれるものもそういう無数にあるはずの尺度の一つ、人間のサイズと深く結びついた尺度の一例にすぎない。さしあたってそれを証明しておく。

地面は一つの面である。一見したところ単純きわまりないこの事実は、本当に単純で明快だろうか。世界は起伏をもつ一つの面であって、地表ないし地面と呼ばれるこの面にわれわれが引力で拘束されているということをまず認め、それを地形論の公理としよう。われわれにとって視界は、目の高さに地平線が見え、それから上は空、下は地面という水平二分割の構図になっている。これを基本にして、バリエーションが展開される。

地平線は無限遠点にあるように見えるが、そちらに向かって歩くことができる。それに対して、地平線から上の方、つまり空の方角には人は行けない。人間は三次元の世界を知覚しながらも、現実には二次元の世界の中でのみ、つまり前後左右だけに運動を許されている。上と下へは歩いて行きようがない。これを自明のこととしてしまうと、ヒトという生物のありかたを外から見ることはできない。地面の上で生きる動物だけが地球の生物ではない。自己中心的なものの見方を捨てるには、他の動物の例をいくつか見るのが早い。地表を行動圏とする動物の方がむしろ例外に属するのではないか。われわれと同じ地形観をもっているのは陸棲の大型哺乳類だけかもしれない。

水の中の動物は、遊泳能力のあるネクトンと、その力のないプランクトン、それに底棲のベントスの三種に分けられる。このうち前の二者にとって、世界は本当に三次元で、彼らは前後左右だけでなく上下にも自在に動きまわれる。とはいうものの、彼らにとっても世界の三本の軸は互いにすっかり平等というわけではない。上下の軸は前後や左右とは別種のもので、身体の向きを九〇度変えて前後を左右にするような具合に、水平な軸と垂直な軸を入れ換えることはできない。魚にとっては引力がないのではない。体重というものがないだけなのだ。それに、引力と並ぶ世界の縦方向の指標である光も、水の中では地上と同じく上からのみ照らして、垂直軸の概念を水中の生物に教える。だから大洋の賢い魚は身体の上半分を黒っぽくすることで深海の闇にまぎれこんで上方の敵の目を逃れ、下半分は白っぽくして、空の眩しさにまぎれこむことで底の方から窺う敵の目を欺く。

マグロにとって、あるいはエビのゾエア幼生にとって、地形という言葉がまったく意味を持たないことは明らかである。彼らの世界は、暖かかったり濁っていたり餌が多かったりはするだろうが、全体としては均質で、場所を識別しようにも不動の目標がなにもない。大海の魚には、海流というものがわからないのではないだろうか。われわれが地動説を、理論としては理解しても感覚では捕らえられないのと同じで、媒質全体のゆるやかで一定した動きはその中にいるものには感知できない。

魚にはまた、自分がいるところとか、場所とか、領域といった概念もほとんど理解不能だろう。地面がないということは定点がないということでもある。あの三角の岩から五分行ったところとか、あのハルニレの木の梢と遠くの白い峰が重なって見えるあたりなどという表現は魚には通用しない。距離感もまた曖昧なものになる。回遊する魚は地磁気を感じているのかもしれないし、それなりに東西南北を知る感覚もあるのかもしれないが、しかし位置と距離を理解しがたい彼らが幾何学を創造するのは不可能だ。

地を這う虫にとって、地形は意味を持つか？　虫は小さすぎる。彼らの複眼では、数十センチ先の獲物や敵や異性を見つけることはできても、遠くに霞む山を見ることはできないし、その必要もない。昆虫界の視覚的チャンピオンであるトンボは四十メートル先を見ることができるというが、それも動きがある場合だけで、背景というものは意味をなさない。アリやケムシにとって、地面は決して一つの面ではないだろう。土の表面はそのまま木の幹につながっていたりする。彼らの身体と比較すれば、地面はあまりに凹凸と障害物とに富んだ複雑な世界であって、とても一つの面として理解することはできない。もっとも、理解などという言葉を使ってしまうと、アリ一匹の知力では何をも「理解」することはできないということになるか。アリは、明るさと暖かさ、匂いや味や少々の視覚標識のある線型の世界をひたすら前へ前へと進んでいる機械的なマイクロ・ユニットである。それに、彼らの場合、体重が軽いので引力は相対的に影響が弱くなり、その分だけ風の力や水の表面張力や草の茎の弾性などの効果が強まって、上下の別さえふらつきがちになる。木の幹を登っているアリに「登っている」という意識があるかどうか。彼らのサイズと地球との間の隔たりはあまりに大きい(しかしこの問題にはあまり深く立ち入らないことにしよう。世界を理解したいという、どうやらわれわれに固有の知的な衝動を語るには、相当な量の紙面が必要だろうし、それを直接に論ずるのではなく具体物に則して考えてゆくというのが、当面の方針でもあるのだから)。

空を飛ぶ鳥にとって、地面とは下降の限界である。上から見れば平らな地面は確かに一つの面と見えるだろうし、山の形状や、木の生えかた、河の蛇行の具合などもわれわれよりもずっと正確に見ることができるだろう。それがもたらす精神的優位については前の

「風景について」で見たとおりだ。だが、引力によって地表に拘束されていない鳥の場合、地形はそれほど切実な行動の限定条件ではない。それを昔から人は、鳥ならば飛べるのにと羨望の目で見てきた。彼らと地形の関わりはわれわれの場合よりもずっとゆるい。

森林に住む動物はどうだろうか。彼らの世界には視野の拡がりがない。本当に森林の生活に適応した動物はめったに地上に降りないらしい。熱帯雨林の樹冠を自在に行き来したり、幹に沿って上下したり、時には隣の幹に跳躍や滑空で移ることはあっても、別の世界である地面に降りはしない。上下の動きが許されている点で、森林の生活は水中のそれにちょっと似ている。水の中ほど自在ではないし、魚の場合とは対照的に引力は最も強烈に作用する力であって、森林に住むものは常に引力のことを忘れられない。

人間の遠い祖先が森の中で暮らしていたサルの類だという仮説を認めると、われわれはある種の夢を解読することができる（正確に言えば、われわれの祖先とサルたちの祖先が同じ動物であったということだ）。日常は安定した床の上で暮らしていて、落ちるという思いなどほとんどしたことのない現代のわれわれが、その割には頻繁に墜落の夢を見る。引力と地面の組み合わせは拘束であると同時に安全の保証でもある。地面の上にいるかぎり人はそれ以上落ちる心配がないのだ。木を降り、森を出て草原に住むことにした時、人の祖先はもう墜落の恐怖とは縁を切ったはずだった。しかし今でも、身体の具合が少し悪い時、精神に重荷を抱えている時、われわれはよく高いところで足を踏みはずし、自分のうかつさに対する強い悔恨や激突への恐ろしい予感と共に、下に向って急速に落ちてゆく夢を見る。サルのように樹上で暮らした頃の記憶はまだわれわれの遺伝子から消えていない。

森の中の生活では、上下方向の動きは水平の動きよりもずっと大きな変化をもたらす。動物は種ごとに縦にハビタート（生息場所）を区分けする。樹冠で日光に当たって暮らすものと、ずっと下の薄暗いところで蔓草につかまって暮らすものでは、体構造も食性もまるで違う。一つの比喩として人間の例に当てはめれば、たとえばアンデスでは一つの村の中に四千メートルの標高差がある。村人は毎日、われわれにとっては本格的な登山とも思われるような高さを往復して畑の手入れに行く。下の方では小麦が作られ、その上ではトウモロコシ、もっと上ではジャガイモを育てる。そして一番高いあたりではリャマやアルパカの粗放な牧畜が行われる。こういう社会経済体制を人文地理では垂直統御と呼ぶ。それに似た関係が一本の木ごとに成立しているのが密林である。

なぜ地面は平らでないのだろう？　引力はすべての場所に平等に働くから、高いところのものは低い方へ落ち着き、最終的には全面水平の単調な風景が作られるはずだ（月の

「海」はそれに近い）。熱力学にいうところの熱死のような状態が地面の起伏において実現して当然とも思われる。しかし地表のものに働くのは地球の引力だけではない。もっとも平らであるべき海でさえ、月や太陽の引力によって干満を生じ、風の力で波を生じ、大気圧でも海面の高さに差を生じる。まして地上には、多種多様な力が働いて地面に凹凸を作るし、その大半は、海の場合と異なって、長い間そのままの形で保存される。気象や植生がそれを飾り、変化を与え、太陽系で最も複雑な風景を生み出す。

かくて地上には山があり、谷が生じ、沙漠や、ツンドラや、サバンナや、氷河や、圏谷や、三角洲や、沖積平野や、河岸段丘や、火口湖や、その他もろもろの地形が生まれる。植生がなくて平らならば沙漠と一概に言うが、岩沙漠（ハマダ）と礫沙漠（レグ）そして砂沙漠（エルグ）はそれぞれ違うのだ。分類をはじめればきりがない。われわれにとって親しい地形もあれば、行くことそれ自体を目的にする以外には誰も行かないような地形もある。これらの地形を一つ一つ網羅的に論じるのはあまりに教科書的なので、ここではもっぱら降水に関わりのある地形、すなわち山と谷のことを考えたい。地形の彫刻家として水は最も有能だし、仕事が速く、われわれの時間や空間の尺度に近い。

沙漠やツンドラのことを無視するのは、それらの場所に人が住んでいないからである。乾いた大量の砂も、地面をすっかり覆う氷も、人間にとって扱いやすい素材ではなかった。

だから、地形として見ても、人のサイズではないのだ。沙漠は状況に強制されて渡るべき空白であり、ツンドラは鉱物資源などに釣られた人間が無理して入るところであって、特殊な各論としてはおもしろいだろうが、一般性には欠ける。沙漠に近い世界で生きてゆくブッシュマンの生涯はわれわれの人生とあまりにかけ離れているので、それ自体一冊の名著に値する（ぼくは、ローレンス・ヴァン・デル・ポストの『カラハリの失われた世界』のことを言っているのだ）。しかし、それはそのような生活が例外だからである。

水のある地形がわれわれを強く惹きつけ、人類の大半を養い、生活のすべての面と関わるというのも、要するに、水の作用のサイズと人のサイズが合っているからだ。単に物理的な大きさの問題だけではなく、時間のことを考えてみても、水の働きは一日や一年という長さ、あるいはヒトの寿命の範囲で観測することができる。二十世紀になるまでわれわれがプレートテクトニクスの原理に気付かなかったのは、大陸の動きがわれわれの時間の尺度ではなかなか計れないほどゆっくりだったからだ。ヒマラヤを形成した造山運動は人の目では見えないほど規模が大きく、同時に緩慢なのである。同じようにして、大きな山の下には逆の形をした山がマントルの中に向って倒立して聳えているというアイソスタシーの美しい説も、われわれの日常の観察で見えるものではない。それに対して、降水や流水の作用は人の目にも見える変化を起こすし、その規模もまたしかるべき場所に立てば一望で見ることができるほどのものであることが多い。

子供の頃、山というものがなかなか理解できなかった。

山という字はずいぶん早い段階で習う。自分の名前を別にすれば、最初に覚える字の一つだろう。この字はよくできている。いかにも象形文字らしく単純に見える。平地、ないしは測量の基準となる水平面を表す横一文字から三本の縦棒が垂直に立っている。三本の頂点を結べば三角形の山の形状が現れる（視覚の癖として、われわれは必ず意識の底で頂点を結んでみるのだ）。この字は確かに一つの山、独立した山に見える。だから、はじめはそれが一つの山を表すと信じて疑わなかった。しかし、現実の世界を見てみると、一つだけ独立した山などどこにもなかった。富士山と奈良の若草山だけが例外だった。それに、山というのは一つの地形の名称ではなく、ある拡がりをもった地形、平地と呼ばれるところと比較して高いのではなく、平らでなくて凹凸の激しい、ギザギザの地域の名称である場合の方が多いのだ。民俗学ではサトに対してヤマと言う。誰でも知っているはずの山という言葉の意味は意外に多岐にわたっていて、必ずしも砂場に砂を盛り上げて作るものの形状をしてはいないことに気付いた。

そうなってから改めて山という字をよく見ると、これは地面の一つの盛り上がりを表しているのではなく、三つ連なった山を斜め前から見たところではないかという気がしはじめた。つまりだ。明代に出版された『西遊記』の木版の挿絵にはそういう山がたくさん描かれている。今もってきちんと調べたわけではないが、そもそものはじまりから、山という文字の本来の意義は連山だったのではないだろうか。

山は連なっている。平地の真ん中にぽつんとあるのではなく、大洋に見る大波やサハラの砂丘のように独立したまま前後左右に並んでいるのでもなく、線状に連なっている。隣りあった山と山の頂点を結ぶ線は決して平地まで降りることなく、中途半端な鞍部によって結ばれている。初歩的な地理で山脈という言葉は教えられたが、山は必ず脈をなすということは、地図を見たり、山を少しは歩いたりするうちに、経験的に知ったような気がする（大人はしばしばものごとの要点を子供の耳にいれるのを忘れるものだ）。

それはともかく、山は脈をなして存在する。その理由として考えられる第一は、造山の原理の一つが褶曲《しゅうきょく》であること。教科書風の比喩では、敷いた布団を横から押せばこの原理がわかると教えられる。たしかに皺は押す力と直角の方向に何本も平行してできる。大きな力が太平洋と日本海の両方から列島を押すから、北上山地と奥羽山脈と出羽山地が仲良く並ぶことになる。それに火山帯が線型だということもあるだろう。伊豆七島もハワイ沖から北西に伸びる天皇海山列（これは海中にあって、その山容を目で見ることはできないが）も、間隔は開いているけれども、本当にきれいにならんでいる。

けれども、われわれの感覚で地形を論ずる場合、例えば釣りに行って、全然アタリのない沢をあきらめて別の沢へ移動しようというような時に目前に立ちはだかる山の連なりを論ずるには、造山運動や火山帯はスケールが大きすぎる。沢から計った高さが百メートルか二百メートルの山の連なりを説明するのにプレートテクトニクスを持ち出すのは大袈裟というものだ。尾根を越える道がないとなると、釣り人はひとまず本流へ下る。流れに沿って少し上がり、その先で別の沢との合流点を見つけて、そこからまた遡行する。やれやれと思いながらそういう遠回りをする時に問題となる山の連なりは、そんな地球規模の大きな力で作られたものではない。

山が連なるのは、水が流れるからである。窪みがあれば水は溜るけれども、貯えられる水の量には限りがある。地上で最大の窪みである海に落ち着くまでは、水は流れつづける。自然界の造形の原理の一つに、最初にあった微妙な違いが何かの作用で拡大され、最後には作用する力のつつましさからは想像できないような大きな形態ができあがることがある。山の場合もそれに近いことが起こっているのだろう。さほど起伏の変化のない高原のような地形のところに雨が降ると、水はほんの僅かでも他より低い道筋を見つけて、そこを流れる。はじめは傾斜も少なく、水路も浅くて、乾いている時にはその溝など目に留まらないかもしれない。しかし、次に雨が降ると、水は間違いなく前回に流れた経路を忠実に辿る。今度は別の道ということには決してならない。そのたびに水は少しだけ土を運び、流路を少しだけ穿つ。水の路は必ず線型である。地表の全面を覆ってしまうような大洪水ならばともかく、普通に降る雨はそれこそ判で押したように同じところを流れる。それが千年はおろか一万年でも繰り返される。少しずつ谷が削られ、山が立ち現れる。線型なのは山ではない。谷の形状の方が先にあって、この水の彫刻のネガとして尾根の連なりが造られるのだ。最も大袈裟な例としていつも挙げられるのは、コロラド河に削られたグランド・キャニオンである。あれこそ水の彫刻能力を知るには最適の地形だ。要するに、川というものが水の流れのままに線型であるのを反映して、山もまた線型に連なる。従って沢と尾根は平行する。

さて、ここでわれわれは水の作用の偉大さに驚くべきだろうか。あるいはそれに耐えて地形の変化を今見る程度に押さえた大地の固さに感心すべきなのだろうか。水の力はわれわれの目にも明らかに見える。狭い庭でもちょっと樋に落葉が詰まっただけで、雨水があふれだし、溝を穿つ。渓流を歩けば、目の前に見える大きな岩はいつか水量が多かった時に流されてきたものと知れる。たまさかの洪水で地形が変わったという話もそう珍しくはない。山全体が崩れた例もある。そういう力をもつ水に間断なく削られて、それが千年とか一万年を単位とするほど長く続いたにしては、われわれの見る地形はおとなしい。穿たれた谷はまた造山運動で地面の下に押し込められるし、繁茂する木々は水の力を弱める働きもするが、それにしても大地の抵抗力もなかなかのものだと思う。水が土を運ぶ力を利用して、逆に土砂を流して谷を埋め、わざと蛇行させて水勢を横に受け流す。そこに一つの戦いを見るのは人間の擬人癖にすぎないけれども、大きな力の拮抗があったとは認めざるを得ない。

地形は人間にとって、視覚にのみ訴えるものではない。地表が人間の生きる場である以上、その形態は人間の生活に深く関わってくる。山紫水明を目で楽しむのは暇な遊民ばかりで、普通の人間にとって地形はまず体力をもって取り組むべき相手であった。開墾の苦労や治水の艱難の話は措くとして話を旅人に限ってみても、山はともかく登るもの、それも近代のスポーツ登山のように楽しんで登るのではなく、体力と高度を交換しながら踏破するものだった。それが具体的にどんなことだったか、筋力に依らない交通機関が発達した現代のわれわれは想像力を用いて思い描かなくてはならない。

中山道は江戸時代、東海道と並ぶ要路であった。一般の旅人も多かったし、信濃、加賀、越中、美濃などの大名が参勤交代に利用したと聞くと、よほど立派な広い道路かと思われる。道があって交通があるのではなく、交通の量に応じて道が形成され維持されたのだから、人が通らない道はたちまちさびれる。中山道にほぼ沿った形で今も国道は走っているけれども、微妙に違うところが興味深い。例えば、江戸時代に軽井沢という地名は飯盛女のいるところという、いささか品のないイメージで知られていた。当時、本当に地理的理由で有名だったのは北国街道との岐路に位置した信濃追分の方だ。追分は今、軽井沢に比べればずっと静かな場所だし、軽井沢と追分の間にあった沓掛の宿は中軽井沢と名まで変えてしまった。道がほぼ同じところを走っている場合でも、このような違いがさまざまに出てくる。道筋が変わったところでは、旧道はほとんど見る影もないか消滅しているのが普通だ。人の足が道を作るという原理はさびれる場合の方で逆に証明される。

海岸に沿っている東海道と違って、中山道は本州の中央を縦断しているから山が多い。道を開く者はなるべく高さの差がないようにして、平坦なルートを選びたいのだが、先に述べたように山というものはほとんどの場合長く脈をなしているから、どこかで尾根を越えなくては先へ出られない。山は連なって立ちはだかる。登らないかぎり向う側には行けない。これは絶対の規則であって、現代のようにトンネルを掘るなどという便法がなかった時には、大名でも将軍でも従うほかない自然の原理だった。地形は人の手では懐柔のしようのない強制力をそなえていた。

中山道には碓氷峠や鳥居峠などの難所があるが、最も高いのは和田峠である。佐久から諏訪へ抜ける途中、霧ヶ峰のすぐ北にこの峠がある。正確に言えば、霧ヶ峰、鷲ヶ峰、三峰山、茶臼山と続く連山のうち、鷲ヶ峰と三峰山の間の尾根を越えるものだ。ここは標高が一五三一メートルある。これは注目すべき高さだ。山としてはたいしたことはないと登山家は考えるかもしれないが、しかし中山道を往来したのは一般の旅人、屈強な男ばかりではなく老人も女子供も含めたごく普通の人々であった。それが何等かの理由で旅を余儀なくされ、この峠を越えた。登山とは動機が違うことを考えなくてはならない。趣味で行く場合にはこちらに選択権がある。自分の体力に応じて対象を選び、時期を選び、援助を手配することもできる。しかし必要に駆られて旅をする者にはその権利はない。身体が弱かろうが、時期が悪くて晩秋の今にも雪になりそうな頃だろうが、あるいは梅雨のさなかのぬかるみだろうが、必要があれば人は道を歩き、山を越える。

江戸時代にも登山を目的として登られた山がいくつかある。スポーツという意識はなかったから、一応は御参りという半ばは宗教の形をとったものだが、内容においてはまったく登山だった。筆頭はもちろん富士山だが、それとは別に江戸周辺ならば相模の大山がポピュラーな対象であった。人々は登山の決意をもって山に向かい、下山の後はちょっとした難事をなしとげたという満足感と共に精進落としのドンチャン騒ぎをやった（軽井沢の飯盛女も碓氷峠を越えたという解放感につけこんでいたに違いない)。そのほとんどが壮年の男であったことは、たとえば落語の『大山参り』あたりから充分に推定できる。そして、山と意識されて登られ、元気な江戸っ子たちが得意になって戻ったこの山は、標高一二五二メートル。単に街道の一点にすぎない和田峠よりもずっと低いのである。

あるいは、別の統計。理科年表の地理の部、「日本のおもな山」という表に掲げられた七一座のうち、和田峠よりも高いものは四二座、残りは一五三一メートルに満たないのだ。頂点を数えあげればもちろん山の数はいくらでも増すが、われわれにとっての山というものの感覚的な高さはせいぜいこんなものなのである。

先日、その和田峠のあたりを車で走っていた時、夕刻だったのだが、たちまち霧が谷間から湧き上がってきて、路面を隠した。ここの南に位置する山は、霧が多いので霧ヶ峰と名付けられたのだと聞いていたが、それにしても一五〇〇メートルを越えると気象の面でも本格的に山なのだと納得した。この時の道というのは、環境への影響が大きすぎるというので建設が問題になったビーナス・ラインである。歩いて登るとなると、相当な覚悟がいるだろう。車では緩勾配の道が蜒々と続くのをただ漫然とカーブのままに走ればいいのだから、なんとも怠惰なものだが、本来の徒歩の道はもっとずっと狭くて急だった。峠の近くに旧中山道が残っているが、ほとんど登山道のような険峻な道である。文久元年、皇女和宮の一行が徳川家茂のもとへ降嫁のため、この峠を越えて江戸に向かったという記録がある。警衛のものだけで二万五千という長い行列が峠の細い道に蜒々と連なった。その時ばかりでなく、江戸時代を通じてここは大名の参勤交代にも使われたのだから、決して山中の間道ではなく天下の公道だったはずだが、幕府の威光をもってしても峠の高さを一尺も削ることはできなかった。

高いところに登るには、体内のエネルギーを一歩分ずつ位置エネルギーに換えなくてはならない。それは単純でごまかしようのない過程である。誰でも足を一歩前に出し、そちらに体重を移し、もう一方の足を前に出すということを繰り返す以外に身体というものの運びようはない。それを自然というものの厳しさととらえるのが常道だが、しかし、考えてみれば山の方はただそこにあるだけで、人に対して何の働きかけもしないのだ。人はただ地形に対しておのれを試みるだけであって、それはある意味では大変にフェアな、明快なことである。人の世に背を向けて自然の中へ逃れるという老荘の遁世的な楽園思想の根拠の一つがここにある。人の中には陰謀があるが、自然には試練しかない。

われわれは今、自分が辿る道についてほとんどの場合あらかじめ情報を得てから出発する。地図のない旅はないし、道に迷うという不安を味わうことさえ稀だ。しかし、本来、道というものはそのまま未知であったはずで、先で何が待っているか、魑魅魍魎が跋扈するのか桃源郷があるのかまったくわからないのが道というものだった。今でも、それに似た思いをすることがないわけではない。例えば、中央道を東京へ向っている時、甲府盆地から東を見ると、目の前には蜒々と山が連なっていて、道がどの峡を抜けて甲州から武州に入るのかわからない。山は隙間なく立ちはだかって、人を拒むかのようだ。実際には走ってゆくうちにおのずと道は開け、最終的には笹子トンネルという便法でなんなくこちら側へ出るのだが、甲府から見た時の山の連なりの印象は、地形というものが本来備えていた威圧感と、それに対抗して人に働きかける道の駆動力、先へ先へと人を促す力、必ずどこかへ着くという保証の安心感などとの拮抗を思い起こさせる。

地形と人の間に戦いがあったわけではない。人には地形に、あるいは自然に対抗できるほどの力はない。あったのは地形に対する人の一人相撲であり、それによって人は勝手に試練を克服したと思ったり、強くなったと自負したりしてきた。和田峠を越えた時には安心しただろうし、尾根を越えてイワナの多い沢に出た時には得意にもなるだろう。それに対して自然の側がまったく無関心であること、山はそこにあるだけで、人に手を貸しもしないかわりに邪魔もしないこと、この事実を措いて自然というものの人間に対する意味はない。地形はただその形であるというだけで充足している。われわれは余裕のある時、単に見るだけでいい立場の時には、百万年にわたる水の彫刻の跡を眺めて楽しめばいいし、自分の力で歩かねばならない時には、地形の無情に憤慨しながら一五三一メートルの峠を一五三一メートルのままに登ればいい。相手が一メートルもおまけしてくれないことに一種の安心感を感じ取ることができれば、人と自然の間の関係は大変にうまくいっているということができる。自然を侮るのではなく、自然に甘えるのでもなく、ただ存在するだけという自然のありように自分を添わせることができれば、この相手は小刀細工に終始している卑俗な人間たちよりずっと付き合いやすいはずである。

再び川について

雨の水が集まって川になる。

この理屈を会得するのに、さほど高度の知力が必要だとは思えない。地面に雨が降るのを見ていれば、水はまず低い方へ向かってチョロチョロと細い流れを形成する。その流れは横の方からきた別の流れと一緒になってもっと大きな流れになる。合流することはあっても分かれることはないから、流れは次第に大きくなる。水は重力の命ずる方へ従順に流れる。地面にある程度以上の傾斜があれば、流れはやがてどこか下の方で一本にまとまるだろう。一度定まった流れの位置は、水がそこの土を穿っていよいよ深い溝にするために、他へ移ることはない。流路は安定し、水はいつも決まったところを流れる。ここまでは庭先の観察でわかることだ。

同じ原理を平野や山地の全体に拡大すれば、雨の水が川となることは明白ではないか。庭先は山や平野からなる広大な地形のミニアチュールである。考えるべき土地が広ければ広いほどそこに雨となって降る水の量も増える。それが一本に集まればそれだけ大きな川になる。信濃川や石狩川を見た人は、集水域さえ充分に広ければあれほどの水量にもなるものかと思う。

雨がたくさん降ると、やがて川の水かさが増え、流れは勢いを増す。芭蕉の「五月雨を集めて早し最上川」という句に含まれる科学的真理は単純で明快に思われる。翌日の釣果を期待しながら山間の宿に入った晩に大雨になれば、釣り人はがっかりする。雨の分だけ渓流の水量が増え、水は濁り、魚は姿を消してしまうことが明らかだからだ。雨と川の水の密接な関係について、疑問の入る余地はまったくないかと思われる。

流麦の故事というのを引いてみよう。後漢の文人高鳳は大変に勉強熱心で、いつも一心不乱に書物を読んでいた。ある時、田に野良仕事に行くとて細君が、「刈った麦を外に乾してあるので、鶏がつつかないよう見ていてくださいね」と言いおいて出て行った。高鳳は鶏を追う竿を手に、そのまま経書を読みつづけた。やがて雨が降りはじめたが、高鳳は勉強に夢中でまったく気が付かない。雨脚はいよいよ繁くなり、ついには庭を浸してすっかり麦を流してしまった。それでも高鳳は竿を手に本を読んでいたという。この話の趣旨が、そのくらい勉学に身を入れろという勧めなのか、あるいは学者の現実遊離を笑うのか、その点はどうも判然としない。麦と学問とどちらが人にとって大事か、むずかしい問題である。しかし、雨がたくさん降れば地表に水があふれて激しい流れができることは、五歳の子にもわかる。

では、本当に庭先の観察はそのまま広い地形に応用できるのだろうか。川にはいつでも水がある。雨は流れて川となる。この二つの観察を組み合わせて、川を流れる水はすべて元を質せば雨の水、と言ってしまってよいのかどうか。この一見したところ素朴な設問に即答を与えるのはなかなかむずかしい。西洋第一等の自然学者アリストテレスは、「気象論」の中で、雨だけではなく地下で水蒸気が凝結してできる水が雨に加わることによって川の水が形成されるのだと説いた。つまり、雨だけでは川の水をすべて供給することはできないと考えたのである。

また、水の流れを観察して正確なスケッチをたくさん残した科学者レオナルド・ダ・ヴィンチは、海の水が地下を通って山地へ運ばれ、それと雨の水とが混じって川になるという説を立てた。現在われわれはそのようなことが地下で起こっていないことを知っている。だが、雨（および雪）の水以外に川の水の供給源はないと断言した論文がヨーロッパで発表されるのは十七世紀になってからであり、それが定説となるにはなお一世紀を要した。

この一点をもって、ヨーロッパの科学は遅れていたと考えてはいけない。アリストテレスよりも芭蕉の方が科学者として優秀だったなどと結論することはできない。もう一度、論理の筋を辿ってみよう。アリストテレスやレオナルドは雨と川の水の間には何の関係もないと言ったわけではない。彼らは、雨以外にも河川の水の供給源があるのではないかと考え、この想定のもとに水を川に供給する機構を考案したのである。

雨が川の水源として充分であるか否かという設問自体がすでに科学だ。アリストテレスにも過誤はあるし、ただ彼の書物にあるというだけで近世まで盲信されてきた謬説は少なくなかった。それでも彼の偉大は揺るがない。彼は個々の科学的事実を確定したのではなく、情報を集め、それを論理を以て整理するという科学の姿勢を発見した。それに対して、後世は柔軟な思想を固定化し、いわば彼が指さす先をではなく、その指の先を見た。

古代からアリストテレスだけを河川論の代表として選ぶのは当を得たことではないかもしれない。彼のテクストをきちんと読んでみると、アリストテレスは「地下には雨水を蓄える大きな洞穴があって、川の水はすべてそこに一度蓄えられてから流れ出す」というアナクサゴラスの説を否定した上で自説を出している。川の水のすべてを蓄えられるほど大きな洞穴を想定するのは不可能だというのが彼の論拠だ。こうなると、川の起原というのは古代ギリシアでは哲学者（というのはそのまま科学者でもあったわけだけれども）が論ずべき流行のテーマであったかのようだ。ここに並んだ二つの説のどちらもが、単に雨の水が流れて川になると言っていないところが問題である。アリストテレスの説では、空中で水蒸気が雨となって下に降りるように、地中でも蒸気が水に還元され、上に向かって降りつづけ、やがて地表の水を集めた川に合流するのだ。地下の真暗な世界で上に向かって逆に降りつづける雨がある。この上下の対称性は理論として美しい。

この水蒸気の地下凝集説を否定して、川の水量を供給するには雨だけで充分なのだと科学的に証明するためには、ずいぶん大掛かりな研究が必要だった。二千年に及ぶアリストテレスの権威を覆すにはそれなりの準備がいる。広い範囲のあちこちで降水量を計測しなくてはならないし、統計として意味のある数字を得るためには何年かそれを続ける必要がある。ピエール・ペローというフランス人がそれを行って正しい結論に達したのが一六七四年、芭蕉が最上川の句をよむ十五年前だ。ペローの仕事は尊敬に値する科学的業績であると思う。

それにしても、アリストテレスをはじめとする古代人ならびに近世までのヨーロッパ人は、なぜ降水だけでは川の水は賄いきれないと考えたのだろう。定量的な研究をしたわけではないのだから、川の水の総量もわからないし、雨の総量もわからない。その段階では量としての比較は不可能なのだ。川の水はずいぶん多いようだが、雨の方は多分もっと多いのだろうと考えればそれで話はすむ。アナクサゴラスはそう考えたが、アリストテレスはそれを否定した。

さしあたって彼らの推理の基礎となった地学的現実を考えてみれば（具体的には日本と比較してみれば）、まず、ヨーロッパでは降水量が少ないということがある。ギリシアを例にとれば日本のおよそ半分くらいと見ていい。梅雨もないし、台風もこない。モンスーン地帯の真ん中で見るのとヨーロッパで体験するのでは、雨というものの印象がまるで違う。イギリス人が傘を持ち歩くだけで実際に広げることはないというのも、実際に霧雨しか降らないから可能なダンディズムなのである。土砂降りの雨の中でそんなことをしていては魚のように濡れてしまう。

また、ヨーロッパは全体としてずいぶん北に寄っていて気温が低い。年平均気温が東京より高いのは地中海沿岸のほんの二、三の都市にすぎない。山地も多く、それがなかなか険しい。従って、もともと少ない降水のうちの相当な量が雪として山に降る。雨はすぐに川に入るが、雪は蓄積される。雨が降ってすぐに水かさが増すというような単純な仕掛けにはなっていない。そういう土地で、対岸がかすむような大河の岸に立って休むことなく流れくる水を見ていると、その起原は不思議に思われるかもしれない。

大陸だから土地に奥行きがあって川が長いという点も指摘しておいた方がいいだろう。その分だけ水源地は遠いのだ。日本では、いかにも無理をして縦に流れることで距離を稼いでいる信濃川でさえも三六七キロしかない。これが日本一だ。それに対して、ヨーロッパではドナウ川が二八六〇キロ、ロアール川が一〇二〇キロ、セーヌ川でさえ七七六キロある。水源ははるか彼方であり、そこに雨が降るか雪が降るか、平原を悠々と流れる川を見ていてもわからない。大河の流れのあの安定性は、改めて考えてみれば一つの驚異であるだろう。雨は百日降らないこともあるが、川の水は途切れない。その場合、雨とは別に何かがあると考えることになるのだろうか。

しかし、そういうヨーロッパの自然条件をすべて考慮に入れても、まだ疑問が残る。雨と雪の総量は人の想像力の中でも川に充分な水を提供することができないのだろうか。なぜ人は最も単純な解答を排して、わざわざ手の込んだ機構を源流地帯に置いたのか。アナクサゴラスは雨の水だけで充分としたが、そのかわりに巨大な貯水槽を導入した。川という驚異を説明するのに、山に単純に降る雨くらいでは役者が不足だと言わんばかりではないか。

今日の科学でわかっていることを確認してみようか。

川の水はもちろん雨であり、それ以外ではない。直接の降水にせよ、地下水にせよ、あるいは雪解けの水にせよ、すべてもとは天から降ってきたものだ。朝露が地面にしみ込むことはあるだろうし、霧は岩の表面を濡らしもするが、いずれにしても陸水の源は大気中の水蒸気である。今、われわれは大気中の水分の量が意外に少なく、海に蓄えられた水のわずか十万分の一に過ぎないこと、だから全部が雨となって地表全面に一様に降ったとしてもたった二五ミリの雨量にしかならないこと、水蒸気の寿命、つまり海で蒸発してから雨となって降るまでの期間はせいぜい十日前後であることなどを知っている。

川を作っているのは、水の地球規模の大きな動き、すなわち大循環であり、その駆動力のもとは太陽エンジンである。具体的なイメージを描いてみれば、太陽エンジンはわれわれの想像力以上に強力であって、比較的少ない量の水をずいぶん早く循環させている。それの背後には厖大な量の水のストックが海という形で存在する。気候というものはある意味では大変に安定していて、温室効果の話などで問題とされる年平均気温のゆらぎは〇・一度程度である。しかし、そういう事実から気象を静的なイメージでとらえてはいけない。海で雲が湧いて、それが陸地へ流れて、雨または雪となって降るという過程は大変にダイナミックな運動である。むしろ少量の水がすごい勢いで駆け巡って地球を洗っているという感じだ。川はそういう循環の一部分に過ぎない。

ここで、少し視点を変えて、川と人間との関わりを考えてみたい。つまり、人間の側の精神のありようがこの川の起原の問題にも投影されているのではないかと思うのだ。ことは単なる自然学の範囲を越えているかもしれない。

人間にとって川とは何か、と大上段に構えて論を展開したいところだが、正直な話、この文章の文脈で川を語るのは容易ではない。つまり川はあまりに人間に近いのだ。人が狩猟採集から農耕に転じて、それにふさわしい居所を求めた時に、選ばれたのは川のほとりだった。川は水の連続的な供給源であり、川辺に住むことによってホモ・サピエンスは飛躍的に個体数を増し、富を蓄積し、文化というものを築いた。火の使用とか、言語による個体間のコミュニケーションとか、文明を支えるイノヴェーションはいくつもあったが、水の利用はあまり指摘されていないにもかかわらず最も重要な段階の一つである。

南アフリカのブッシュマンは、ダチョウの卵殻一個に蓄えた水に頼って沙漠を横断する。つまり彼らは生理的に最小限の水で生活しているということになるわけだが、それは彼らが今もなお採集経済に依っているから可能なのであって、農耕社会では人間一人あたりの水の消費量の大半は生理以外の用途に振り向けられ、採集生活の場合と比較すれば数桁は増さざるを得ない。水は人間の生活のすべての面で絶対に欠かせない要素である。われわれは水を飲み、水で調理をし、水で身を洗い、水をもって作物を育て、家畜を養い、物資を運び、穢れを流す。

泉や井戸や池というものもあるが、川が人に与える安心感はそれらの比ではない。川の水はなくなることがないし、それに流れつづけているのだから汚れることもない。川は生命に必須のものを運びきたり、不要なものを運び去る。人が生活の相当部分を川のほとりで行ったのも当然のことなのである。

今、一見したところ川は人から遠くなったように思える。しかし、実際にはわれわれは川から離れたのではなく、川を家の中に取り込んだのだ。上水道と下水道はそのまま川を形成する。以前には川のほとりで堂々と行ったことを、今われわれは家の中でこっそりと恥ずかしいことのようにやっている。夜中に耳を澄ませば冷蔵庫の中を流れるせせらぎの音が聞こえる。道路と車はいかにも川の形をなぞっている。たとえマンションの十五階のベランダに立っていようとも、その場所が実は川のほとりであることは否定のしようもないのだ。人はみな手を洗うたびに、そのことを思い出す。

川と人が親しすぎるから、川は古代以来ずっと人間による管理と工作の対象と見なされてきた。山を動かそうとする者はいないが、川に手をつけまいとする者もいない。中国では治水がそのまま治世であった。だから「治」という字はサンズイなのだ。歴史に名を残す最も古い王たちは黄河を馴致することでまず王としての資格を証明した(文字のはじまりからして、「河」は黄河のことであり、「江」は長江すなわち揚子江のことであった)。現在でも、山や海を論ずるのは地学だが、川については河川工学という専門の分類項目がある。自然はまずもって純粋に知的な観察の対象であるのに、川だけははじめから工学的関心をもって見られてきた。そして、河川工学の本にあるのは、暴れる川をいかに巧みに押さえこんだかという手柄話であったり、いかにそれに失敗したかという屈辱の回顧である。

川は人の性格の欠陥を露骨に増幅して見せつける。川を前にした時、人は山に対するように泰然と構えてはいられない。江戸時代、普通の大名の領地と幕府直轄のいわゆる天領の境界となっている川の土手は、必ず天領の方が一尺ほど高く築かれていた。雨がたくさん降って洪水になる時には、まちがいなく天領でない側に被害がゆくようにとのいかにも姑息な配慮である。

このように一方的な権力の差のない川の場合、両方の堤防の高さは厳密に等しく造られた。利根川では、東岸の民は何かの用で土手に登る時、手にひそかに土を一握りもっていって、そっと足下に落としたという。西岸の方も負けてはおらず、土手の上の路がぬかるむからと言って、ここに藁を敷いた。こういう細かい工作は必ず激しい論議の的になり、結局は土手に手を加えることに対する全面的な禁令が再確認されて終わる。実際に水が出そうだという時になると、対岸に密かに人をやって堤防を崩すということも行われた。あるいは、夜、まだ安全な堤防の上でわざと土手が切れたと大声で叫ばせ、敵対する岸の側が安心感から護岸工事を怠るようにしむけた。堤防というものは、一方が切れると他方は助かる。被害は甚大であり、しかも徹底して不公平だ。川は人間のエゴイズムを増幅する。

われわれはあまりに多く川に依存している。その事情は今もまったく変わっていない。土嚢のかわりにコンクリートが使われるようになった分だけ、川を前にした人の行いは専横になったかもしれない。水が足りなければ奪いあい、増水して水害になれば責任を押しつけあう。さんざんに水を汚して省みない者もいる一方で、木を切って洪水や山崩れを起こして平然たる者もいる。治水に名を借りて無用のダムを造って村を沈める者もいる。ダイナマイトや毒もみで魚をごっそり捕ってしまう者もあれば、魚の遡れない川を造って恬《てん》然《ぜん》としている建設官僚もいる。人のさまざまな暗愚と欲と利己心を川はそのままに映し出す。

なぜ、人の生活と川とはかくも密接に関わることになったのか。そこには単に人が水を必要とし川がそれを供給するという以上の深い理由があるように思われる。言い換えれば、山に対して、あるいは海に対して、沙漠に対して、また星や鳥や虫に対して、人は川に対するほどの深い関わりを持ってはいない。川だけが人間の生活の全面と精神の内奥にまで深く関与している。

川という自然現象は、時間の面でも空間の面でも、人間の寸法に大変に近い。川の変化の周期はほぼ数日、急な場合には数時間、川床そのものの移動という大規模なものでもせいぜい十年単位だ。つまり人間の生活のそれとほとんど重なっている。山の変化にはもっとずっと長い時間がかかる。富士山が最後に噴火したのは一七〇七年の宝永年間のことだ。火山でない山の成立や変容にはより一層長い時間を要するし、海となるとその生成の時間表は人の歴史をはるかに越えている。

地形としても川の大きさは人間の活動の規模とちょうど重なっていて、両者の間にはさまざまな相関が成立する。川は個人としての人間を溺れさせるに充分なほど大きい。人間が開いた田畑をそっと覆うに充分な量の水を運んでくれる。その水はまた川辺の小さな村の民が使い放題にしても大丈夫だが、人の方がいい気になって大都市などを作ると、その貪欲な使用量を賄うことはできない。筏やちょっとした廻船や鵜飼いの舟を浮かべることはできても、戦艦を走らせるわけにはいかない。洪水は時に数百人を水葬に付するけれども、アウシュビッツほどの大殺戮は行わない。つまり、川は前近代的なサイズの人間社会に合った規模の自然力を行使するが、それ以上ではない。近代工業社会はしかたなしに自分たちのためにダムを造り、水道を造り、鉄道や高速道路を造って川のかわりとした。

流れであるという点でも、人と川の間にはさまざまな比喩のネットワークが成立するようだ。昼夜の区別と季節の変化は人に単位で数えることのできる積分的な時間を教えたが、川の方は常動して止まることなき時の流れという微分的な時間イメージを与えた。だから、孔子は川のほとりに立って、「逝くものはかくの如きか昼夜を舎《お》かず」と詠嘆したのである。孔子の心の中に水の流れを時と見る比喩があったことは疑いを容れない。彼を登用しようという君主を見出せないままいたずらに老いてゆく身を嘆くために、川のほとりはふさわしい場所であった。

川辺に立って流れる水を見ると、自分は動かず、周囲の景色もまったく動かないのに、水だけがさざ波の形を微妙に変えながらさらさらと音をたてて流れていることに改めて感動する。一瞬も止まらない。止めようがない。一見不動の世界にあって時間だけは容赦なく流れていることを川は示す。あるいはそこに無常を感ずるということにもなるだろう。時の作用によって自分の肉体が浸食を受けつつあると思ってあせるかもしれないし、逆に動の中に不動を見て悟りを開くかもしれない。海は取りつく島もないが、川と人は互角に取り組むことができる。それが川の親しさであり、やりきれなさでもある。

川はものを運ぶ。人の方が岸辺の一箇所に定住しているとすれば、川はその目前にさまざまな品を運んでくる。それは、やがて鬼をいじめにゆく生意気な子供を詰めた桃型のカプセルだったり、上流にも人が住んでいることを示す箸だったりする。椀の舟に乗った非常に小柄な少年ということもある。時には廁《かわや》に入った乙女の秘所を川面から突いて寝所への同行を促す丹塗りの矢という、いかにも古代風に豪放な性の使者のこともある（『古事記』中巻）。廁がすなわち川屋であることは今さら説明の要もない。

川はまた世界を限定する。日本のように山が多くてそれぞれの谷に村がある場合、川はそのまま生活圏の表象であった。つまり、分水嶺に囲まれた内側が一つの共同体の領域であり、尾根や峠を越えた向こうはもう別の世界と考えられた。今でも、地図を見るとよくわかるし、車で走っているともっとよくわかるが、山の中では村の境はすべて尾根であり、当然だが県境も同じように尾根である。川が境になるのは平野部のごく例外的な場所にすぎない。支流まですべて合わせた一つの河川系はほぼ木の葉の形の地形を集水域として持つ。水は葉脈に沿って流れる。そのような木の葉によって埋めつくされたのが日本の基本的な地形である。日本の村の典型的な生活はまずこの尾根によって区切られ、葉脈状をなす河川系によって覆われた領域の中で展開した。この領域が里であり、周辺が山（地形として周囲より高いところの意ではなく、サトに対する外の場としての民俗学的なヤマ）である。村はこの二項の対比を基本的な構図とした上で、外の世界との細々とした流通によって活気づけられてきた。里の統一感を保証するのは川という自然である。川が生活圏の表象だというのはそういう意味だ。

しかし、常に水が流れつづけ、さまざまなものを運びくる川の印象は人の精神にとってあまりに強烈だから、人はしばしば境界を越えた川、いわば里の川を超越したスーパー・リバーとしての川を思い描いた。それは日常を逸脱して別の世界へ通ずる川であり、隔離しつつ接続するという矛盾する機能を負った川でもある。

五世紀の混乱した中国に陶潜（陶淵明）という詩人がいた。この人に『桃花源記』という作品がある。今でいう湖南省の一人の漁師が、さる谷川を遡行して行ったところ、見事な桃の林があった。数百歩の間ずっと他の木を交えずただ桃ばかり。どこまで続くのかと進んで行くと、林のはずれに山があって、谷川の水はその山にあいた口から出ている。見ると奥の方からぼんやりと光が射している。舟をそこに捨てて入っていくと、広い別世界に出た。人が住んでいるが着るものなども通常の姿ではない。よく話を聞いてみると、当時（つまり晋）の頃から五百年以上も前の秦の頃に戦乱を避けてこの山中の地に入り、外の世界とは没交渉で暮らしてきたという。

この一種のユートピアを桃源郷と呼ぶ。この話は陶潜以降おおいに流行して、中国文学史に頻出するテーマの一つとなった。ここで注目すべきはこの別天地への道が実は川であったということだ。この美しい夢想の中で川は別の世界とこの世界を絶縁すると同時に結んでいる。通常ならば山に水源があって、そこまで遡行すればその先に川はない。しかし、水源の奥までもつづくという点で、この川はスーパー・リバーであった。川はどうしても人に無限を思わせ、限りなく遡行できるような錯覚を与える。尾根によって区切られた集水域の証であると同時に、川は時としてその尾根を越えて彼方から流れくるものである。あるいは洞穴を抜け、あるいは滝となって落下する。人には障壁となる地形でも水にとってはそうではない。川の源に異郷を想定することは不可能ではない。川は無限の彼方から流れきたり、また無限の彼方へ流れ去る。平板な日常の垣を破って遠方を指し示す想像力の増幅装置、人間の精神を既知の世界の外側へ連れ出す誘惑者、閉鎖的な農耕社会に開けられた風穴、川にはそういう機能もあった。

サン＝テグジュペリの『人間の大地』という本に感動的なエピソードがある。彼は、アフリカ経由でフランスと南米を結ぶ郵便飛行のパイロットであり、一時はサハラ沙漠の真ん中に中継用に作られた飛行場の管理者だった。郵便物が少なかったある時、彼はサハラに住む一人の老人を飛行機に乗せてパリへ連れていった。沙漠の民にとって花の大都会に見るべきものは多かったろうに、この老人はある公園の噴水の前に立ったまま動かなくなった。もう行こうとサン＝テックスが促すと、老人は「待たなければならない」と言う。何を待つのかと問えば、水の流れが「終わるのをだ」とつぶやく。

それが終わることなく昼も夜も流れつづけるのだと教えられた老人は、「フランス人の神さまときたら、なにしろ……」と溜息をついた、とサン＝テックスは伝えている。おそらく老人の言葉は「……気前がいいから」とつづくのだろう。

ここにある噴水は、線型を成さない点状の川である。水がかぎりなく供給されるという意味で、両者の機能は変わらない。このサハラ沙漠の老人が見たのが川だったら、彼はかならず上端のところがどうなっているのか不審に思って、ひたすら上流へ歩いて行ったことだろう。川はそれ自体が不思議なのだ。単に地表を低い方へ水が流れるというだけのものではなく、人間の生活と精神のさまざまな領域に関わりあう宇宙論的な装置なのだ。その起原を単純な降雨のごとき平凡な自然現象にゆだねていいものだろうか。

アリストテレスとレオナルドは、川というものを科学的に解明しようとしながら、川についてのもっと人間学的な偏見にまだ捕らわれていたような気がする。つまり、運ぶもの、異郷と現世を結ぶものとしての、超越的な川のイメージ。だから、人間の日常では見ることのない非現実的機構で川への水の供給を説明しようとしたのではなかったか。川は単に雨水が流れてゆく姿ではなく、もっと神秘的なものだという思いが心理のどこかにあったのではないだろうか。

彼らは、ギリシア人がオケアノスという遠方の大洋ですべての海がつながっていると考えたように、すべての川は人の目の届かないところで、特別の物理的機構によって水を供給されていると想像した。先に「川について」で書いたように、川というものは上流に行くに従って水が清くなるという思い入れが人間の側にはある。そのような考えはまた即座に人間の社会に対する比喩として使われる。清冽の極みとしても、水源は地学的な異次元に属さざるを得なかった。人の心にあった川への畏敬の念が、川のはじまりに巨大な洞穴や地下凝集説や海水運搬説を要求したのである。アリストテレスの時代、あるいはレオナルドの時代にも、自然学と神話学はまだ通底していたのだと言ってもいい。

それに対して、雨の水だけで川の水量が説明できる時代とは、すなわち川への畏敬を人が忘れた時代である。今さら昔に戻ろうとは言うまい。川を護岸で固めようと、すぐに土砂で埋まるダムを作って水を溜めようと、水をあさましくかき集めて一滴残らず遠方の都会へ運ぼうと、川を流れるのが単に雨のなれの果ての水であるかぎり、誰も文句を言うことはできない。これだけの人数を養うにはそれもいたしかたのないことなのだろう。人が多すぎることを嘆くのは、自分たちの存在の足下を掘りくずすことだ。それはやめておくとしよう。

そのかわりに、われわれは釣りに行く。源流へ向かう。川がまだ川である場所、水が工学に汚されず、岸がまだ天然の岩のままで、できれば放流でないイワナがいる川へ向かう。たかが数百グラムの魚を何匹か釣るのが目的ではない。人がおずおずと森を出て、草原に踏み出し、その先へ歩き、はじめて川というもののほとりに立った時の、その心境を追体験する。冷たく透明なものがサラサラと美しい音をたてて流れてゆく。いつまで見ていても終わりということがない。手を入れればひやりと冷たく、皮膚を洗い、掌にすくって飲めば喉を潤す。その中にキラリと光って走るものがいる。人は川という現象に夢中になり、魚を捕る術を身につけ、それ以来数十万年、川のほとりで遊びつづけた。川を統べる神のことをうっとりと考え、水の限りなく流れきたるはじまりを想像した。しかし、川の恩恵のおかげで人は数を増し、その分だけ川遊びは次第に大袈裟になった。それはもう無邪気なものとは呼べなくなり、人は貪欲になって、両岸は堤防の高さを競い、田は引水の量を争うようになった。川の水はすべて雨でしかなくなった。本当の川は失われた。

その喪失感こそが、われわれが原初の川を求めて、川のはじまりと同時に人と川の交渉のはじまりを求めて、源流に向かう理由なのである。

V

いづれの山か天に近き

加賀の白峰村に遊びにいった時、そこの友人の一人からおもしろいことを聞いた。

「うちのじいさんに言わせると、白山というのは、あれは高さが八九三〇尺あるから、だからハクサンと言うんだ」

嘘だ、とその話を聞いた時すぐに思った。白山は遅くとも九世紀には信仰の山として広く知られていた。つまり、雪を頂いて純白に輝くこの名峰が白山と名付けられたのはそれほどの昔であり、それに対してこの山の高さが数字で表現されるようになったのはずっと今に近い時代のはずだ。数字の一致はただの偶然ではないか。とはいうものの、白山の最も高い峰である御前峰《ごぜんがみね》の標高は二七〇二メートル。これは八九一七尺に当たるから、友人のじいさんの説との誤差は〇・二パーセントもない。古代から信仰の山として崇められ親しまれてきたこの山の高さが尺を単位に計測された時、誰かが山の名とその高さとの間の音韻的な関係に気付いた。そしてそれが、いかにもまことしやかな説として、人々の間に広まった。その経緯はよくわかる。少なくとも、メートル法以前、白山の高さを覚えるのに、この偶然はずいぶん役に立ったのだ（後に詳しく述べるが、山の高さは測量のたびに少しずつ変わってゆく。だから、当時は本当に八九三〇尺という数字が公称値だったのかもしれない）。

そこまで考えたところで、それでは白山の高さがかくもきちんとした数字で表現されたのはいつのことだったろうという、もう一つの疑問が出てきた。近代的な測量術が日本全土に適用されて、山一つ一つの高さがつぎつぎに数字で出された時がかならずやあったはずだ。伊能忠敬の日本地図はどうだったか。その前にも地図はあったはずだ。だが、それを言うならば、白山よりもまず富士山のことを考えなくてはならない。富士はいつの時代から日本一の山だったのか。そして、その根拠はどの程度あったのか。

山というものを考える時、そこに高さという概念がつきまとうのは当然のことである。山とは、普通の地面よりも高いところだ。「平地よりも高く隆起した地塊」というのが『広辞苑』の定義。山は平地よりも高い。言いかえれば、高い山ほど山らしい、つまり立派であるということになる。そういう前提があるから、それを逆手に取る論法も出てくる。平安末期以来ずっと日本の子供たちの修身の教科書だった『実語教』には、山高キガ故ニ貴カラズ、樹有ルヲモッテ貴シトナス、とある（漢文の常でこれは対句になっていて、人肥エタルガ故ニ貴カラズ、徳有ルヲモッテ貴シトナス、と続く。なかなか含蓄が深いではないか)。

　山は高いものである。しかし、高いということと、その高さが数字で厳密に表現できるという思想との間にはずいぶんな隔たりがある。人は実行不可能なことは考えない。山が高いと言っても、たとえば江戸期の市井の人には、筑波山や比叡山や白根山の高さを尺や間や丈で表そうという発想はなかっただろう。山は柱でも立木でも子供の背丈でもない。物差しを当てるという考えはなかなか浮かぶものではないのだ。


　話を白山に戻そう。麓の鶴来《つるぎ》町でちょっとおもしろい本を出した人がいる。こちらも友人だから、二冊組のその本をもらってきて、楽しく読んだ。この地方に伝わる昔話を和紙に活字で印刷して、これに木版の挿絵を添え、それに手彩で色を付けたという凝ったもので、厚みこそないものの手に持った感じが実にいい。この『白山麓のジロばなし』という本の中に、白山と富士山が高さを争う話があった。白峰の友人のじいさんの説をきっかけにこちらが考えていたこととぴったり重なるので、いよいよ興味が湧いた。

　日本中の神々が年に一度、出雲に集うことはよく知られている。旧暦の神無月《かみなづき》を出雲だけは神有月《かみありづき》というとか。そうして出雲に諸神が集った時、出雲の神様が白山と富士山の神にむかって、お二人はどちらが高いのかとたずねた。白山と富士山はそれぞれに自分の方が高いと主張して譲らない。それを横で聞いていた立山の神が、日本の神としてはめずらしく実証主義的な解決法を提案した。両方の山の頂上の間に竹の樋を掛け渡して、これに水を張ってみれば、どちらが高いかすぐに判るというのだ。

この実験はすぐに実行に移され、樋が掛け渡された。空を越えて樋が渡せるというのが昔話のいいところだ。さて、樋で二つの頂上をつないで、そろそろと水を入れてみると、水はゆっくりと白山の方へ流れはじめた。それを見た白山の神様はあわてて樋の下に石を一つ挟んだ。しかし、それでも水は白山の方へ流れる。そこで、履いていた草鞋を脱いで石と樋の間に差し込んだ。そこでようやく水は動きをとめ、次にゆっくりと富士山の方へ流れはじめた。

それで白山の神様はこう言った――

「やれやれ、どうにか勝負には勝ったけれど、それにしても、富士山にくらべて白山が、せめてわらじ一足ぶん高ければ、本当の日本一なのになあ」。

これ以来、白山に登る者はみな頂上に一方の草鞋を置いてくるのが習いとなったという。

実は、富士山と他の山との高さ比べの話は他にもいろいろある。八ヶ岳との競争では、同じように樋を掛けて水を入れたところ、水は最初から富士山の方へ流れたと伝えられる。勝負あったわけだが、富士の神はそれを見て腹を立て、八ヶ岳の頭を太い棒で叩いてへこませてしまった。それで八ヶ岳はその名のとおりいくつもの頂上をもつ連山になったのだとか。

この話がおもしろいのは、八ヶ岳の方が高かったという説が地史としては当たっていることである。山にも人生がある。山は噴火や隆起によって形成され、時代を経るにつれて少しずつ崩れてゆく。今ぼくたちが見る八ヶ岳は崩壊期にある。峰がいくつもあるのはそのためで、今の山の傾斜の具合から一つにまとまっていた初期の高さを推測すると、一番高い赤岳や権現岳のあたりでは四〇〇〇メートルを超える高峰だったことがわかる。かつては富士山よりも高い山だったのに、その頂きが崩れた結果、今見るようにせいぜい二八〇〇メートルというところまで低くなった。つまり、学説の方も昔話が伝えるところと合っているのだ。もっとも、八ヶ岳が四〇〇〇メートルを超えていたのは二十五万年の昔で、富士山の方が今の高さになったのはせいぜい五千年前のことだから、両者が背比べをして八ヶ岳の方が高かったという時期はなかったのだが。

白山と富士山の高さ比べの話には、山の高さを考える時に決して欠かせない重要な要素が一つちゃんと入っている。公平な計測の基準として水を使っていることだ。二つの山の高さを比較するには、両方に共通の水平面を想定して、その面からの高さを測る。そのためにこの話では山頂から山頂へと樋が渡された。水平という概念がないかぎり、高さという概念も生まれないとしている点で、この伝説はずいぶん科学的だということができる。

そうでない考えもありえなくはない。標高一〇〇〇メートルの高原の上に聳える高さ五〇〇メートルのA山と、海岸のすぐとなりからそそり立つ高さ一二〇〇メートルのB山はどちらが高いか。両者に共通の水平面から測ればもちろんA山の方が高いが、しかし見たところはB山の方が高く見えるだろうし、登るのに苦労する点でもB山の方が実質的に高いと言える。科学的な計測の方法を基準として採用しないかぎり、A山の方が高いと言い切ることはできない。白山と富士山の高さ比べにしても樋を渡すという不可能を可能にしているからこのような形で決着がついたのであって、現実にはそういうことはできなかった。言い換えれば、それぞれの山の麓に住む人々の主観の中では、地元の山こそが日本で一番高かったのではなかったか。白山や御嶽山、月山など信仰の対象となる山ならなおのこと、他を圧して高いということにはならないか。それとも、石一つ草鞋一枚にせよ白山の方が低かったとしている以上、本当に白山の方が低いことを人々は知っていたのだろうか。

いずれにしても基準は水である。地表の水のふるまいは人間の生活に直接関わる。天気や植生と同じように、水の流れは自然の中でも特に人間に関わりの深い側面である。そして、地面を流れる水を動かすのは高さの差。この事実は、古代以来の水利技術者にとってはなじみのものだっただろう。稲作を中心に成立していた日本の経済では、水田を作り、そこに適量の水を張り、その水を無駄なく使いまわすための灌漑のシステムが弥生時代の初期以来ずっと農業の基本技術だった。土手を作って田を囲いこみ、田と田の間の微妙な高さの差を利用して水をつぎつぎに動かしてゆく。こういう方法によれば、何町も離れた二つの田の間の高さの差も測ることができる。富士山と白山の間をずっと何千枚もの田でつないで、それぞれの水面の差を測って合計すれば、この二つの山の高さの差を数字で表現することが原理的にはできるはずである。必要なのはひとつづきの水面なのだから、わざわざ田など作らず、樋を並べていってもいい。幸い日本には竹という、二つに割って節を抜いただけでそのまま樋に使える至極便利な植物が豊富にある。

これを用いて水平を出し、二つの場所の相対的な高さの差を求めるということは、おそらく古代以来あらゆる土木工事の現場で行われてきたのだろう。今でも住宅建築に際して地鎮祭の次に行われるのが、この水盛りとか水ばかりと呼ばれる水平出しの作業だ。バケツとゴムホースとガラス管を用いるこの作業を町の中で見かけることは珍しくない。そして、それが最も厳密に実行されるのは、水を流すための工事、すなわち用水を造る場である。どんなに苦労して延々と溝を掘りすすめても、高さの差を読み誤ったのでは水は流れない。具体的な例として、箱根用水の工事のことを見てみよう。

江戸時代初期の一六六六年、箱根芦ノ湖の西側、駿河国深良《ふから》村の名主大庭源之丞と江戸の町人友野与右衛門は湖の水を駿河側に引く用水の建設を計画、小田原藩と幕府の沼津代官所に願いを出し、許可を得て工事にとりかかった。そして一六七〇年に完成したのが世に言う箱根用水あるいは深良用水である。この大規模な土木事業の目的は水が足りなくて畑しかできない駿東郡の村々に水を引いて水田を造ることで、二十八か村がこの用水の恩恵を受け、六〇三〇石の米が取れるようになった。工事費七三三五両はこれらの村からの年貢米によって速やかに回収された。

ぼくがこの用水のことを知ったのは、小学生の頃だったと思う。今は覚えている人も少ないかもしれないが、かつてタカクラ・テルというちょっと変わった左翼系の作家がいた。日本語の発音と仮名づかいが一致しないのは愚民政策だと言って、発音そのままという自分流の奇妙な仮名づかいの文章で多くの著書を世に送っていた。この人に『ハコネ用水』という本があって、これは読みにくいことを別にすれば、子供心にもなかなかおもしろい本だった。そのことを何十年かぶりに思い出したので、箱根用水の実物を見に行くことにした。

　工事の原理は簡単である。芦ノ湖の西には湖尻峠から三国山にかけて湖岸に平行に尾根が走っている。湖面は標高七二五メートルだから、そこから一二五メートルほど高くそびえるこの尾根の下にトンネルを掘って、西側の深良村の方に水を落としてやろうというのだ。長さ一三四二メートルというトンネルの規模もなかなかのものだが、この長さに対して五メートルほどの標高差をつけて正確に掘った技術もずいぶん優れたものである。掘り抜いた先はそのまま川になって、五〇〇メートルほどの高さを流れ下り、五三一町歩の田畑を潤す（数字はすべて静岡県芦湖水利組合が建てた碑による）。

　実際に行ってみると、芦ノ湖の北端から西岸を一キロほど歩いたところにこの用水の取水口である深良水門があって、今も水が流れ込んでいる。芦ノ湖の本来の流出口であった早川の方は普段は水を流さないことになっているから、この取水口だけが芦ノ湖の水の出口である。芦ノ湖スカイラインを登り、湖尻峠から裾野の市街の方へ降りる細い道に沿ってゆくと、峠から直線で八〇〇メートルほどのところにトンネルの出口があり、碑が立っている。ここから先は水は普通の川として地表を流れ、この深良川の水は最後に黄瀬川に流れこむ。まったくの人工の川である（トンネルは実は途中で別れていて、一部の水はもっと下流の小さな水力発電所まで地下を通って流れるのだが)。一日の水量は一五万トン。

こういう単純な構造だから、ちょっと歩いてみただけで、分水嶺を越えて水を引いたことが一目でわかる。この分水嶺はそのまま神奈川県と静岡県の県境になっているし、普通はこういう重要な境界を超えて水を引くのはルール違反だから、ここについても一八九六年になってから改めて水争いの訴訟が起こされた。逆川事件と呼ばれるこの水争いでは静岡側はずいぶん強気だった。早川の側の住民が自分たちの方にも水を引こうとしたのだ。そしてその自信のとおりことが彼らの勝訴に終わったのは、歴史的な経緯を考えてのことだろうか。

ぼくが興味をもったのは、しかし、工事を巡る人間模様やその社会的な影響ではなく、純粋に技術的なことである。タカクラ・テルの本によると、友野与右衛門の家はさかのぼれば武田信玄の家臣で、武田家の水利術の書『方格図法』を伝えたという。友野は江戸の商人ということになっているが、実際は優れた技術を持つ土木会社に近い性格の企業家だったらしい。もともと武田家は水勢を抑えて洪水を防ぐ方法に長けていたことで有名で、釜無川の霞堤などよく知られている。友野一族が本当に武田家につながるものであれば、彼らが優れた土木工事の技術を持っていたとしても不思議ではない。しかし、タカクラ・

テルは実は彼は密かに西洋の技術を長崎経由で学んでいたと言っている。

彼はまず湖の側と深良の側の両方から湖尻峠の高さを測り、それを元に図面を引いた。測量が工事の基礎なのは今も昔も変わらない。長さ一〇〇〇尺の水平な基準線を用意して、その両端から峠の頂上を見込む角度を測定し、あとは紙の上で比例計算をする。三角関数表があれば簡単だが、なかったとしてもなるべく大きな定規で実測した角度をそのまま紙の上に移すだけで、工事を始めるに充分な精度は得られただろう。一〇〇〇尺は三〇三メートルだから、それぐらいの長さの水平を出すのは竹の樋をつないだだけでも充分に可能。角度の測定は闇夜に峠の頂上に提灯をかかげて行ったという。深良側の掘削口を決めるなど、もっと厳密な数字がいる段階になると、友野は山の斜面に沿って次々に柱を打ち、それに竹の樋を渡すという方法で頂上の高さを実測した。下の段の樋の水面から上の段の水面までを物差しで測って、すべての段差の総和を取れば、角度の測定という遠隔的な方法よりもずっと精密な数字が得られる。実際、トンネルを掘りはじめてからは、トンネルそのものの水平を確認するにはこの方法を使うしかなかったと思う。

彼らは湖の側と深良の側の両方からを掘りすすめた。まっすぐに相手を目指して掘ったのでは僅かな差があっただけで出会うことができず、そのまますれちがうおそれがある。そのために距離が伸びることを承知でトンネルはどちらの側も少しだけ北に振って掘られ、高ささえ厳密に保てば必ず出会えるようにした。方位の計測はむずかしい。五〇〇メートル掘って左右の誤差を一メートル以内に保つのは容易ではないが、高さの方はひたすら樋で水平を維持していれば最後まで正確を期することができる。五メートルの落差は最終的に付けることにして、トンネルそのものは水平に掘ったのではないか。途中には縦穴の掘り抜きを作って換気にも配慮したという。延べ八十万人の労力を費やして、用水は完成した。

この例に見るように、水平を出すのはむずかしいことではない。この方法で湖尻峠の高さを測ることもできる。しかし、富士山をはじめ、日本中の山の高さを測るとなると、それはまた別の問題だ。

富士山が日本一の山であるということはいつごろから世間に知れわたっていたか。本当はこの日本一という言葉の意味を厳密にしたいのだが、それはもう少し先に延ばして、ともかく知っている範囲でなるべく古いものを考えているうちに、『竹取物語』の中に富士山についての記述があることを思い出した。この話、成立は平安中期、十世紀の前半だからずいぶん早い。問題の箇所は月の世界から来た美女を主人公とするこの物語の最後の部分である。かぐや姫は迎えに来た天人の一人に下界の穢れを除く霊薬を与えられる。自分でそれを服用した後、地上の人間にとっては不死の薬となるこの薬を天皇に残した。しかし、なおも彼女を慕う天皇は、かぐや姫のいない世で長生きしてもしかたがないと、これを口にしなかった。そして近臣たちを集めて「いづれの山か天に近き」とたずねたのである。すると、中の一人が「駿河の國にあるなる山なん……」と答えた。そこで天皇は、「逢ふことも涙にうかぶ我身には死なぬくすりも何にかはせむ」という歌を添えて、かぐや姫が残した手紙とこの霊薬を使者に持たせ、富士山の頂上で燃やさせた。その煙がいつも霊峰から昇るあの噴煙だというのである。

天に最も近いというのは、つまり標高が高いということである。この場合、富士山は具体的な高さにおいて日本一であるという認識が当時の知識人たちの間にはあったことになる。天から来たかぐや姫から貰ったものだが、自分には無用なので天に返す。それには最も天に近い山から、昇る力を与えるために燃やして煙にするという形で送る。そういうことなのだろう。ロマンティックである以上になかなか皮肉でユーモラスなこの物語の中の富士は二つの資質をもって紹介されている。一つは先に書いたように日本一の高さを誇る山であることであり、もう一ついつも頂上から煙が立ち昇っている山だということである。高さの話は措いて、煙のことを説明しておく。

実は古代から中世以降ずっと、富士山と聞いて人が思い出すのは高さのことよりもこの煙の方だったらしい。そして、歌枕としての富士は、立ち昇る煙を抑えきれない恋の思いの象徴とするという形でのみ、人の精神に出入りした。

富士の根のもえ渡るともいかがせん
消ちこそ知らぬ水ならぬ身は
（後撰集・紀乳母）

煙たつ思ひも下や氷るらん
ふじの鳴澤音むせぶなり
（続古今集・後鳥羽院）

だいたい歌枕というのはそういう非現実的なものだ。地名を単なる記号として扱うのは歌人の心得でもある。正徹日記に、「人が『吉野山はいづれの國ぞ』と尋ね侍らば、『只花にはよしの山、もみぢには立田を讀むことゝ思ひ付きて、讀み侍る計りにて、伊勢の國やらん、日向の國やらんしらず』とこたへ侍るべき也」と言う具合だから、紀乳母がこの歌を詠むに際して富士山を実際に見たと信じる必要はさらさらない。

富士山の具体的な噴火の記録を見ると、九世紀に二度ほどずいぶん大きな噴火をしたが、一〇八三年の中規模の噴火の後四〇〇年ほどは静かにしていた。十六世紀にも小規模な噴火、その後に、一七〇七年の爆発的な大噴火があったわけである。九世紀から十一世紀までの噴煙の記憶がずっと文学的な富士山のイメージを作ったのだろう（富士の語源として最も信憑性があるのはアイヌ語のフチ、すなわち火である。おそらくアイヌの人々がこのあたりにいた頃から煙は上がっていたのだ）。

では、なぜ『竹取物語』の中で天皇に「いづれの山か天に近き」とたずねられた近臣が「駿河の國にあるなる」と的確な答えを出すことができたのか。ここで敢えて富士と呼ばず、駿河という土地の名だけを出して遠回しに言っているのは、不死の薬を燃やしたということと、多くの武士が薬を山頂に運んだということからフシという音と、士に富むという字とが生まれ、それがあの山の名となったというほとんど冗談のような山名の語源説を後の段で披瀝したいからに他ならない（しかし、古代の地名語源説の大半はほとんど冗談のようなものなのだ。それはまたひねった形での言魂信仰の表れでもあるのだが）。

富士はなぜ近代地理学の成立以前に日本一の称号を誇ることができたのか。ぼくはこれはほとんど偶然だと考える。まず第一に富士山はいやに目立つ山である。周囲にいかなる山もない独立峰であり、加えてあの形だ。それに、平安時代以降ずいぶん人の行き来の多かった東海道からよく見ることができる。街道は海に沿っているから、そこの標高は可能なかぎり低い。そこからなだらかな稜線とどこまでも広がる裾野がすべて見えるというのは、それだけで高いという印象を見る人に与える。この道に沿って旅をする者は、振り仰げば富士が見える区間を何日もかけて通過することになる。その上にあの陳腐なほどのシンメトリーだから、これほど印象的な山はない。そこから信仰のように、あれが日本一の山という説が生まれたのは人の心理のからくりとして当然と言える。しかし、それが白山との厳密な比較を経ての判断であるかとか、数字で表現すればどういうことになるかという設問は古代の人の頭には宿らなかった。天に最も近いという評判は、実は具体的な裏付けを欠いたのである。

目立つ分だけ得だという主張の証しとして、目立たない山のことを考えてみよう。日本一の山が富士だというのは誰でも知っている。それでは日本で二番目の山はどこかという問いに答えられる者はめったにいない。答えは南アルプス（赤石山脈）の北岳。甲斐の白《しら》峰《ね》と称される山々の一つで、標高三一九二メートル。そう聞いても具体的な山容は思い浮ばない。なぜならば、この山はほとんど同じくらい高い山々によって包囲されているのだ。この峰が最も北で、すぐ南には間ノ岳（三一八九メートル）があり、続いて農鳥岳（西農鳥岳のピークで三〇五一メートル）がある。この三峰を合わせて白峰山なのである。この数字からわかるとおり、北岳と間ノ岳は三メートルしか違わない。この二峰の間は三キロあまりある。これではどちらが高いか肉眼で判断することはできない。不運なことに、日本で二番目の高さを誇るはずの北岳はそれ一つでは周囲を圧倒する霊峰とは見えないのだ。それに、南アルプスの山々は懐が深いから普通に旅する者の目に触れにくいということもある。『平家物語』に、一谷で捕らえられた平重衡が鎌倉へ送られるくだりで「宇津の山邊のつたの道をも心ぼそくもうち越えて、手越《てごし》を過ぎて行けば、北に遠ざかつて雪しろき山あり。『いづくやらん』と問ひ給へば、『甲斐の白根』とぞ申しける」とあるのが今の白峰三山ならばいいのだが、実はこれは悪沢岳か赤石岳のあたりらしい。御本尊はもっと奥にある。それほど見えない山なのだ。富士山との標高の差の五八四メートルは歴然たる数字だが、それにしても北岳は場所が悪かった。

この事実はまた登頂記録の差ともなって表れる。信用するか否かはともかく文献上では、富士山に最も早く登ったのは役行者《えんのぎょうじゃ》とされているから、これは七世紀の末。もう少し具体的な例としては『本朝文粋《ほんちょうもんずい》』の中の都良香《みやこのよしか》の「富士山記」という文章がある。これには頂上の稜線から見下ろした火口の風景の描写まであるのだから、都なにがし自身が本当に自分の足で登ったかどうかはともかく、誰かが頂上を踏んだとは考えていいだろう。

それに対して北岳にはじめて人が登ったのは、一八七一年（明治四年）。麓の芦安村の名取直江なる人物の壮挙とされている。この後、一九〇四年には日本近代登山の開祖として有名なイギリス人W・ウェストンが登っている。九世紀半ばの都良香に遅れること実に一〇〇〇年。それほど富士山は地の利を占め、目立っており、登りやすくもあったのである。

富士山が日本一になった経緯をぼくが偶然というのは、万葉集以来ひたすら名を轟かせてきた富士山が、実際にも日本で一番高い山だったからだ。目立つ場所にあって形が恥ずかしいほど派手な山が日本一と呼ばれるのは理解できる。しかし、だからといって、何も本当に日本一である必要はなかったのではないか。日本の山というのはだいたい三二〇〇メートルをわずかに切るあたりで打ち止めになっている。北アルプスと南アルプスを通じてそういう了解があるかのようだ。先ほどの北岳が三一九二メートル、次が奥穂高の三一九〇メートル（その差わずかに二メートル）で、以下、間ノ岳、槍ヶ岳、悪沢岳（東岳）、赤石岳、荒川岳、御嶽山、農鳥岳、塩見岳、仙丈ヶ岳、乗鞍岳、立山大汝山、そして三〇一三メートルの聖岳という具合。この十五座が日本で三〇〇〇メートルを超える山ということになるが、このあたりの山々になると、麓から見ていたのではどれがどれより高いか見当もつかない。山の標高はおろか高さの相対的な順位でさえ、下から見たのではわからない。最も高い富士山が最も見えるところにあって最も目立つ形をしていたというのは、やはり偶然だったということになる。

少し余談。十世紀の文学作品に山の高さが話題として出てくるというのは、世界的に見て驚くべきことなのかもしれない。日本人と山との間柄は他に例を見ないほど親しいのである。その前提として、日本にはやたらに山があり、山地でない部分がほとんどないということがある。だから、どんな大きな都に住んでいても、山が見えないことはない。山を越えない街道もない。東海道はだいたい海沿いだから平地を歩いて進めるが、それでも箱根の山という難所がちゃんとあって、数百メートルの峠を越えることが義務づけられる。中山道となると碓氷峠とか和田峠などなど、山ばかりではないか。

他の国を見てみよう。アメリカにはロッキー山脈があって、そこには標高四四一八メートルのホイットニー山がそびえたっている。しかし、そこに行き着くまで東海岸からどれほど進まなければならないことか。アパラチア山脈は一応二〇〇〇メートル近い峰を備えているけれども、それを越えればあとはひたすら平原。あんなに大きいのに、山が見えない土地の方が普通なのだ。南米が極端に平坦であることは、分水嶺があれほど西に寄っていることからもわかる。アンデスの東に降った水はすべて大西洋に注ぐのである。

ヨーロッパの国々もずいぶん平らで、イギリスなど一番西のはじにほんの少し山めいた場所があるだけ。最も高い山はベン・ネヴィスということになっているが、この一三四三メートルの山は実はスコットランドにある。本来のイギリス、つまりイングランドとウェールズで最も高いのはスノードン山で、標高はたったの一〇八五メートル。別に軽蔑するつもりはないけれど、妙義山や大山《おおやま》よりも低いのだ。

シェイクスピアは山を見たことがなかったという説がある。彼の書いたものの中にはめったに山や丘が出てこないし、登場する場合も歌枕の富士山と一緒で文学的な伝統に沿ってただの言葉として扱われるだけなのだ。しかも、この傾向は彼一人、あるいはイギリス人だけというわけではなく、近代になる前のヨーロッパ人全体に共通するものであるという。彼らにとって山とはただ、荒れはてた、恐ろしい、険しい、つまりは非人間的な入るべからざる場所でしかなかった。十七世紀にいわゆるグランド・ツアーとしてヨーロッパをめぐったイギリスの若者たちの中には、山を歩くのが恐いので椅子に乗せて運んでもらった者もいたという。断崖絶壁を行く間はしっかりと目を閉じていたとか。女子供までが箱根の山を越えた国とはずいぶん様子が違う。

思想的にも山は排除される傾向にあった。つまり、ユダヤ教や初期キリスト教の教父たちは、地球というものはもともとは完全な球形をしていたと信じていた。この考えは世界卵（MUNDA NE EGG）と呼ばれた。そこに山や谷が生じたのは人間が、具体的にはアダムとイヴが、罪を犯したからであって、今われわれが見る地表の光景は原罪の表象なのである。これに関しては、ヨーロッパでは珍しく山が好きだったカルヴァンと低地に生まれて山など見るのも嫌だったルターの間で大論争があったという。山に登ることが信仰の行為であるという国があると聞いたら、はたして彼らは何と言っただろう。

竹の樋を使ったり、麓から山頂の仰角を測ったりするだけが高度を知る方法ではない。道に沿って長い距離の間の高さの変化を大雑把に知るには、例えば気圧計を使うという手もある。気圧は高度に従って変化するから、それを測って高度を知ることができる。気圧の方も日々変わるけれども、高さのわかっている麓で合わせておけば、半日でそんなに大きく変わることはない（大幅に変わるとすれば、それは台風のような発達した低気圧が近づいているのだから、早く山を降りた方がいい）。今回、箱根用水の水門を見にゆくのにも、ぼくはアネロイド式の簡便な気圧高度計を持っていった。湖尻峠の先の山伏峠で標高ほぼ一〇〇〇メートルという正確な数字を読み取って得意になったものだ。

気圧計がなければどうするか。実はアネロイド気圧計のような複雑な機械を使わないで高度を測る簡単な方法があるのだ。十九世紀の後半、支配者としてインドの正確な地図を作ったイギリス人は、その周囲まで測量の網を広げ続けた。エベレストが発見されたのもこのような努力の途中で、一八四九年のことである。この時、チベットは外国人の入国を認めていなかったから、観測隊は六箇所の山から、はるか遠くにそびえるピークXVと仮に呼ばれた山の高さを測った。それが二万九〇〇〇フィート（八八三九メートル）であることを算出して人々は興奮した。そして、普通ならば現地名を尊重して英語の名はつけず、ただ番号を振るだけなのに、この山にだけはアジア名のチョモランマとは別に測量局の前の長官ジョージ・エベレストの名を付けたのだ。しかし、彼らが知りたかったのはそのもっと奥の地理である。

測量局の人々にとって禁断のチベットは魅力とフラストレーションの地だった。彼らは一目で西洋人とわかる自分たちが入れないのならば、アジア人をそっと忍び込ませればいいと考えた。マニ・シンとナイン・シンという従兄弟同士の二人が選ばれ、厳しい測量術の訓練を受けた。そして、巡礼に化けてまずネパールに入り、そこで二人は別れた。マニ・シンは西チベットで地図作りのデータを集めてひとまずネパールに戻ったが、ナイン・シンの方はラサに近い国境の方へ向かった。ところが、彼はたまたま同行することになった隊商の連中に金をすっかり盗まれた上、とんでもないところに置き去りにされたのである。この時に彼が高度を測定するために用いたのが、沸点法と呼ばれる方法で、さほど正確ではないが最小限の道具でもできるという利点がある。

高く登ると気圧が下がると先ほど書いたが、気圧が下がれば水の沸点も低くなる。山の上で飯を炊くと、一〇〇度まで行く前に水が沸騰してしまうので、生煮えのまずい米を食べることになる。同じ原理で、山の上で水を沸騰させてその温度を測れば、それからその土地の高さが計算できる。地上が標準的な一〇一三ヘクトパスカルである場合、富士山の山頂の気圧は六四〇・二ヘクトパスカルになっているはずで、そうすると水は八七・七度で沸騰する。鍋が一つと温度計が一本、それにあたりで拾った薪が少しあれば高度は測定できるし、ついでにお茶も飲める。

ナイン・シンはラサの高度を三四二〇メートルとした。現在の数字は三六三〇メートルだから、誤差は五パーセントほど。なかなかいい計測だし、それに他に方法がないのだから、この数字は貴重である。彼についてアメリカの科学史学者ジョン・N・ウィルフォードはこう書いている——

「ナイン・シンの仕事は二一カ月におよんだ。彼はネパールからラサに至る二〇〇〇キロの交易ルートを測量し、三一地点の緯度を定め、三三カ所の標高を測定した。そして、チベットの生き生きとした描写と、地図に載せるために初めてかなり正確に測量したその位置を土産に帰還したのである」

(『地図を作った人々』)

さて、話を富士山に戻そう。ただの信念ではなく、具体的にこの山が日本で一番高いとわかったのはいつか。江戸時代、普通の人たちはこの事実を知っていただろうか。『和漢三才図絵』に富士山の項目はあるが、しかし高さを数字で表してはいない。伊能忠敬の『大日本沿海輿地全圖』は正確なことで広く知られている。だが、彼は水準測量をほとんどやっていない(平面の測量にしても道線法と交会法ばかりで、そろそろヨーロッパで実用化されていた三角測量は行っていない)。彼の業績はまず子午線一度の長さを誤差〇・一パーセントという精度で出したことと、歩測によって日本の海岸線を測量し、それを見事な地図にまとめたことである。その地図の上では山はほとんど海岸からの姿を絵のように描いてあるばかりで、高さに関する記述はない。

しかし、有名な『大日本沿海輿地全圖』にこそ富士山の高さは書いてなかったものの、伊能忠敬はちゃんとそれを計測していた。彼が出した数字は三九二七・七メートルである。現代のわれわれが知っている数字は、もちろん三七七六メートルだから、あまり正確とは言えない。おそらく彼は互いの位置関係がわかっている複数の場所から山頂の仰角を測ってこの数値を出したのだろう。しかも、驚いたことに、彼は富士山の高さを科学的な方法によって数字で出した最初の人ではなかった。彼より数十年も前に吉原から高さを測定した人がいた。福田某とのみ伝えられ、あるいは履軒という号を持つ福田氏であったかもしれないという。この人の計算では、富士山の高さは三八九五・一メートル。伊能忠敬の数字よりもいいのだ。これが富士山の高さが数字で表現された最初であるという。

昭和六年に出た高木菊三郎著『日本地圖測量小史』という本には、次のような人々の測量結果が羅列されている――

福田某	三八九五・一
伊能忠敬	三九二七・七
内田恭	三四七五・七
シーボルト	三七九四・五
アルコツク	四三二三・三
フアガン	三九八八・四
ウヰリアム	三二六七・一
ルビエー	三五一九・三
クエツピング	三七八〇・四

ステワート　三七七一・〇
フエントン　三七七三・四
フアブールブラントン　三七六四・三
メンデンホール　三八二〇・七
チヤムブレン　三七九三・八
ライン　三七四七・五
シユツト　三七六六・四
ミルン　三八八二・三

要するにほとんどが西洋人なのだ。シーボルトはもちろんドイツの医学者であり、博物学者である。彼が来日したのは一八二三年。アルコツクとはおそらく幕末に来たイギリスの外交官のオールコックのこと。チヤムブレンは一八七三年（明治六年）に来たイギリスの言語学者バジル・ホール・チェンバレンである。ラインは同じく一八七三年に日本に来たドイツの地理学者。石川県桑島の化石壁を発見した人としてぼくは記憶している。その他の人々も調べれば名のある学者なのだろう。あの当時、僻遠の地へ赴く西洋人は、高い山を見たら高度を測れと教えこまれて旅に出たのかもしれない。

しかし、これらの数字は日本国民の常識になったのだろうか。山の高さを測ることは奇人や異人の奇妙な趣味としか映らなかったのではないだろうか。ぼくはこの時期にはまだ山の高さが数字で表現できるという考えに人々は慣れていなかったように思う。かぐや姫を失った時の天皇の「いづれの山か天に近き」という問いに日本中の山の高さを数字で挙げて富士山が一番と例証する者はいなかったし、この問いをそこまで額面どおりに受け取る者もいなかった。日本一の具体的な意味をみんなが知るのは明治もだいぶたってからのことである。

ぼくの手元におもしろい地図が一枚ある。明治十二年というから、維新から干支が一巡りして文明開化もずいぶん進んだかと思われる時期に石川県で発行された日本地図の複製である。これが科学的な測量の成果などまったく無縁な、江戸期と同じようなしろもので、極端に横長の用紙に歪められた日本列島が描かれ、そこに地名と街道だけが記入されている。宿駅間の距離が入っているから、徒歩での旅行には便利だったのだろう。今でも列車の時刻表の巻頭にある索引地図は極端に歪んでいる。形においても用途においてもあんなものだと思えばいい。

ところが、この地図にいくつかの山の高さが書いてあるのだ。単位は丈である。凡例によれば「山嶽高サ何百丈ト有ハ直立ニシテ何里トアルハ麓ノ村落ヨリ山ノ頂ニ至ルノ里程ナリ」。実際には何リ（里）何丁（町）と書かれた山の方が多いのだが、全国で八つの山だけに標高の表示がある。なぜこの八つが選ばれたか、その基準は明らかではない。これを表にしてみよう（山の名の表記はもとのままとする）——

山名	高さ（丈）	メートルで	今の数字
キリシマ山	四八二	一四六一	一七〇〇
比良	二八〇	八四八	一二一四
越《おち》知山	一八九	五七三	六一二
白山	八四〇	二五四五	二七〇二
富士山	一四一七	四二九四	三七七六
ツクバ	二二三	六七六	八七六
月山	五三四	一六一八	一九八〇
鳥海山	六四七	一九六一	二二三七

不思議なことに、富士山以外の山はすべて今の数字より二、三割少なくなっている。そ

して、富士山だけが今より五〇〇メートル以上高い。これはどういうことだろうか。少なくともこの富士山の高さには江戸時代以来何度となく外国人たちによって行われた科学的な測量の成果は反映されていない。だいいち、四三〇〇メートルなどという大きな数字を出した者はアルコック氏一人しかいなかった。他はみな四〇〇〇メートルをさえ超えてないのだ。「明治十二年十月出版御届／同年同月刻成」とあるこの地図を編輯出版した「石川縣金澤區観音町壹丁目八番屋舗春田篤次」さんはいったいどこでこの数字を手に入れたのだろう。富士山だけが高いのはこの山を確実に日本一にしたいという誰かの願望のあらわれなのだろうか。そして、この地図には今は二位の北岳をはじめとする日本の高峰はどれも名前さえ載っていないのである。明治十二年という時期でも、この程度の知識で民間の人々は特に困ることはなかったのだ。

その一方で、さすがに政府はきちんと科学的な測量をして日本全体の地図を整備しなければならないと考えていた。ただ、実際にはこの作業は遅々として進まなかった。

一八七一年（明治四年）にまず工部省に測量司が置かれ、東京近郊の三角測量がはじまった。過渡期の常で明治政府もいくつもの事業をいろいろな官庁が勝手にやるという傾向があったから、統合や移管が何度となく行われ、この役所も内務省に移されて地理局となった。そして、那須西原ではじめての基線測量をして三角測量の全国展開がはじまった。

その一方、東京―塩釜の間では日本における最初の精密な水準測量が実行された（水準測量はだいたい道路に沿って行われる）。

それとは別に陸軍省も参謀本部に地図課と測量課をおいて、地図作りをはじめた。こちらは先を急ぐというので「迅速測図」とか「仮製地形図」などと呼ばれる二万分の一の図を、前者については東京近郊、後者は大阪周辺と主要地について作った。この後、同じ二万分の一の縮尺で「基本測図」が東海道に沿って正しく三角測量と水準測量によって作られたのだが、数年にわたるこの作業の中に、明治二十年に富士山近傍の一八面の測量が行われ、明治二十二年に同じ地域で三面が追加されたという記録がある。少なくともこの時点では富士山の山頂に置かれた二等三角点の標高は明らかになっただろう。とすると、これが近代的な意味で日本一という言葉の意味が明らかになった時ということになる。この地図の隅には「高程ハ東京灣／中等潮位ヨリ起算シ米突ヲ以テ之ヲ示ス」と記してある。以後、日本中の土地の高度はこの東京湾の標準水位を起点に測られることになる。

この後、二万分の一では時間がかかりすぎるというので、統一規格を五万分の一に改めて日本全国の地図が作られることになった。外地を除く全土の地図が揃ったのは一九二四年（大正十三年）のことだった。測量司が創設されてから五十三年かかったわけである。

この間に、海外にあって、高さも低く、ごく地味で、おそらくはもともと名前さえなかったある山の標高をほとんどすべての日本人が知るという奇妙なことがおこった。高さが二〇三メートルしかなかったことを思えば、それは山と言うよりも丘に近いものであり、実際そこは二〇三高地と呼ばれた。不幸な偶然がここを日露戦争の激戦地に仕立てあげ、この丘の高さは日々の会話の中にまで登場するようになった。戦争は科学的であると同時に実に情緒のないものである。軍人たちは山に名を付けるような手間はかけず、もちろん現地の人が何と呼んでいるかを調べもせずに、さっさと測量して高さをそのまま名前にしてしまうのだ（そのために、例えばノモンハン事件の正確な経緯を知ろうとする後の世の歴史家は交戦国双方の戦史をつきあわせて読む時、それぞれが勝手に呼んでいた地名同士を照合するのに苦労することになる）。

考えてみれば、富士山が日本一高い山であることを確認するには、富士山自身の高さを測っても充分ではないわけで、日本中のすべての山の高さがわかって、その中に富士山を超えるものがないと確認されなくてはならない。そう考えると、明治二十年前後に富士山近傍の二万分の一の図が作られただけではまだ駄目という理屈になる。南アルプスの奥にとんでもない高峰が隠れている可能性はいつごろまであったのだろう。今、地球上に人の知らない大陸はおろか島さえ一つもないように、日本中に富士山以上の山は絶対に一つもないとわかったのは、いつのことだったのだろう。その時こそ、かぐや姫を失った天皇の問いに対して、近臣の「駿河の國にあるなる……」という答えには科学的根拠があるということになった。偶然にも合っていたこの答えは、実は千数百年早すぎたのである。「あたまを雲の上に出し／四方の山を見おろして／かみなりさまを下にきく／ふじは日本一の山」という文部省唱歌『ふじの山』は、明治四十三年七月に刊行された『尋常小学読本唱歌』に載った。これが富士山が名実共に日本一の山であることが国民全体に知れ渡った最後の決定的な契機であったとしておこう。

とは言うものの、今でさえ山の高さはさほど確定されているとは言えないのである。一般に山の高さとして知られているのは、それぞれの山に置かれた三角点の標高だが、これが必ずしも最高地点にあるとはかぎらないのだ。よく知られている例では、尾瀬の北に聳える燧《ひうち》ヶ岳は標高二三四六メートルということになっているが、実際には二三六〇メートルぐらいはあるらしい。これは二つある峰のうち、低い方の俎嵓《まないたぐら》の方に三角点があるからで、実際にはとなりの柴安嵓《しばやすぐら》の方が高いのだ（ぼくは実際に柴安嵓から俎嵓を見下ろしたことがあるが、確かに俎嵓は歴然と低かった）。

これはみっともないことだというので、国土地理院は一九八九年に二五〇〇メートル以上の山二二七座の標高の見直しを行い、最高地点の高さを発表した。さすがに富士山は高さも順位も変わらなかったが、九位だったはずの北アルプス涸沢岳は高さが七メートル増えて、隣の北穂高を抜いて八位になった。従来は二四九三メートルだった浅間山などなんと七五メートルも高くなった。

それに、地史の時間感覚に合わせて千年ぐらいを単位に見れば、山の高さもどんどん変わっているのだろう。われわれ人間の方がその時々の都合で勝手な科学ごっこをして遊んでいる、山の方から見ればそういうことになるのかもしれない。

樹木論

1

アフリカの草原。晴れた空は濃い青で、遠くに少しだけ雲が浮いている。その下に地平線がくっきり見える。草原の少し小高いところに一本のアカシアの木が立っている。その横にゾウが一頭いる。足元の薄い褐色の草はゾウの膝くらいまで伸びている。アカシアはひたすら横に枝を張って、あの特別に美しいシルエットを描く。ゾウは、ちょっとアカシアに背を向けるようにして、ただ立っている。

写真を見ているわけではない。この図は今ぼくの頭の中にしかない。しかしこの構図は完璧である。どこにも隙がない。ゾウとアカシアはみごとに一対となる。なぜならば、彼らは自分自身のありように満足しながらも、互いに少しだけ相手をねたましいと思っているから。

アカシアの頭には移動という概念がない。彼にとって存在とは自分のいる場所としっかりと結びついたもので、その場を離れて自分というものはありえない。また、自分の位置から見る風景以外の風景もない。それを想像してみることも彼には不可能だ。視線の届くかぎりが彼にとっての世界であり、その先は無。だから、彼にとって地平線とは、シマウマの群れやゾウやキリンたちが湧いてでるところである。動物たちは文字通りそこから湧出するのだ。そういうわけで、アカシアはあちらこちらへ歩いて移動できるゾウの気持ちを想像してみて、曖昧なねたみを感じる。自分よりもずっと密度の高い、情報量の多い、興奮に満ちた生活をうらやましく思う。

一方、ゾウの方はアカシアの安定した生きかたを不思議に思っている。木にあってはすべてがゆっくりと落ち着いて行われる。木は飢えない。陽光が射さない日はないし、空気の中から二酸化炭素と酸素がなくなることはない。雨が降らない季節が長く続いても、木はほとんどそれに気付きもしない。根は深く届き、幹は太いのだ。渇きは木のもとへ実に緩慢に訪れるから、たいていの場合、木の方が渇いたと気付く前に雨が降る。たとえそれが前の雨から五年後のことだとしても。

たまに自分の葉を食べる動物がやってきても、アカシアはほとんど気にしない。葉の数百枚くらい彼にとっては何ほどの損失でもない。まだ幼い若木の頃ならばともかく、大木となった今はそんなことが自分に影響を与えるとは思っていない。だいたい、高く張った枝まで口が届く動物などめったにいないのだ。

その一方で、アカシアは自分の枝の上に身を隠すヒヒの群れや、暑い日中そこで昼寝をするヒョウ、太い幹にかゆい横腹をこすりつけるサイなどを好意の目で見ている。時には大きなシマウマの群れが地平線から湧いて出て、土煙を上げながらまっしぐらにこちらへ走ってきたかと思うと、そのままアカシアの両脇をすりぬけるように駆け抜け、また反対側の地平線に消えてしまう。それもアカシアにとっては嬉しいことだ。

草原の中に立つこのアカシアの木は、すべてをごくゆっくりと感じとる。彼にとって強烈な恐怖や、瞬間の興奮や、感情の大きな起伏などというものはない。あらゆる事象はぼんやりと柔らかに彼に迫り、それを彼はおっとりと受け取る。彼の生誕ははるか遠い歳月の彼方にかすんでいるし、死はこれまた遠い先の方におぼろに見えかくれするだけだ。いや、彼には死の概念はないかもしれない。倒れて、砕けて、土に帰ることは彼にとってごく自然な経路であって、彼はそれを自分の消滅とは考えないだろう。

そういう木の生きかたを、そばに立ったゾウは感じとり、それをうらやましく思っている。騒々しいキヌザルや、いつも飢えているようなジャッカルたちに比べれば、自分はずっと落ち着いて、遠方を見て暮らしていると思うけれども、アカシアの木はその自分よりも更に百倍もゆったりと日を送っている。それを知って、ゾウは敬意のこもった目でアカシアを見る。そっとその幹に鼻で触れてみる。枝の下に立って、頭上に陽光を吸った葉の暖かみを感じる。

2

木の下に立つことには安心感がある。

青く晴れた空をほめたたえることは容易だし、広い場所へ出た時の解放感についてもこれを好ましいとする証言は少なくないのだが、しかし抜けるような空や視線を限るもののない広い場所は、同時に恐怖の対象でもある。われわれの中には閉所恐怖症（クラウストロフォビア）と広場恐怖症（アゴラフォビア）という互いに矛盾する二つの傾向がある。

かつて自分たちがどんな生き物だったかを考えてみよう。われわれの最も古い祖先は小型の哺乳類である。体力において、つまり具体的に言えば走力や、持久力、視覚と嗅覚、嚙む力、繁殖力、身体の大きさ、等々、自然界にあってその種を栄えさせる要因となるさまざまな力において、われわれの祖先が格別すぐれていたとは思えない。知力に頼る前、彼らは実に臆病な、なさけない、みじめな動物であったはずだ。

こういう弱いものにとって、身を隠すものが何もない広い場所はおそろしい。ウサギを例に取ろう。青い空と広い地面はウサギにとっては敵である。空は特にこわい。地面の上を歩いてくるキツネに対しては身のまもりようもある。群れの一匹が小高い塚の上にでも立って、耳をそばだて、鼻をぴくぴくさせて見張っていれば、接近してくるキツネに気がつかないということはまずない。しかし、タカやワシは空に隠れている。普段は目を向けようのない頭上という方角からいきなり襲ってくる。頭上の空白は周囲の空漠以上におそろしい。

ウサギ並みに弱い動物だった頃の恐怖感を人は記憶のどこかにとどめている。広い場所に立った時のおちつきのなさ、青い空の手応えのない不安感。現代では人は地上で最も強力な動物に成り上がって、敵として用心すべき相手は自分の仲間しかいない。今ではそういう恐怖感を実感できるのは兵士や逃亡者、つまりは他の人間を敵にまわした弱い立場の人間だけである（その恐怖感を最も上手に使ったのは、『北北西に進路を取れ』のヒッチコック。ケイリー・グラントが玉蜀黍《とうもろこし》畑の真ん中で飛行機に襲われる場面だ）。それでも遠い昔、他の動物よりもずっと弱い存在だった頃の記憶はわれわれの心理からまだ消えていない。

それが逆に、木の下に立った時の安心感を生む。木はしっかりとした幹を地上から立て、頭上にはやさしく枝を張って、そこに立つ者を守ってくれる。本当に鬱蒼と繁って日の光も射さない密林はまた別の怖さにつながるけれども、風とおしのよい疎林の心地よさの中には、頭上をまもられ、周囲もまもられているという安心がある。

草原に出て直立歩行の生活をはじめる前、人は樹上で暮らしていた。繁って絡みあう枝によってゆるやかにガードされながら、猛禽や猛獣の急襲をさけて日々を送り、子を育てていた。木は穴居生活に入る前、まともな縦穴住居を造れるようになる前、人にとって最初の砦だった。そのこともわれわれは忘れていない。ひょっとしたら、われわれの祖先は木の下にいる時の安心感をなぞって、家というものを造ったのかもしれない。

人は脳を発達させるために、あえて自分の解剖学的な構造に逆らって、直立歩行という無理な姿勢を実行に移した。それはそれで結構なことで、そのおかげで知能と両手の使用という他の動物には不可能な手段を用いて地上に君臨することになった。しかし、自分たちの日々を振り返ってみてもわかるとおり、直立歩行は疲れるのだ（腰痛はホモ・サピエンスにとって原罪ともいうべき苦悩である）。その意味でも、人のそばに配置された木は、疲れない直立のしかたをなにげなく人に教えると同時に、疲れたら自分に寄りかかってもいいというサインを出して、立つことに疲れた人をなぐさめてくれる。どんな場合にも人の競争相手になることなく、ただそこにあるだけで人を安心させてくれる木々の存在はありがたい。

東洋美術の有名なテーマのひとつに、「樹下美人図」というのがある。その典型は正倉院にある『鳥毛立女屛風』。あの構図が見るものに与える安定した感じは特筆に値する。いかにものびのびと立った女と、それを背後と上からなにげなくまもっているような木という組合せがなぜあれほど心地よいのか、その最も遠い理由は、やはり人が広野から木の下に入った時の安心感にあったのではないだろうか。あの木の枝と葉は世に最も美しい天蓋である。

あるいは、釈迦の生涯にしばしば木が立ちあらわれて、転機の到来を示すこと。彼の誕生に際して、母である摩耶夫人はルンビニー園でアショーカ（無憂樹）に手を掛けた姿勢で立ち、その右腋から彼は生まれたという。また、彼が悟りを開いたのはアシュバッタ樹（菩提樹）の下であり、その後、最初の説法（初転法輪）をしたのは鹿野苑という園林であった。そして、彼が入滅したのは、もちろん四方に二本ずつ立ちならんだ計八本の沙羅双樹の下であった。

これは単に印象で言うだけであって厳密な論議ではないのだが、キリスト教やイスラム教と比べると釈迦の教えは静穏で植物的なのだ。沙漠で生まれた西の方の宗教と、モンスーン地帯の緑の中から生まれた仏教の違いと言うこともできる。

仏が苦の源を滅して遠い浄土を思う姿は、まるで一本の大きな木のように見える。彼の思索のゆったりとした流れと衆生の救済のために八方へ延ばされた論理の枝はそのまま木をなぞっている。木はおのれの人生を苦しまないだろう。日と水と空気を得て、すべての木は実に満ち足りた日々を送るだろう。樹木の生の原理と、悟りによって人間苦を脱した者の生きかたの間は、いかにもひとつの比喩で結べそうに見える。特定の木に対する樹木崇拝や生命力賛美などではなく、木というものに対してそっと自分を重ねるような姿勢が仏教にはある。

人はいかにして木になるか。木は迷わず悩まない。ニル・アドミラリとラテン語で言うほど冷たく覚めているのではなく、葉を茂らせ、陽光を浴びて喜びながら、嵐にも平然と耐える。しなやかに受け流す。葉の間、小枝の間を風が抜けるにまかせる。木はそういう調和的な生きかたの師匠である。

3

木の形。

まずわれわれの身体のことから考えてみよう。動物の身体は、ある一定の空間を皮膚で囲み、その内部を自分の領域と宣言することで成立している。内側と外側の区別は歴然としており、みずからの意思で食べ物として（あるいは雄性生殖器として）体内に取り込む場合を別にすれば、外に属するものが内部に進入することをわれわれは極度に恐れている。いわば動物は、砦に籠城する王の一族のように、おびえて身体という砦にたてこもっているのだ。

しかし樹木はまったく違う原理で身体を作る。彼らは幹から伸ばした枝と、その先の小枝、またそこに茂る無数の葉によって自分の周囲の空間をやさしく包み込みはするけれども、その空間を排他的に独占しようとはしない。皮膚という不透性の膜を張らない。肩をこわばらせない。シルエットで見れば木は一定の空間を占めているように見えるが、しかしそこには風が通り、雨が降りこみ、日の光が射すのだ。枝に囲まれた空間はなかばは木に属しながらもまた外部としての資格も失わず、そのままゆるやかに外の世界へとつながっている。彼らはその空間への他者の進入を拒みも恐れもしない。枝の上をリスが走りまわり、クマゲラが巣を作り、蔦がからまり、ヘビが這い、枝から枝へサルが渡り、ムササビが発進基地にするのをむしろ歓迎する。

動物はたぶん植物が作った栄養源を横取りして自分用に消費するのが後ろめたいのだ。

仲間である動物を喰うとなると罪の意識はもっと強い。他人の栄養によりかかって生きてゆくのは恥ずべきことなのだろう。だから動物は消化という生命維持の基本作業を皮膚の内側に隠れてこっそりと行う。だが、植物の方はなんら恥じることはない。太陽を浴び、空気中から二酸化炭素を吸収し、地中の水を利用して養分を作りあげる。単純で無機的なものから複雑な有機質の養分を合成することは誇るに足る偉大な作業であり、決して体内に隠れて行うべきことではない。だから枝は堂々と天に向かって張り伸ばされる。陽光を常時浴びつづける。

現実的な理由からも、同化作用を行う装置としての葉は陽光と空気に直接接しなければならない。そのための配置としてもっとも単純で優れた形態は、それを空中にひろげることだ。葉は互いに邪魔をしないように少しずつ回りながら枝についてゆく。葉序と呼ばれるこの制度には、植物の設計者の緻密な頭脳の働きが読み取れる。森に注ぐ日光は樹冠からはじまって下へ下へと次々に送り継がれ、無数の葉によって利用される。葉の表面積は全部合わせれば木が立っている地面の面積をはるかに上回る。光は徹底して無駄なく使われるのだ。

われわれの身体の中で機能という点で最も木に近いのは肺である。ここは空気と接するという使命ゆえに、どうしても木に似ざるを得なかった。木の葉が空気の中にそよいで二酸化炭素を吸い、水だけは地下から伸びた配管システムによって供給してもらうのに似て、肺胞は気系（鼻から吸われた空気）と液系（血管の中の血液）の接点として両者の交流をはかる。気管から気管支へ、また次々に枝分かれして肺胞へと到る空気の道は、そのまま木をなぞっている。だが、動物は天下に恥じることなきこの作業さえも体内でこっそりと行うのだ。鼻という目立たない吸気孔まで正面からは目立たないようにカモフラージュして。

動物の身体は中心に置かれた一枚の設計図によって統合的に構築される。各部分はすっかり中央の統制下にある。しかし、木の身体はいわば出先機関の判断のままに、それぞれその位置の状況に合わせて自発的に出現する。ある枝はそのすぐ上の枝と重ならない向きに出て、最も効率のよい葉の広げかたを考えながら伸びてゆく。葉の一枚一枚も同じように自分で光の方向と風の向きと他の葉との関係を勘案しながら展開される。木にあっては地方自治がそのまま中央と全体の利益を表現する。

だから、木の形態を司る定数は一種類の木についてはひとつしかない。それがその木の枝ぶりや、葉のようす、また遠くから見た時の印象などを決める。ひとつの原理が幹からはじまって枝や小枝や葉、そして葉脈までを決定するから、木の形はどうしてもフラクタルになる。木の部分は全体をなぞり、いくつかの大きさの階梯ごとに同じ形が再現される。

葉を一枚見ただけでもその木を見たことになるし、ブナの森全体を見ながら、その葉の一枚を思うことができる。

木の生命の力は奥の方に隠されているのではなく、全体にあふれて周囲に発散される。木は原理的に健康であり、陽気であり、収斂するよりは発散を好み、おそろしく楽天的に生命を肯定する。冬が来て雪に埋もれようとも、しばらく待てばまた春が来ること、自分がそれを間違いなく迎えられることを木はよく知っている。安心している。暖かくなったら花を咲かせようと枝の先々で準備をはじめている。

その姿にわれわれは元気づけられるのだ。

4

木の話ならばなんといっても「枯野」がいい。

『古事記』の下巻。この節は漢字ばかりの本来のテクストではわずか百七十一字の短い文章だが、ぼくにはこの話が『古事記』の中で最も美しく読める。

大雀命《おおさざきのみこと》の時代に、河内の兎寸《とのき》川の西のほとりに一本の高い木があった。朝日に当たるとその木の影は淡路島に届き、夕日に当たると影は高安山を越えるほどだった。やがてこの木を切って舟を造ると、とても速く走る舟ができた。そこでこれに「枯野」という名をつけ、朝と夕方、淡路島に通わせて、そこの泉から天皇の飲む水を運ぶことにした。しかし長い歳月のはて、この舟も傷んで海を走れなくなった。人々はこれを壊してたきぎとし、これで塩を焼いた。それでも残ったところを琴に仕立てたところ、その音は七つの里に響いたという。

そこで歌って曰く

枯野を　塩に焼き　しが余り　琴に作り　かき弾《ひ》くや　由良《ゆら》の門《と》の　門中《となか》の海岩《いくり》に
ふれ立つ　なづの木の　さやさや

一本のすぐれた木が、まず舟になって名を得、朽ちて塩を焼き、更に残った部分が琴になる。その音が里々に響きわたる。この流動感。由良の門は紀淡海峡。その海に暗礁があって、そこに木を立ててある。水に浸ったその木がサヤサヤと鳴る。疾く行く舟「枯野」が歳月を経て傷んだので、その廃材を製塩に用い、残ったところで琴を作り、それを掻き弾くと、由良の門の海上に立った木のサヤサヤと鳴る音によく似た響きがする。その琴の響きよ。

なぜこの木はかくも海との縁で語られるのだろうか。なぜ廃棄された時に他ならぬ塩を焼くという目的に使われたのか。また、その先、琴になってから、その音はなぜ潮風に揺れる別の木のそよぎと重ね合わされるのか。舟として淡路の清水を運ぶべく毎日渡っていた由良の門、そこの暗礁の目印として立てられた木が風に鳴る。海の真ん中に木が立っている姿はずいぶん印象的だ。舟はいつもその木の傍らを通って淡路島へ通《かよ》ったはずで、そう考えるとこの舟の材と浸漬の木の間にはいわば日々声をかけあった親しい関係というものが想定できる。あるいは舟を動かしていた舟子が、自分が乗った舟が遂に琴になったと聞いてその音を一度だけ聞かせてもらい、その中に紀淡海峡の標識として立てられたよく知った木の音を聞き取ったのかもしれない。

この話には木にまつわる山の系統の物語と、舟や塩や暗礁に関係する海の系統の物語が混じりあい、この二つの拮抗する力がもともとは小さな伝説を大きな奥行きのあるものに仕立てている。かつて、木は人にとってかくも身近なものであったし、琴の音を人々はこれほど自然に近いところで聞いたのだった——「那豆能紀能《ナヅノキノ》。佐夜佐夜《サヤサヤ》」。

(ここまで書いたところで、この解釈がまるで違っているという可能性が出てきた。ぼくは『広辞苑』のナズノキの項「潮につかって立っている木」という語釈をもとにひとつの光景を作ってこの話を理解したのだけれども、別の『古事記』の注釈本にはナヅノキが実は海の中の木、すなわち海藻であって、それが水の中でゆらゆらしているという説明があった。しかし、敢えて自説に固執するならば、ここで大事なのは音である。筆者は琴の響きを何かになぞらえたいわけで、その場面で水の中という無音の世界が出てくるのは承服しがたい。海の中に生えている木、あるいは海の中に立っている木というイメージはずいぶん強くわれわれに訴える。要は水につかった木というのが、その全体が水の中にあるのかそれとも根元だけが水に洗われているのか、そこのところの問題なのだ。ここでは一応自分勝手な解釈を捨てないでおく。）

5

木は地球上では一次的な生命である。

木がなければ、われわれは存在しなかった。動物たちは生きる条件のすべてを木に仰いでいる。酸素を空気中に放出し、栄養分を提供し、炭酸ガスを吸収する。すべて動物が生きてゆくために必要なことであって、しかもこの関係はまったく一方的でわれわれはただ受け取るだけなのだ（時には播種の手伝いくらいはすることがあるが、それくらいでは決して本質的な相補性にはいたらない）。動物の生きかたは、植物の生きかたという鋳型によって作られた鋳物である。鋳型が鋳物を決定するのであって、その逆ではない。

人は身勝手だから、地表の光景というと、まず自分たち人間が君臨し、その周囲を動物たちが走りまわり、もっと周辺部に木が二、三本立っているという図を思いうかべる。しかし、実際には主役は木の方だ。木は長い長い歳月を越えて延々と地上に立って生きつづける。地面の中に根を張って空中に枝を伸ばすのと同じように、木は遠い過去という時代に根を張って、ずっと先の未来の方に枝を伸ばしている。それに比べれば、動物たちはその隙間を縫ってうろうろしているばかり、植物界を造りあげた神が残った材料でちょっと遊んでみただけといった、ごく軽い存在でしかない。木を見たとき、木に倚った時、木々の間に立った時にわれわれが感じる安心感の最も根源的な理由はそこにある。

言ってみれば、存在の責任は樹木たちが担ってくれるのだ。われわれ動物たちはそれにすべてを任せて、ついでに生まれた者として遊びくらせばいい。もともとがマージナルな存在である以上、気負いこんで世の苦悩を一手に背負う必要はどこにもない。それは木々が実になにげない顔でやってくれていることだ。神々との面倒な交渉もみんな木にまかせてしまおう。なんと言っても木々は光から栄養を得るという最も大事な仕事をしているのだから、それゆえの誇りをもって神たちと対等に話をし、われわれにとっても悪くないようなことを決めてくれるだろう。知性だけを看板にして生物圏を代表しようなどという見当違いな野心は捨てた方がいい。人間は樹木というおおいに栄えている親戚の家に寄食しているる身なのである。これほど楽で苦労のない立場を捨てるなど、実に愚かなことではないか。木を切らず、除草剤をまかず、山を崩さず、日々を林間の散歩と野原の昼寝で過ごす。それこそ理想の生活であるようにぼくには思えるのだ。

ハイイロチョッキリの仕業

遠くへ旅をすることが少なくなった。

南極半島に行ったのもパタゴニアに行ったのも、もう何年も前の話だ。

そのかわりと言うか、市街地から林間に引っ越して身辺の自然が濃くなった。

ここは北アルプスの麓、標高六百四十メートルで、まわりはコナラやアカマツ、クヌギ、クリなどの疎林。

散歩して見ていると季節の変化は緩やかに見えてけっこう速い。行きつ戻りつしながらどんどん変わる。今の時期だと朝の気温が零度の日と十度の日が交互に来る。あんなに繁茂していたクズがあっという間に黒くしおれてしまった。そして今年はワタムシが異常に多い。ごく小さな白い綿のような虫で、これが空気中に飽和状態かと思うほど飛び交っている。散歩していて煩わしい。

歩いているといろいろな動物・昆虫・植物に出会ってずいぶん親しくなった。

するとと種類が気になる。

例えばひらひらと舞う黄色い蝶はモンキチョウかキチョウか。前者にしてはサイズが小さいし、よく見ると羽根の模様は後者である。寒くなっても飛んでいることも考えるとたぶんキチョウだろう。これはモンキチョウと違って成体でも冬を越すのだ。

同じような分別問題は樹木についても起こる。

アカマツはもちろん一目でわかるが、コナラとクヌギ、クリはちょっとむずかしい。どれもブナ科で葉も似ている。

何かと頼りにするウィキ先生によれば——

クヌギ　葉はクリに非常によく似た印象で、見分けがつきにくいが、クヌギの鋸歯の先は針のように尖っている。
クリ　葉は全体にクヌギによく似ているが、鋸歯の先端部はクヌギほど長く伸びない。
コナラ　葉は倒卵形から倒卵状長楕円形で先は尖り、葉縁に鋸歯がある。

コナラの葉はクリやクヌギよりずっと細長い。

蝶と違って木の葉は採集が容易。鋸歯の長さは一目でわかる。これを覚えて散歩に出ると樹皮を見ての区別もできるようになる。

実になればクリの実は毬に包まれた栗、他の二種はドングリ型だから一目瞭然である。


昔、ブナのファンになったことがあった。あれは樹皮が特徴的だからすぐにわかるのだが、残念ながら今の家のあたりで天然のはまだ見ていない。もう少し山の上に行けばあるのかもしれない。ブナは暖かさの指数（ＷＩ）が45から85の地域を好む。この家の位置では82くらいだからぎりぎり上限というところ。

この指数はわかりやすい。植物が生長するのは気温が五度以上の時だから、月平均気温が五度を超える月のその超過分を一年に亘って積算する。樹木それぞれが好む温度領域が一目でわかる。

ブナの話の続き――

戦後日本の森林行政は大きな失敗をした。戦争中にさんざ木を伐って坊主になってしまった山に植林したのはいいが、住宅用にと植えたのがもっぱらスギやヒノキなどの針葉樹。一本いくらの奨励金で煽って山の状況を考えずにともかく数だけ増やした。拡大造林と呼ばれたこの事業が一九五〇年頃から二十年以上続いた。

植えるばかりで下刈りや雪起こし、間引きなど後の世話が追いつかない。そこへ安い外材が入ってきた。国は自動車など工業製品を外国に売って一次産業のものは買えばいいというのが基本方針としたから、山の手入れなど誰もしなくなった。それで拗ねたスギが苦し紛れに花粉を大量に放った結果がみなが悩むあの春先の流行病。

その反省の時期によい樹林の象徴のように言われたのがブナ林だった。落葉広葉樹で、コナラやクヌギなどの近縁種。ブナは葉が薄くて光を透すから林の中が明るい。白っぽい樹皮に蘚苔類《せんたい》がきれいだ。木材としての用途が限られているのもむしろ潔く見える。白神山地でたくさん見たし、尾瀬でも白山に登る途中でも見かけて、そのたびに挨拶を送った。ファンというだけのことだが。


夏の終わり頃、葉が数枚ついた小枝がたくさん道に落ちていた。まだ青いドングリがついている。コナラかクヌギだろうが、この時期に小枝を落とす生理的理由が木の方にあるのか?

こういうことに詳しい隣人が、「あれはハイイロチョッキリの仕業ですよ」と教えてくれた。持つべきものは物知りの友。

調べてみると、ドングリに卵を産み付ける虫は二種類いて、一方がハイイロチョッキリ、もう一方がシギゾウムシとわかった。前者は小枝ごと実を落とし、後者は実だけを落とす。実の中で孵った幼虫はその栄養分で育ち、中から殻に穴を開けて出てくる。ハイイロチョッキリは実の帽子のところから、シギゾウムシは横腹から、と決まっているらしい。ハイイロチョッキリは幼虫で土の中で越冬するがシギゾウムシは成虫で冬を越すものもいる。

この二種類の昆虫はゾウムシの仲間で、この他によく知られているものにオトシブミがいる。誰かが落とした手紙という優雅な名のこの虫は栗の葉を切って丸めて中に卵を産む。孵化した幼虫はこの葉を中から食べて育つ。また栽培植物であるクリの実に産卵するクリシギゾウムシは害虫として嫌われ駆除の対象になっている。

葉と小枝のついた実を見つけても虫の仕業とは限らない。ケヤキは実をそのまま落とすのではなく数枚の葉がついた小枝とセットで放つ。この方法だと実は風に乗って親の木からずっと遠くまで運ばれる。

クヌギ、コナラ、クリ、葉は似ているが種類は違う。

ハイイロチョッキリ、シギゾウムシ、オトシブミ、することは似ているが種類は違う。

それぞれが別の種と言われる。

クヌギとコナラなど近縁種は互いに似ているように見えるがしかしはっきり違う。その間に遷移はなく、つまり灰色の流域はなく白か黒かどちらかだ。

昆虫の分類では近縁種を識別するのに交尾器の形を見ることが行われる。雄も雌も複雑な形で、まるで錠と鍵のようと言われる。似ていても違う種だと交尾が不可能なのだ。そうやってまで交雑を防ぐことが生物全般について大事なことらしい。

哺乳類で考えるとわかりやすい。次世代を安定して作れるのが同じ種。ウマ（Equus caballus）とロバ（Equus africanus）の間では交雑が可能で、これはラバと呼ばれる。両方のよい資質を受け継いで家畜として有用性が高い。具体的に言えば、ラバは頑健で素食に耐え、病気にもかからず、筋力が強い。ウマより賢くて調教しやすい。唯一の欠点は頑固で機嫌を損ねるとテコでも動かなくなること。この点だけロバから受け継いだらしい。しかしラバの雄とラバの雌の間に子は生まれない。一代限りなのだ。

その一方、イノシシとブタは同じ種（sus scrofa）だから交配は可能で、子孫を残すことができる。実際に両者がさまざまな割合で混ざったイノブタがいるし、野生のイノシシと逃げたブタの間の子もいるらしい。これはロマンティックな話ではないだろうか。

動物にはたくさんの種類があってみんな違う、ということに科学史において最初に着目したのはアリストテレスとされている。彼はレスボス島にいた時期にしばしば弟子たちを連れて漁港に行き、水揚げされた魚を観察し、時には水の中を泳いでいる姿を見た。例えば彼がkobiosと呼んだハゼと、phucisと呼んだイソギンポは色（白っぽいところに黒い斑）も形（目が上向きに付いている）もふるまい（浅瀬の底にしがみついている）もよく似ている。しかし水から上げてよく見ると鰭《ひれ》の形が違う。またハゼは草食だがイソギンポは時に肉食もするということを彼はどちらにも肉の切れ端を与えるという実験で確認した。

余談になるが、今にも続くこの学者の功績の一つに「アリストテレスの提灯」という解剖用語がある。ウニの類の口器を彼はギリシャ風の提灯になぞらえた。

動物も植物もたくさんの種類があってそれぞれに異なる。漁師ならば魚について常識として知っていることだけれど、彼らは改めてそれを考えたりはしない。便宜のために名前を付けるがそこまで。

生物に接する立場の者、生物に興味を持つ者はみな分類して名付ける。レヴィ＝ストロースは『野生の思考』の中で一般に未開とされる人々が西洋の科学とは異なる「科学」を持っており、それなりに鋭い目で自然を観察していたと言っている。

彼が引用しているA・H・スミスの論文によれば――

（その島では）子供でさえ、木材の小片を見ただけでそれが何の木かを言うことがよくあるし、さらには、彼ら現地人の考える植物の性別でその木が雄になるか雌になるかまで言いあてる。その識別は、木質部や皮の外観、匂い、堅さ、その他同種のさまざまな他の特徴の観察によって行われるのである。何十種という魚類や貝類にそれぞれ別の名がつけられているし、またそれらの特性、習性、同一種の中での雌雄の別もよく知られている。

この島とは沖縄県の石垣島であり、調査の場所は川平《かびら》、論文の発表は一九六〇年だった。こういう知識は必ずしも実用のためではないとレヴィ＝ストロースは言う。人間には物的欲求とは別に知的要求があると。

鉱物にはさまざまな種類があるが、鉱物はそれぞれにただ存在するのであって、他の鉱物から自分をくっきり分けようとはしない。一つの石には生成の由来があり、その後の変化はあるけれども、他と違う自分の資質を維持しようと努力することはない。一つの石は個体ではない。

鉱物は自分を再生産しない。

再生産、reproduce は別の言葉で言えば生殖である。自分をもとに新しい自分を作る。個体としては別物だが資質は保存される。

その前に、個体には老化ということがある。

生物は外界から栄養分を取り込んでエネルギーとして利用して不要な生成物を排出する。その一方で外界からの情報に応じて自分を適正化し続ける。しかし個体のこの営みの機能は時間の経過と共に衰え、それ以上は立ち行かなくなる時が来る。そこで個体は消滅する。この現象を我々は死と呼ぶ。

個体は死を前提として生きているから、死が来る前に生殖によって自分の分身を作り、未来に向けて送り出す。そのための努力を怠らない。有性生殖で我々が異性の獲得に多大な時間と精力を費やすのもそのためで、それを促すべく性交には快楽がセットされている。

死によって個体としての「人生」の経験は失われるが「種」としての資質は次代に渡される。世代を重ねて一つの「種」が生き続ける。

この継続はほぼ安定しており、個体の維持と同じように種の維持もまた動的平衡の上に成立する自律的な現象のうちにある。

改めて言うが、これは鉱物にはないことだ。

今の我が家の周辺には花崗岩が多い。いたるところに大きな石が転がっていて始末に困る。土にも花崗岩が砕けた果ての砂が大量に含まれ、従って水はけがいい。逆に言えば保水力がないから地味は痩せ、木々はみなひょろひょろにしか育たない。

ここは北アルプスから流れてくる水が豊富で川が幾筋もあり、かつては氾濫原だった。石が多いのはそのためで、山の上で砕けた岩は水に運ばれるうちに丸くなりながら下ってくる。今は川筋は整備されて水は岸の堤防の中をおとなしく流れているが、ここに至るまでには先人の苦労があったはずだ。

北アルプスは二百五十万年ほど前に隆起を始めた。地下数キロのところで作られた花崗岩が押し上げられて地表に出た。岩の隙間に水が染みこみ、凍結で体積を増した水の膨張で岩は砕けて石になった。川が麓に運んだ。

花崗岩は火成岩で、地下の深いところで作られる深成岩の一種である。主成分は石英と長石、それに雲母が混じる。しかし普通に見たところでは構造はない。

それは物質がそのまま物体であるということだ。目の前の一個の石はすべての花崗岩の石の代表である。それぞれの履歴と言っても山から水に運ばれて下りてきたという以上のことはない。

そこが動物・植物とは違う。


個体は他の個体から孤絶している。

すべては一個の身体の中にあり、代謝など外界との間にいろいろやりとりはあるが、しかし個は個だ。

(この先の話、例外を持ち出すときりがない。例えば粘菌の場合、個体なのか集合体なのか、判然としない。ミツバチは女王を中心とする一つの群れが個体のようにもふるまう。しかしさしあたっては個体は個体としておこう。)

種もまた他の種から孤絶している。

ここで環境という要素を考えに入れてみると事態が明らかになる。

種は特定の環境に応じて生きるべく自分を特化している。そのために進化の過程で得た資質は守らなくてはならない。

進化について人が忘れがちなのは、この概念が恒に環境とセットになっているということだ。種はしばしば突然変異によって資質を変える。その結果が環境と照らし合わせて有利ならばその変異は保存され、その種は栄える。そうでなければ絶滅する。この試行錯誤をひたすら繰り返して今見るようなファウナとフローラができた。もちろん今も変異と絶滅を重ねている。問題視すべきはヒトという特殊な種の活動による大量の絶滅であるが、ここでそれを論じるのはやめておこう。

種は特定の環境に合わせて作ってきた資質を間違いなく子孫に伝えようとする。ニッチと種の関係もまた錠と鍵である。何十億年かの長い時間をかけて、しかし人が思っているよりずっとめまぐるしく、生物は進化してきた。

それを支えてきたのはまずは充分な量の時間であり、生体の素材となる大量の元素と化合物だった。

(時間について言えば、寿命の短い小さな生き物では世代交代も速く、その分だけ進化も速いことを忘れてはならない。イヌはヒトの七倍の速度で生きるし、ウィルスなどになるとあっと言う間に変異種が生じる。)

かつて人間は種の多様性を創造主に帰していた。しかしそれは安易な仮説でしかない、と今の科学は言う。

実際、眼のような複雑で合目的的な構造物が自然に出来上がったと考えるのは難しかった。ダーウィンはこれに悩んだが、しかし動物の皮膚にあって光を感知する細胞から眼に至るまでの過程を今の生物学は疑問の余地なく説明している。哺乳類の眼とタコなど頭足類の眼がよく似ていることも収斂進化で説明できる。

それでも、生物がいかにして今に至ったかはわかっても、何ゆえに生物が存在し得ているのかという問いに答えるのは容易ではない。まずは問いそのものの立件がまちがいではないかと考えてみなければならない。


生物の基本は代謝である。

膜で外界と隔てられた液滴がその状態を能動的に維持する。膜は選択的に物質を取り入れたり拒んだり排出したりしている。能動的というのはそこにエネルギーが関与しているということ。

これが細胞で、始まりは単細胞だった。それが共同生活をするようになって多細胞生物へと進んだ。細胞たちは繋がり合って構造を作り、共同して一個の個体を経営するようになった。

宇宙に遍在する元素の数はざっと百あまり。

そのうちで人体の構成に関わっているのは、水素、炭素、窒素、酸素、ナトリウム、マグネシウム、リン、硫黄、塩素、カリウム、カルシウム、鉄、亜鉛、銅、マンガン、ヨウ素、コバルト、クロム、セレン、モリブデン、等々……二十種類ほどである。

元素それぞれの性格は周期律表でわかる。その組合せで「生きる」という現象が実現したことに改めて驚く。あるいは驚くべきだ、と言いたい。

ビッグバンで生まれ、その後も超新星爆発などで数を増やした元素の数は、しかし百あまりで収まった。生物の種の数は命名されたものだけで二百万、実際にはその十倍以上がこの地球の上に生きているとされている。

順列組合せならば掛け算で数を増やすことは容易だが、種の数の増加はそんな簡単なものではない。生きる個体の一つずつに切実な存在の理由と履歴と運命がある。

元素の数と種の数の間でなにかとんでもない物質＝存在の相転移が起こった。

鉱物の世界では珪素という元素が四本の手を持つ社交的な性格で、彼らが作る骨組みがすべての岩石を作っている。同じ役割を生物界では炭素が担っている。この二つ、周期律表で上下の位置にあることは言うまでもない。

炭素は窒素や水素と手を組んでアミノ酸となり、たくさんのアミノ酸が繋がってタンパク質を構成する。この万能の素材によって生体が作られる。天然のアミノ酸はほぼ五百種類、タンパク質は人間の体内にあるだけで十万種類と言われる。

宇宙には階層性がある。ビッグバンでなぜか残った揺らぎが宇宙の局所性を生み、光だけでなく物質が生まれた。そこから恒星や銀河系を作り、その先で惑星が生まれた。惑星のどこか、水が液体で存在できる場所で炭素が他の元素と反応して、自立的に「生きる」ものが生まれた。その必要条件は周期律表の中にすでにあったはずだが、しかし生命は物質の存在様式として際立って特異である。奇跡のように思われる。先に述べたように鉱物と動植物は根源的に違う。

今ここで述べたように条件は宇宙のどこでも整っていたはずだ。そして宇宙はとんでもなく広いから、あまたの惑星の中で生命の発生が可能な場所もあまたあったはずで、この地球に生きるものがたくさんいて、その個体の一つ（ぼく）がここに書いたようなことを考えるに至ったことを奇跡と呼ぶのはたぶん間違いだろう。

そう思いながら、目の前の一個のドングリを見る。

これがそのまま種《たね》ではない。この大きさの大半は遺伝情報を書き込んだ胚という微細で複雑なものを育てるための栄養でしかない。胚そのものがとても小さいことはケシの場合を見ればわかる。芥子粒という言葉が示すとおりで、これは一ミリの半分もない（ヒトの精子となると主部は更に二桁ほど小さい）。

そして、この胚というカプセルの中に成体のすべてが畳み込まれて入っている。地面に落ちて太陽の光と水があれば発芽し、親の木とほぼ同じ木がそこから育つ。

その芽吹きと育ちの成果として、高く伸びた幹と風に揺れる枝、茂る葉群れ、足元に散るドングリという具体的な形をぼくは日々の散歩で見ている。

日々の情景として見過ごされやすいけれども、やはりこれは宇宙の始原からの長い道程に思いを馳せて感動すべきことなのだろう。

あとがき

今、自然について書かれた本は多い。それらはおよそ二つに大別される。第一は、自然がいかに雄大で、崇高で、繊細で、微妙で、見るものをいつまでも飽きさせないかという讃歌である。もう一つは、このままの生活を続けてゆくといずれは人間が自然を破壊してしまうという警告である。もちろんどちらも正しいし、もっともなことだと思う。

しかし、根本的なところで人間と自然とはどういう関係にあるのか。自然の美を愛でる人間の営みが、なぜ他方では自然を破壊することになってしまうのか。われわれの日々の生活がどういうメカニズムを経て自然を変えるのか。そこまで踏み込んで事態を解明してくれる本は少ない。だいたい自然をどんなものだと思って人は議論をしているのだろう。

ここ数年、世の中で自然談義が盛んになるにつれて、そのあたりが気になってしかたがなく、自分でもしつこく考えてきた。わざわざ自然という言葉を用意しなければならないのは、人間が不自然な存在だからではないか。自分たちは環境から隔離されているというコンプレックスが自然との対峙や、自然の征服、そして自然の鑑賞に人を向ける。全部同じことなのだ。人がいてその眼前に世界が広がるという構図はどうしても変えようがないらしい。

狩猟と採集で暮らしていた頃はよかったとノスタルジアで語るのはたやすいが、現状に対して単なる自己満足でない打開策を提案するのはとてもむずかしい。不自然で反自然な自分をもてあます。終末の到来におびえる人間たちの姿へのいとおしさを感じながら、そういうおまえ自身も人間の一員だったとあらためて気付く。母なる自然の豊かな乳房をむさぼりすぎて、その元を涸らし、哺乳壜の中の合成品の味に不満を鳴らしている。そういう人間たち。つまり、ぼくであり、あなたである。

この本の段階ではまだぼくは本当の終末論にまでは足を踏み入れないで済んでいる。アイヌやブッシュマンの人たちの倫理感に驚き、本当に自然の中へ入って生きた英雄を讃え、風景の意味を考え、サヴァンナに立つ一本のアカシアに同化したいと願っている。そこまではいい。だが、つぎにぼくは、われわれは、本当に追いつめられたあげく、何を考えなければならないのだろう。

一九九二年九月　　池澤夏樹

初出一覧

ぼくらの中の動物たち 「Mother Nature's」vol.2 1990 Winter
ホモ・サピエンスの当惑 「ecru」No.1 1990 Spring
狩猟民の心 「18℃」vol.4 1989
ガラスの中の人間 「Mother Nature's」vol.4 1991 Winter
旅の時間、冒険の時間 「Mother Nature's」vol.1 1990 Spring
再び出発する者 「Mother Nature's」vol.3 1991 Summer
川について 「季刊ヘッドウォーター」vol.1 1987.4
（楽園に帰る コズミック・アングラー1を改題）
風景について 「季刊ヘッドウォーター」vol.2 1987.7
（風景あるいは次元変換装置の快楽 コズミック・アングラー2を改題）
地形について 「季刊ヘッドウォーター」vol.3 1987.11
（地形、あるいは百万年の水の彫刻 コズミック・アングラー3を改題）
再び川について 「季刊ヘッドウォーター」vol.4 1988.3
（地面の下で逆に降る雨 コズミック・アングラー4を改題）
いづれの山か天に近き 「Mother Nature's」vol.5 1992 Summer
樹木論 内藤忠行写真集『SAKURA-COSM』
ハイイロチョッキリの仕業 書き下ろし

池澤夏樹（いけざわ・なつき）
一九四五年北海道生れ。埼玉大学物理学科中退。一九八八年芥川賞『スティル・ライフ』、一九九三年谷崎賞『マシアス・ギリの失脚』、二〇〇〇年毎日出版文化賞『花を運ぶ妹』他、受賞多数。著書に詩集『塩の道』『最も長い河に関する省察』『言葉の流星群』『憲法なんて知らないよ』『静かな大地』『世界文学を読みほどく』『きみのためのバラ』『カデナ』『氷山の南』『アトミック・ボックス』『ノイエ・ハイマート』等多数。『池澤夏樹＝個人編集 世界文学全集』『池澤夏樹＝個人編集 日本文学全集』を編纂し、「古事記」の現代語訳を行った。

ブックデザイン　鈴木成一デザイン室
カバー写真　Sophie Dover / istock
ＤＴＰ　株式会社千秋社
校正　有限会社くすのき舎
編集　村嶋章紀

母《はは》なる自然《しぜん》のおっぱい

二〇二五年五月六日　初版第一刷発行

著者　池澤夏樹《いけざわなつき》

発行者　岩野裕一

発行所　株式会社実業之日本社
〒一〇七－〇〇六二
東京都港区南青山六－六－二二 emergence 2
電話（編集）〇三－六八〇九－〇四七三
（販売）〇三－六八〇九－〇四九五
https://www.j-n.co.jp/

印刷所　TOPPANクロレ株式会社

製本所　株式会社ブックアート

ISBN978-4-408-65111-8（第二書籍）